一九四〇年代の〈東北〉表象

文学・文化運動・地方雑誌

高橋秀太郎・森岡卓司 編

東北大学出版会

Representing "Tohoku"
in the 1940s :
Literature, Cultural Movement, Regional Magazine

Shutaro TAKAHASHI, Takashi MORIOKA

Tohoku University Press, Sendai
ISBN978-4-86163-314-0

目次

・引用における「／」は原文の改行を、「［…］」は引用者による省略をそれぞれ示し、特に断らない限り傍線は引用者による。

序

――地方文学研究と近代日本における〈東北〉表象

森岡　卓司

序

――地方文学研究と近代日本における〈東北〉表象

森岡　卓司

ある地方の文学を研究するというのは、いったいどういうことだろうか。

こうした大上段に振りかぶった問いは、広く知られることのなかった文学者やその営みを明らかにしてきたこれまでの研究の蓄積を前にして、あまりに軽率なものに映るかもしれない。しかし、そうした成果の数々を総合し、異なる文脈へと接続し、ひらいていく方法論について省みられることは、少数の例外を除いて、これまでさほど多くなかったようにも思われる。

対して、隣接する歴史学研究の分野においては、地域の歴史を研究する手法について、早くから問題の提起が繰り返されてきたようだ。たとえば、芳賀登『地方史の思想』[1]は、地方《じかた》研究、郷土研究から離陸し国民的歴史学運動から地域社会史へと引き継がれた近代日本の地方史研究の方法論について、「北海道史」と「沖縄学」とを含める総覧的な検討に基づいた提言を行っている。「民政資料の提供」に荷担するだけのもの、実利主義と結びついた「貴種」「偉人豪傑」の賞揚、あるいは「一般史の史実を地方において検証するがごとき研究」、そして「自らの専門知識人性を過大に評価」して「出稼ぎ」的な成果を求める「学者渡世人」等々について厳しく批判すると同時に、それらへの「傍観的批評者」然とした批判への自足をも戒めるこの書には、刊行から四〇年以上を経過した現在においても、なお学ぶべきところが多い。

しかしもちろん、隣接分野にかつて蓄積された方法論を、今も単純に援用できるというわけではない。現在の文学研究において「地方」に着目しようとするならば、その前提として、「地方」を実体として領域化することの困難をも意識せざるを得ないだろう。本書が対象とする東北においても、東山道であり、奥州あるいは出羽でもあったその各地が、近代以降に置かれた政治・経済的環境は、それぞれに異なる。たとえば、戦時下・戦後の疎開という現象に際しても、山形をはじめ多くの地域がその「受け入れ地」であったのに対して、仙台は、そこから疎開しなければならない「都市」であった。また、それぞれの地域社会に内包された社会階層的な差異も無視できない。

このような多様性にもかかわらず、しばしばある一定の意味を持って「地方」が見いだされるのは、「中央」との関わりにおいて、である。ある場合には、〈東北〉は「中央」の視線によって「地方」として対象化され、またある場合には、「中央」の視線に抗うように「地方」としての〈東北〉が見いだされようとした。そして、経済的社会的な諸条件とともに、こうした表象の交錯が、文学表現の内実にまで影響を及ぼした例も、枚挙にいとまがない。

芳賀は、地方史研究の自立を説いて、「中央に対する地方ではなく、郷土、故郷という祖国につながる観念の復権」を提言していた。これは、表象的な力学の介在を意識化するよう呼びかけるもの、とも見なし得る。しかし同時に、そうしたバイアスを免れた「地方」の実体を把握することが可能だ、とするこの提言に含みこまれている限界も、現在の視点からは明らかだろう。近代の〈東北〉を語る言説を周到に総覧した河西英通『東北―つくられた異境』『続・東北―異境と原境のあいだ』[2]は、「日本」における劣性を帯びた中間的集合としての〈東北〉を語る言説が消去され、地方文化の固有性を「〈新たな〉日本」に直結する「深日本」言説が浮上した時期として、一九四〇年代の〈東北〉言説に注目を促している。芳賀の提言は、一面においてこうした歴史的な「観念」＝フィクションを再生産するものであり、それ自体を表象的な力学の産物と見るべきでもあろう。

あらゆる表象やフィクションに媒介されない、ありのままの「地方」の実体としか言いようのないものに触れることも、あるいはあり得るのかもしれない。しかし、本書が目指そうとするのはむしろ、歴史的社会的な背景を持つ表象関係から分離不可能な「地方」としての〈東北〉と、その中に営まれた、それぞれに固有の性質を持つ文学的活動との多様な接点に焦点をあて、単純な包摂関係にとどまらない、摩擦や逸脱、枠組みの変更までをも含んだそれらの様態を記述することである。そうした検討こそ、地方文学研究の新たな基盤を作るのだと考えたい。

＊　＊

こうした見通しをもって東北の文学及び文化運動を考えようとする際にも、河西が指摘していた通り、一九四〇年代という時代は、特別な関心の対象となり得るだろう。

その理由の第一には、いわゆる「新体制」が、都市中心の文明化＝西洋化への反省とともに地方文化の振興を強く意識していたことが挙げられる。「地方文化新建設の根本理念と当面の方策（一九四一・一）」[3]は、「日本文化の正しき伝統は外来文化の影響の下に発達した中央文化のうちよりも、特に今日に於ては地方文化の中に存し、この健全なる発達なくして新しき国民文化の標識を樹立することは不可能」とした上で、

「中央文化の単なる地方再分布」を戒め、「地域生活共同体」の確立及び「中央文化」と「地方文化」との「正しき交流」を促していた。次いで、疎開によって半ば強いられる形で「中央」と「地方」との接触が行われたことも見逃せない。安藤宏「「八月十五日」と疎開文学」[4]は、疎開作家たちが発表した私小説的「疎開文学」の特質を、「農村の時間」からの「現在」の「相対化」、「農村生活での卑近な日常の再発見」、「浮草（デラシネ）の感覚」という三点にわたって指摘しているが、疎開という具体的な経験（そこには、人の移動だけではなく、紙資源や戦災被害の状況という環境的な要因によってもたらされた、出版活動そのものの移動体験も含まれる）は、疎開した側だけではなくそれを受け入れた側にも影響を及ぼし、〈東北〉言説に双方向的な変化をもたらした。第三には、プランゲ文庫の整備公開などによって注目を集める、占領期文化の性質がある。北河賢三[5]によって既に指摘されているように、戦後の地方文化運動には、「上からの文化主義」と「下からの生活に密着した文化運動」との混在によって活況を呈した一時期があり、そこでは、文化運動を通じた「地方」性そのものへの再定義が、盛んに試みられたのである。

以上三点に概括した一九四〇年代の〈東北〉言説の特色について、一九四五年から翌四六年八月までの期間に、いわゆる東北六県に流布したメディア言説上に、それらの具体相を辿り直してみよう[6]。

四五年一月から九月頃までには、疎開に伴って生じた軋轢や差異の自覚をとりあげた一連の記事群（「疎開者」（投稿欄）『福島民報』一九四五・一・二、「疎開者よ　疎開は戦法だ」『山形新聞』一九四五・四・九、「疎開受入れ問題を衝く」『新岩手日報』一九四五・四・一七、など）とともに、奥羽越列藩同盟を尊王運動として強引に読み替えようとする田中喜多美「勤皇南部精神の流れ」（『新岩手日報』一九四五・一・一〜九）、戊辰戦争のエピソードを教訓化する「惨めな避難組」（『福島民報』一九四五・六・一九）など、近代東北史に言及しそれを時局的に読み替える記事が目立つ。また、疎開文化人に疎開地の印象を語らせる記事も多々ある（「疎開者は屯田兵精神で　詩人の大関さん」『山形新聞』一九四五・三・二五、武者小路実篤「（秋田に住みて）捨てざるなきものを」『秋田魁新報』一九四五・七・七、など）。これらに着目するならば、この期間は、疎開という具体的な接触を重要な契機として、〈東北〉の固有性、異質性に注目が集まった時期と言える。その注目の対象には、劣性ももちろん含まれるが、それへの反発を含めて、「東北文化」の表象は盛り上がりを見せた（「仰ぐべき文化の最高峰」（社説）『河北新報』一九四五・六・一、内丸子「県民性を活かせ」『新岩手日報』一九四五・七・五、市浦健「新日本建設への道標　住宅住居　まづ農村復興　健全な小都市も育成」『河北新報』一九四五・八・二七、など）。

こうした盛り上がりの頂点のひとつは、一九四五年九月の石原莞爾に関する記事群に求められる。この時期の石原は、福島、山形など東北各地で精力的に演説会を開き、取材に応じた。「石原莞爾将軍獅子吼　敗戦は神意なり　礼節を以て東亜結合」（『河北新報』一九四五・九・四）、「都市の解体と東北の責務（上）―石原莞爾氏に聴く―」（『東奥日報』一九四五・九・一二）など、その都市文明への批判と地方文化の称揚とは、全国紙とは次元の異なる扱いの大きさをもって報じられた。

しかし、首相東久邇宮が施政方針演説において「文化国家日本建設」を呼びかけ、占領下日本の拠り得る唯一の指針としての「文化」の語が地域を越えて広く共有されていく経緯の中で、〈東北〉の固有性を表象することの意義は、次第に失われていく。そうした一九四五年一〇月以降の約一年の期間には、「文化」の語が、芸術作品あるいは真理を探究する学術の普遍性、理想性、高踏性にアクセントを置く用法と、新たな時代の「教育」や「政治（公選）」に隣接する用法との二極に分化していく様相を観察することができる。

前者の用法は、各地で盛んに行われた夏季大学、市民講座の類を報じる記事（「新日本文化講座　亀井・今泉・神保氏を招き」『山形新聞』一九四五・一一・四、「夏季文化大学講座開く」『新岩手日報』一九四六・七・二一、など）、あるいは「実に前途洋々たる様相を呈してきてゐる」「地方文化の将来」を揚言する神保光太郎「選に当たり」（『山形新聞』一九四五・九・二八）などに見られる。こうした動きの背景には、文学報国会地方支部をはじめとした戦中の組織からの継続、戦後の政党やメディア産業による新たな組織化、花巻に疎開した高村光太郎を中心にした疎開文学者たちのネットワーク化などが複雑に絡みあった地方文化運動組織の具体相が見通されるべきだろう。

一方、後者の「文化」の用法は、例えば学校教育への注目（「「先生の会」が文化運動起す」『東奥日報』一九四五・一二・二八、稲庭桂子「労働夫人に期待―文化運動と指導者」『福島民報』一九四六・二・二七、など）や、民主化運動あるいは公選の推進（「政治、文化を研究　盛上がる弘前青年協議会」『東奥日報』一九四六・四・三〇、「志津川町青年団　青年文化講座をひらく」『河北新報』県下短信、一九四六・七・二三、など）に認められよう。学校教育への注目の中には、生活記録運動との関連が存在することも見逃せない（村山俊太郎「県教育者に訴ふ」『山形新聞』一九四六・二・一九、など）。

そして、この「文化」の両用法は、互いに葛藤を起こすことにもなる。山形県西川に疎開していた丸山薫が、地域社会に深く関わり詩作にもその痕跡を残す一方で、そこに行われていた文化運動の程度について否定的な感情をしばしば吐露していたことは知られていようが、逆に、たとえば一九四六年三月二五日の『秋田魁新報』「読者の声」欄には、当時の秋田を代表する同人誌であった『塔』の活動が高尚に過ぎて地域社会の実情から乖離しているという手厳しい非難が大々的にとりあげられる、などの例もある。

以上、先に示した三点の特色が互いに関連して現れる地方紙言説の様相を辿ってきたが、こうした全体の流れそのものを概括するような記事が、『河北新報』一九四六年二月一二日の「窓」欄に掲載されている。「投書に映す世相」と題されたこの記事では、一九四五年八月以降の投書が内容別に分類、分析されている。「問題別に見れば一番多いのが農村問題で九十九通、次が生活七十四、学校教育六十八、思想道徳六十七、復員滞在外同胞■家族などの四十九、■■■■三十七、文化十八官僚■■会社の不正糾弾十二■■七その他十九となつて」（■は判読不能文字）いる中、「文化問題十八通のうち書籍図書館の復興を要望するものが七通在るのは注目すべきだ」とするこの記事からは、これまでに確認してきた当時の東北における「地方」性への関心の高さと、そこに両義の「文化」が占めた位置の大きさとを読み取ることができる。

『東北文学』『火山脈』をはじめ、この時代を代表すると言ってよい地方文学雑誌も、こうした言説空間の中にその誕生が報じられていたのだが、ここには、中央との関わりにおいて背負わされた〈東北〉表象の典型性、劣性を批判し、それを乗り越えようとする力学が一貫しているとも言える。しかし、そうした力学には、〈全体／部分〉を巡るアイロニーが潜んでいる。再び、河西の指摘を参照しよう。

「東北」は限りなく「日本」「全国」に同化することで、その独自性を喪失するが、逆にそのことで「東北」を論じることが「日本」を、「全国」を語ることにつながり、その普遍性が浮き上がるという構造である。[7]

部分としての「地方」の独自性を否認しつつ、生活文化の向上を求めることこそが、真に「地方」的であると同時に「深日本」的でもあるような、「国民主義的『地方主義』」言説と見なされていく、というこの過程は、一九四五～四六年の東北地方紙上の言説においても確実に進行していた。

一九四五年一〇月六日『河北新報』社説「農本主義の追放」は、「農民」が「共同的」であり「都会民」が「利益主義者」だという「定型的な観念」による分別の揚棄を呼びかけ、「国民全体の再生」という全体性に「農村」が「重大な責任」を持つべきことを訴えていた。事実、全国的な文化行政と中央メディアの復活という事情も相俟って、部分としての〈東北〉の固有性を強調する言説は、沈静化の局面を迎えることになる。

〈部分〉の積分によっては到達できない〈全体〉、すなわち提喩的な〈全体〉の表象を巡るこうしたアイロニーは、〈全体／部分〉という包含関係を前提として出発する論理が帰結する、ひとつの問いでもあろう。そして、一九四〇年代東北の文学及び文化運動には、このアイロニカルな問いが、物語的な内容のみならず、イメージやレトリックのレベルにまで浸透していく様相を認めることができるように思われる。そうした磁場の中心のひとつには、宮沢賢治の存在がある。賢治を、世界性と地方性との両極をともに体現するものとして見なす言説は、高村光太郎や松田甚次郎らを介して、この時期の地方文学運動に広く影響を与えていた。

＊　＊

本書所収の各論文は、主たる分析対象の大まかな時代的順序に即して配列されており、挿入されるコラムによる区切りは、必ずしもテーマ的なまとまりを意味しない。ただし、三年間にわたる共同研究・調査を出発点とした各論文及びコラムは、それぞれに独立した主題を持ちながらも、本稿に指摘してきた複数の問題意識を緩やかに共有している。

「地方」表象の力学、文学運動の具体的な展開とその帰趨、移動・接触の体験、〈全体〉性の表象を巡る問い、といった本書の扱うテーマ群は、一九四〇年代の東北地方における文学と文化運動のすべてをカバーし得るものではなく、また、個別のテーマについても、さらに考究すべき余地は充分に残されているだろう。そうした課題を充分に意識しつつも、本稿の冒頭に掲げたような方法論的な問いかけから出立した本書が、地方文学研究におけるいくつかの新たな展望を導くものであることを願ってやまない。

［付記］本稿は『日本近代文学』第九六集（二〇一七・五）掲載の「近代日本文学における「東北」表象と地方文化運動」を改稿したものである。

【註】

1 芳賀登『地方史の思想』（NHKブックス、一九七二・五）
2 河西英通『東北―つくられた異境』（中公新書、二〇〇一・四）、『続・東北―異境と原境のあいだ』（中公新書、二〇〇七・三）
3 北河賢三編『資料集　総力戦と文化　第一巻』（大月書店、二〇〇〇・一二）
4 安藤宏編『展望　太宰治』（ぎょうせい、二〇〇九・六）
5 北河賢三『戦後の出発　文化運動・青年団・未亡人』（青木書店　二〇〇〇・一一）など
6 以下の論述は、青森、秋田、宮城、山形、福島の各県で発行された地方新聞六紙（『東奥日報』、『新岩手日報』、『秋田魁新報』、『河北新報』、『山形新聞』、『福島民報』）に、一九四五年一月〜一九四六年八月の期間に掲載された記事を対象とした調査に基づく。
7 河西『続・東北―異境と原境のあいだ』（前掲）

1章
島木健作の「地方」表象

山崎　義光

1章　島木健作の「地方」表象

山﨑　義光

一　ノイズとしての「地方」表象

本稿は、一九三八〜四一（昭和一三〜一六）年における島木健作の文学的営為をとりあげて、その「地方」表象について論じる。

島木は、北海道札幌に育ち、小学校卒業後、二度上京して仕事をしながら学んだ。一度目は病気のため帰郷。その後、北海中学に編入して卒業し、二度目の上京を果たすが、関東大震災のために帰郷。そして、北海道帝国大学附属図書館、農業経済学研究室で図書の整理などをして働き、授業を聴講した。その後、東北帝国大学法学部選科に入学。ここで農民運動にかかわる。そして、日本農民組合香川県連合会で本格的に農民運動にかかわる。この間、宮井進一のすすめにより日本共産党に入党。はじめての普通選挙で活動したことから治安維持法違反により検挙、投獄された。結核を患いながら獄中に過ごし、政治活動にかかわらないことを声明する。出獄後の一九三四年、小説を書き始めた。プロレタリア文学運動の退潮期にあたる。一九三七年の日中戦争本格化、一九四一年の太平洋戦争開戦までの時期が、島木の文学活動の中心である。一九四五年八月一七日に結核のため没した。

従来、島木については、「癩」「盲目」(一九三四)から、転向して帰郷した農村青年を描いた『生活の探求』『続・生活の探求』(一九三七〜三八)までを中心に論じられてきた。農民・労働者の実際運動にかかわり、その挫折後、文学者として活動することになった経緯から、「転向文学」「農民文学」の代表的作家として認識された。それに対して、本稿が中心にとりあげるのは、その後、とくに東北・北海道・満州への旅行にもとづいたエッセイや小説における「地方」表象である。

この時期の島木の文学的営為は「地方」をモチーフとする。一九三九年には、長篇『人間の復活』(『婦人公論』一九三九・一〜四〇・一二)を発表。前篇は一九四〇年五月、後篇は一九四一年一〇月に中央公論社から刊行された。社会主義運動により収監され出獄した秋山と妻の周囲に、地方から東京へやってきた人々の群像を描いた。重なる時期には『嵐のなか』(『日本評論』一九三九・一一〜四〇・一一)を発表。東京に育つが、北海道の開拓者だった祖父をもつ主人公蔭山雄吉とその友人たちの群像を描く。北海道から満州へ渡る友人たちのあとを追うように雄吉が満州へ渡るまでを描いた。一九三九年に満州の開拓地を視察旅行し、その見聞をエッセイとして発表。それらを『満州紀行』(創元社、一九四〇・四)で刊行。とともに、この旅行を題材とした小説『或る作家の手記』(『改造』一九四〇・一、一〇/創元社、一九四〇・一二)を発表。この年から翌年にかけては、長篇『運命の人』(『新潮』一九四〇・七〜四一・六/新潮社、一九四一・九)を発表。東北地方の開拓農村を舞台に、各地から集まった小作農業者たちとの共同経営を模索する人物と、その友人である小説家を配して描いた。一九四一年には、東北、北海道、満州、朝鮮半島で暮らす人々の「生活」を取材した紀行集『地方生活』(創元社、一九四一・一二)を刊行。東北へは、一九三五年に青森県北津軽郡板柳町に実家のあった妻との結婚を契機に、青森、秋田、北海道を一九三六、三八、四〇年に訪れ、エッセイを発表していた。こうした「地方」旅行にもとづくエッセイや小説は、一九三八年の農民文学懇話会、大陸開拓文芸懇話会の発足、その後の翼賛会文化部の地方主義とかかわる。

まず、従来の島木評価を概観したい。西崎京子[1]は、島木を共産主義から「転向」した「農民文学者」として位置づけた。とくに『生活の探求』以後の島木は、積極的に国策を称揚することはなかったにせよ、国家に従順で真面目な農民を描いたが、それによって帝国主義戦争によるアジア侵略に対する批判を欠き「国策」に追従することになったとした。以後、島木はこの線にしたがって評価された。

本多秋五[2]は、『生活の探求』以後の島木を「転向文学」の系譜のなかで次のように位置づけた。「島木の『生活の探求』（前篇は三七・一〇、続篇は三八・六、河出書房から単行出版）があらわれて、転向文学は第二の段階に入る。外的強制に屈服した「心ならぬ」転向ではなく、自分の過去を積極的に精算する「心から」の、あるいは幾分の後めたさを残しながらも「半分は心から」の転向を語る文学が、ここにはじまるのである」。平野謙[3]は、これを受けて文学史的に島木を位置づけた。「島木健作の「生活の探求」によって、転向文学は一段落を画し、本多秋五のいわゆる「心ならぬ転向」から「心からの転向」へつきすすむこととなる」とし、島木を代表的な作家とする「農民文学」が、農民文学懇話会の結成によって『国策』に従属して隆盛したと言及、「かくて、国策文学を先頭に、戦時中の文学全体が非文学的荒廃に頽落してゆくことになる」とした。

北村薫[4]は、小説『再建』『生活の探求』刊行後、満州移民を表象した島木の「農民（人間）」表象に言及し、「誤解されてはこまるのだが、これらの作品は、いわゆる上からの政治的プロパガンダに乗じて書いたのではないということだ。書かれている農民（人間）たちは、あくまでも真面目で努力と勤勉そのものなのだ。もちろん渡満する少年（農民）たちは実直故に、国策に吸収されていったのである。／求道から勤勉へ、島木の浄化作用がみごとに国策と重なり吸収されていったのである」と論じた。また、持田恵三[5]は「民衆信仰に基づく農本主義、地方主義に立脚点を定めて、国策順応的になればなるほど、島木の農民像はリアリティを失った」と述べた。

これら従来評価は「転向」を否定的に評価する論脈から「国策」への順応を尺度として評価してきた。それに対して、新保祐司[6]は、マルクス主義から国策従順への転向という「人間から人間へ転向した」のではなく、求道性の究極において「神へ転向した」と評価した。島木の人間性と文学への姿勢の根底に求道性をみる着眼である。

本稿では、従来と異なる観点で島木の「地方」表象をとらえたい。まず、島木がエッセイや小説を書くことに向けた旅行や執筆・発表行為を包括的に文学的営為としてとらえる。国家総動員体制下において表現が制約されていたなかで、何を、いかに書いたかに焦点を当てて考究する。求道的な姿勢にもとづくものではあっても、島木の文学的営為のねらいはあくまで「人間」が社会「生活」をする姿への着眼を離れることがなかった。求道的な苦闘があったとすれば、そうした社会的行為としての文学的営為においてしかない。そのとき島木が注目したのが「地方」の人々だった。

そもそも近代における「地方」は、欧米を中心とした国際関係（inter-national relations）のなかの主体としての国民国家（nation-state）に従属する場所である。国家という主体の集権的中央に対する周辺的な場所、人・物・カネ・知識が集中する中央＝都会に対して、遅れた劣位の地方＝田舎として位置づけられた[7]。反資本主義的な批判においては、その関係を反転させ、中央＝都会を批判する概念として地方＝田舎・農山漁村が意義づけられた。帝国主義段階の資本主義がもたらす諸々の生活問題、労働問題を、近代文明の尖端としての中央＝都会のもたらす問題とし、それに対する批判として地方＝田舎は自然・田園・伝統に根づいた本来的な人間性の場として対抗的に象徴化されることになった。国粋主義的、国家主義的な農本主義や、総動員体制下の翼賛会文化部による地方主義の理念[8]がそうであったように、「地方」は中央で失われた「伝統」を保持する場所とみなされることで、再帰的に国家的全体性、ナショナル・アイデンティティ回復の論理に組み込まれた。「地方」は、二〇世紀ナショナリズム／インターナショナリズムのなかで、国民国家の中央集権・全体性を賦活する従属項という主従二項対立の論理のなかで位置づけられたといえる。

島木の従来評価もこうした枠組みのなかで、「農民」「農村」「地方」を主要なモチーフとするゆえに、帝国日本の国策に順応し活性化する役割を果たしたと見なされた。それに対して本稿では、次の三つの観点から島木の「地方」表象の〝ノイズ〟的な特質に焦点をあてて論じてみたい。

一つは、島木にとって「地方」はどのような場所として理解されていたかという点である。札幌に生まれ、仙台で組合運動に参入し、香川で農民組合にかかわり、その後北日本や満州といった「地方」を見聞しながら文学活動を行った島木にとって「地方」はどのような場所として見出されていたか。二つめには、島木が「地方」への旅とその表象を自らの文学的営為のなかでどのように意義づけ題材としたのか。三つめには、「国策」的理念とそのプロパガンダに対する島木のスタンスはどのようなものだったか、『或る作家の手記』を中心にとりあげながら考究する。

述べたように従来島木はマルクス主義からの転向による国策作家へという論脈で、この時代の典型的な文学者のアイコンとされてきた。それに対して本稿では、島木本人が自覚的にマルクス主義の〝理論〟にも

〝国策〟にも依拠せずに、文学的営為によってこの時代の社会に応接しようとしたことをクローズアップする。それは準拠する基盤を喪失した、いわば去勢された文学的営為だったといえよう。その点、戦時下一九四〇年代に中島敦『李陵』や武田泰淳『司馬遷』が表象した司馬遷にも通じる。本稿は、国民総動員体制下のプロパガンダによるモノフォニックな合唱のなかで〝ノイズ〟的な表象をはっきりと志向した文学的営為として島木の「地方」表象に焦点をあてる。

二　「植民地」「開拓地」的な場所としての「地方」

父母の家祖が明治に入り宮城から北海道へわたり、道庁の役人だった父を早く喪って貧しい母子家庭で札幌の街中に育った島木にとって、「地方」はまず「北海道」を中心にイメージされている。「忘れえぬ風景」（『東陽』一九三六・八）で島木は「半植民地として生れた札幌の町には長い歴史がない。封建的なものから自由な一面はあるが、同時に遠い父祖の生活を思はせるしつとりした雰囲気といふやうなものは町のどこにもない」と述べた。また、「北海道及北海道人」（『東京日日新聞』一九四一・三・五〜一〇／『地方生活』所収）でも、北海道を「近代的な西洋的な色彩を持つた土地」であるとし、「古い郷土の匂い」がなく、「植民地的ながさつさと雑駁」のある町だとする一方、「新しさに向つて動くことを阻む古い諸関係から」「自由」な風土だと述べた。島木が生まれ育った「地方」としての北海道は、「遠い父祖の生活」「古い郷土の匂い」がなく、そのかわりに「封建的なものから自由」で「近代的な西洋的な色彩」のある、「植民地的な」場所としてとらえられている。

そうした島木の認識は、小説『運命の人』の登場人物の意識においても語られる。この小説は、小説家秋山と、北東北で小作移民として共同経営農場を成功させようとする友人杉原の視点から描かれる。この小説のなかで秋山は「静岡県の方の田舎」へ友達を訪ねたときのエピソードで次のように「故郷」意識を語っている。

「いづれにしても、故郷喪失《ハイマートロス》といふことはこれは大したことなんだ。」

彼はいつかそこへ出た川のほとりを首を振るやうにしながら歩いて行つた。そして故郷を失はねばならなかつた友達のことを思ひ浮べた。あそこにもここにもさういふ人間はたくさんにゐた。同時にまた都会生活に破れて田舎へ帰つて行つたものの事をも思ひうかべた。彼等は広い意味での帰農者であつた。彼等も亦すぐに何本かの指を折ることのできる数であつた。そして半植民地的な土地に育つた秋山自身ははじめからさういふ故郷を持たぬものであつた。（六、『全集』九巻二〇四頁）

ここでいう「さういふ故郷」とは、長い歴史をもつ、いわば「遠い父祖の生活を思はせる」農村であり、「古い郷土」である。そのような通例の「故郷」意識を「はじめ」から「持たぬ」登場人物たちが形象化されている。

中谷いずみ[9]は、長編『生活の探求』をとりあげて、故郷に帰って帰農する主人公が、マルクス主義的な階級社会理論を離れたときに「郷土」を発見しているとする。そして、その「郷土」は柳田国男の「郷土」概念と共通すると論じた。『生活の探求』のみをとりあげたとき、そうした理解は一定の妥当性をもちうるかもしれない。しかし、それ以後の島木の「地方」理解には当てはまらない。自らの満州旅行[10]を題材とした小説『或る作家の手記』は、島木自身が主人公太田に投影されているものとして読むことが促されている。そこでは、次のように自らの「作品」を「現在」から振り返っている。

その前の年の夏に、足掛け三年かかつて書いた、彼にとつての最初の長編小説（引用者注『再建』）が、出版後十日ほどで発売禁止になつたといふことがあつた。

［…］

作品と作家とのさういふ関係において、太田はさきの長篇小説を書いてゐる間に、次第に苦しい気持を感じて来たのである。太田自身の現在の思想なり生活感情と、作中人物のそれとの間に、溝が出来、それが次第に深まつて行くやうな気持がしてならないのである。しかも作中人物は小説の約束に従つて、作者のそんな気持とは拘りなく動いて行く。

太田は、作中の主要な人物の思想がそのままに作者の今日の思想であると、読者によつて読み取られることが当然な作家であつた。

［…］

彼はそれについて何かいふ代りに引き続いて長編小説（引用者注『生活の探求』）を一つ書いた。

［…］

この小説は文壇的にも社会的にも一つの反響を呼んだ。

［…］

彼は先づ、自分がさういふ人間でもないことをよく知つてゐながら、さういふ人間であるやうなふりや真似をすることは、出来るだけやめるやうにしようと決意した。彼はかなり強い反省癖を持つてゐたから、自分がどういふ人間であり、どういふ人間でないかをよく知つてゐるつもりだつたが、そのくせそのさうでないもののやうに振舞ふといふことでもひどかつた。

［…］

丁度さういふ時に、彼は、大臣Aと作家との会合（引用者注　一九三八年一〇月、農民文学懇話会設立前の有馬頼寧との懇談会）に呼ばれたのだつた。（『全集』九巻六〇頁）

太田＝島木は、『再建』に対して「太田自身の現在の思想なり生活感情と、作中人物のそれとの間に、溝が出来」ていると感じる。『生活の探求』の後には「自分がさういふ人間でもない」のに「さういふ人間であるやうなふりや真似をすることは、出来るだけやめるようにしようと決意した」と語らせている。『生活の探究』発刊後、文学的営為の方向性を模索した姿が、太田という人物に仮託されている。

以上のように、島木の「地方」イメージは文化的伝統をもち田園風景とともにイメージされる「古い郷土」としての農村とは異なる。そうした意味での「故郷」をもたず、生まれ育った場所に帰ろうとしない故郷喪失者だと自認する小説の登場人物を形象化した。島木の考える「地方」は近代的な開拓地である北海道を範型とする「植民地」「開拓地」的な場としてイメージされている。『運命の人』の杉原は、国内各地から集まった人々と開拓農村で共同経営を目指す人物として描かれ、その姿に可能性を見出す小説家秋山が配されていた。

各地での見聞にもとづいて書かれた旅行記『地方生活』では、秋田（「地方庁」「秋田の人々」）、新潟（「北越農民の労苦」「帰還農民の平常心」）、福島（「関の白河」「養蚕地帯」）、神奈川（「模範部落」）、北海道（「北海道及北海道人」「札幌」「開拓地と北海道」）とともに、朝鮮（「京城」「二度目の朝鮮」「朝鮮の印象」）、満州（「勤労者の余暇」「娯楽について」）を「地方」と位置づけた。それは、国家に奉仕し賦活する「地方」として同列に見出されていたというよりも、それら「地方」で「生活」する人々を通じて見え聞こえてくる、国策に還元し得ない雑音《ノイズ》を含んだ、生きられた「地方」の姿だった。

三　「新しいタイプの人間」探訪としての「地方」旅行

島木はデビュー作「癩」「盲目」で転向をめぐり懊悩する人物を描いた[11]。ここには、三木清が論じた不安の思想・文学（シェストフ的不安）[12]と同時代的に共有された問題の形象化があった。その後の島木の文学的テーマは、「インテリゲンチャ」の「新しい人間のタイプ」の形象化だった。のちに島木は一九三六年一月から『文学界』の同人となった。三木も一九三七年三月から同人となる。同人間で問題意識や文学観は必ずしも共有されていない。が、この二人には近接を見いだせる。この時期の三木は、総力戦体制化が進むなか、加担と抵抗の挟間で昭和研究会へ参加、『構想力の論理』を執筆していた[13]。一九三八〜四一年における島木の「地方」旅行を通じた文学的営為は、三木が不安の哲学・文学を論じた際、その超克の方法として述べた「新しい人間のタイプ」の探訪に動機づけられているといえる。『満州紀行』所載の最初のエッセイ「北満開拓地の課題」（『文藝春秋』一九三九・九）で島木はこう述べていた。

つねに人間に対する興味が先立つ私は、何よりも先ず新しい土地に成長しつつある新しい人間のタイプを想像した。五族協和といふ壮大な夢が実現に向ひつつある姿が見たかった。またかの国のインテリゲンチヤはどう考へいかに生活してゐるか、私と同時代にぞくする人々も多数行つてゐるのだが、その人々の現在はどうであるか。

「五族協和といふ壮大な夢」という国策への批判はここにはない。しかし、それが国策プロパガンダに収まりきらないのは、そこで暮らす人々についての見聞にもとづき、「新しい土地に成長しつつある新しい人間のタイプ」を見出そうとすることにあった。

一九三七年七月の盧溝橋事件から日中戦争が全面化、一九三八年四月に国家総動員法が近衛内閣で制定されていた。同年、農民文学懇話会設立に先立ち有馬頼寧農相との懇談会に参加した島木は「国策と農民文学」（『東京朝日新聞』一九三八・一一・一七〜一九）で、このときの所感を記している。「国策に順応するといふよりは、むしろ国策を樹つるにあづかる文学」という有馬の提言を受けて次のように述べた。

しかしその時でさへもそれらは単に「国策に順応する」文学であらうか。私は単に国策に順応するだけの文学なぞが、いやしくも文学である以上、あらうとは思はない。作家には作家の眼があり、それは批判の眼である。そして誰の目からも完全無欠な国策などといふものはない。又国策は決して固定し硬化したものではない。ある期間固定の姿勢にあるとしても、動いてやまぬ現実に即応してそれは絶えず発展の芽を内に感じてゐるべきものである。伸びようとしてゐるものである。

その発展の眼《ママ》がどこにあるかを正しく見もし感じもするのが作家の眼であり、批判の眼である。であつて見れば単なる順応の文学はなく、つねに国策の樹立にあづかる文学だけがあるといふべきである。

(『全集』一四巻一四二頁)

この後、農民文学懇話会の設立にいたる。島木はこの時期のことを『或る作家の手記』では次のように記した。

以前に彼は一つの思想を信じ、彼の人間的感動のすべてをその思想の形式を通すことになれてゐたために、感動の発して動くすがたそのものが一つの型を持つてしまつてゐたといふことができる。それがその思想を棄て去らねばならなくなつたので、型に慣らされてゐた彼の精神は途方に暮れてしまつたのではないか。それは却つて自由に溌剌として動き出さねばならぬのにも拘らず、何か臆病に、いぢけて、流れるやうな、沸き立つやうな動きから遠くなつていつたのである。彼はこの自分の心臓に活を入れることを思つた。さきの型に代る新しい型が必要であらうか？　それは必要ではないだらう。彼はそのために先づ、自分の身を起して、出来るだけ遠くまで行かうと思つた。さまざまな人間の生活の中へ、――中へでなく、その表面だけにしかふれることができなくても、そこへ行かうと思つた。［…］

そのやうにして彼はその前の年の夏、彼としては一つの試みである長篇小説(引用者注『生活の探求』)を書き終へると、当分書くことを自分からやめることにして、東北から北海道への旅に出て行つた。暑いさかりを生れてはじめてリユクサツクを肩にして二月ほど過した。そして今度の満州旅行はその時の

旅の延長だつた。（『全集』九巻一三～一四頁）

島木の「国策」に対する態度は両義的である。一方でマルクス主義という「思想」に依拠した政治活動を断念し国策に寄り添う構えを許容しつつ、他方で「さきの型に代る新しい型」にはまることなく、「さまざまな人間の生活の中へ」可能性を求めた。「地方」の「生活」に視線を向け、「新しいタイプの人間」を求めて旅し、そこでの見聞に忠実たろうとすることで「批判の眼」を堅持する。それが、このとき島木が文学者としてとった姿勢だった。実際に島木が向かったのは、「東北から北海道」「満州」である。島木が注視したのは、旧来の制度を刷新しようとする地方の中堅的人物たちであり、あるいは農業の共同経営を試みる人々である。それは、伝統の堆積した「郷土」的な場所であるよりも、「植民地」「開拓地」的な場所で「生活」する人々だった。

島木は、同時代の地方・農村イデオロギーである「農本主義」「地方主義」とも異質である。島木のいう「地方」は、田舎であり農村である「地方」を国家の本質として意義づけることはない。農本主義について、岡田洋司は次のように指摘している[14]。

農本主義と農本思想を区別することは妥当であろう。私見では、①農業が国家の基本であるという認識を持ち、②その認識は国体論と結合している、③さらにそれにともなう社会構想・国家構想をもつこと、以上三点が農本主義の要件である。反対に〝農〟を軸としつつも②③の要素をもたない、またその傾向が弱いものを農本思想と規定したい。その意味では、徳冨蘆花・武者小路実篤・中里介山等の〝農〟

を軸とした思想は農本主義ではなく、農本思想と呼びたい。

農村、田園志向の文学的営為が「農本思想」的だといえるとすれば、島木の「地方」表象はさしあたって「農本思想」的である。一九四〇年代に組織された翼賛会文化部の地方主義理念には国家構想が含まれ、「新体制確立」のために「伝統の自覚」を促すものだった。「日本文化の正しき伝統は外来文化の影響の下に発達した中央文化のうちよりも、特に今日に於ては地方文化の中に存」するとした[15]。島木は翼賛会文化部の地方主義運動にもかかわる。しかし、その理念とする「地方」理解とは隔たりがある。述べたように、島木の見出す「地方」は「遠い父祖の生活を思はせるしつとりした雰囲気といふやうなもの」がなく、むしろ「近代的な西洋的な色彩を持つた土地」であるかわりに、「新しさに向つて動くことを阻む古い諸関係から」「自由」な場所だった。それは、「植民地」的な「開拓地」にこそ近似する。そして、そういう「地方」で生きる「新しいタイプの人間」を注視した。

一方、島木のエッセイや小説は、徳冨蘆花や武者小路実篤ら明治から大正期にかけての自然回帰的な農本思想家たちのテクストとも異なった性格をもつ。島木は地方を巡り歩いた紀行文を多く記したが、「今日の文学者」たちの紀行文を明治期の文学者たちとの違いから次のように述べていた。

昔の文学者が、山や川について語つた代りに、今日の文学者は、さまざまな産業について、生産における人間の姿について、それを通して社会の動きについて語る。山や川について語るにしても、それをただそれとして語ることはしない。（「文学者の旅行」、『全集』一三巻一一〇頁）

前代の文学者たちが、都会にはない、また都会を相対化する田舎の風景や「自然」を目当てに旅行し「花鳥風月の趣味」で語ったのに対して、自然に還れというのではなく「社会の動きについて語る」ところに違いがあるという。「さまざまな産業について、生産における人間の姿について、それを通して社会の動きを語る」ことに意義を見出していた。

一九三八年の東北紀行では、「地方」で「生活」する多くの人々に会い、エッセイを発表している。このときの旅行と関連するエッセイは次の通りである。

七月末、秋田訪問。秋田高等小学校参観（「今日の学校」、『文芸』一九三八・一〇）、土崎の青年団との交流（「地方青年」、初出未詳、『随筆と小品』河出書房、一九三九・八）。八月二日、北方教育十周年記念会（秋田県立図書館）への出席。八月三日、青森県、妻京の実家。八月一六〜一九日、青森市近くの林檎農家を訪問（「村へ来ての感想」、『中外商業新報』一九三八・八・一四〜一九、「東北の娘」、『婦人公論』一九三八・一〇）。八月二〇日、男鹿半島への旅行（「男鹿半島」、『文学界』一九三八・一〇）。八月二三日、秋田市で松田甚次郎の座談会に出席（秋田魁新報主催「農村建設を語る　県下青年座談会」、『秋田魁新報』一九三八・八・二五〜二九）。九月、北海道（「東旭川村にて」、『都新聞』一九三八・一〇・六〜九）。

このうち、松田甚次郎[16]を囲む座談会では、松田を中心に、秋田県各地在住者一〇名、米山重助（社会教育主事）、小西定助（県農会技手）、秋田魁新報社の大瀧重直記者ほか四名が参加。このなかで、次のようなやりとりがある。

小西　松田さんは既成団体はとても駄目だといふやうなことをいはれましたが、私はその悪いところがあつたら、それを正しくして有効に使つたらいゝやうに思ふのですがどうでせう、そして、更正運動（引用者注　農山漁村経済更正運動）はこれ等の団体に任せた方がいゝやうに思はれるのですが……

松田　私はあらゆる既成の指定団体が有害だといふものぢやないのですが私の経験は到底あなたの申されるやうな言葉にイエスと答へるわけにはゆきません、これはもはや理論ではなくて、事実が、かく私に言はしめるのですから悪しからず……私は十年の過去を考へるときあなたのいふことをハイ全く同感ですとは到底言へません。

島木　私はけふ計らずもこの座談会を傍聴することが出来まして感謝します、松田さんの「土に叫ぶ」を見て私は感激とか感銘とかいふ言葉では表現出来ぬ敬服といつたものをかんじました。これまでの農民の精神そのものが、肉体的なものとしてそのまゝ日本の日本《ママ》のなかには表現されてゐなかつたが、あなたの行動はいま著書として日本の文化にその精神を与へつゝある、これは日本の不幸であつた過去が幸福な健康な日本になつて行くための、必要なものであり正しく、また当然なことでもあります、私は作家でありますが、けふもそのことを知りたいためにわざ〳〵やつてきたのであります。日本の五割以上を占めるものゝ精神が、ゆがめられず日本の文化様式に表現される時がきたことを私は心から喜びます。

松田　私もあなたに感謝します

島木　農民の眠れる魂をあなたはこゝに呼びさましてくれたと思ふ……社有田に対する中央官吏の考へ方はどうですか

松田　同感のものが多いのです

米山　島木さんは農村と都会は同じ生活程度のものを享受しなくてはならんとお考へでせうか

島木　そんなことはありませんよ、私の言ひたいのは日本の文化は農民の精神を真実に表現してゐなかつたといふのです、私は松田さんの恩師であるといふ宮沢賢治さんの詩はもつとも愛読するものゝひとつです……

松田　現在の社有田については私はこれを全国的にすべてやらねばといふことは考へてゐませんその程度は現在の自作農創設が絶対政策でないのと同じです、しかし、日本の過半数がこれによつてよくなるものとは考へます

この記事で注意しておきたい点は二つある。一つは、松田が、「既成団体」への信頼をはっきりと否定し、地域の自律を志向していることである。島木は、松田の取り組みのなかでも、地域の共同性を維持するために「社有田」を確保したことに言及している。「社有田」は、手放された土地を集落で共有した農地で、これにより地域の共同性を維持しようとした。松田は、それについて「全国的にすべてやらねばといふことは考へてゐません」と答えている。地域の条件に見合った自律のあり方を重視した。松田は、満州移民を推進した農本主義者・加藤完治の教えも受け、農は国家の大本であり、土地は「陛下の土地」と言う人物だった。ただ、その実践は地域の自律を主眼とした。島木の「地方」へのまなざしは国家目的に従属する「農本主義」とは一線を画す。その点、理念的には松田と隔たりがあった。しかし、地域自律志向の一面で通じている。

もう一つは、松田に指針をあたえた宮沢賢治に言及していることである。この時期、松田も一役を担って賢治は広く知られるようになった。はじめての宮沢賢治全集（文圃堂）は一九三四〜三五年に刊行、『文学界』にも宣伝記事が大きく掲載された。島木が「宮沢賢治さんの詩はもつとも愛読するものゝひとつです」

と発言しているところに、賢治作品を読んでいた形跡がうかがえる。ただ、何を読んでいたのかまでは定かでない。いずれにせよ、島木の志向は農民芸術を志向した賢治と通じるところがある。

宮沢賢治「ポラーノの広場」は、島木と松田の関係のアレゴリーとして読むことができる。一九三四年刊行の文圃堂版『宮沢賢治全集　第三巻』にはじめて収められた。農夫の子ファゼーロたちが理想の広場を探求することから協働的な地域産業を実現するまでを、博物局に勤める役人「前十七等官　レオーノ・キュースト」が記し「宮沢賢治」が「訳述」したと設定されて物語られる。島木は、「地方」を訪ね、紀行文や小説を書いた。それは協働的な〝地域〟社会をつくりだそうとする「新しいタイプの人間」を見出す文学的営為だった。それはファゼーロら「ポラーノの広場」の人々に対するキューストの姿に重なる。松田がファゼーロのような農業者であったとすれば、島木の文学的営為は「ポラーノの広場」に加わることなく、それを見聞し語るキューストの姿に重なるものだったといえよう。

四　「国策」的紋切り型による否認に対する「見聞」のリアリズム

島木の「地方」表象は、見聞を「批判の眼」でとらえ、書こうとするものだった。『或る作家の手記』には、次のような満州の「土地」に関するエピソードが記されている。①は、「満州」に移民する日本人の土地が「満州農民」から「買収」したものであり、その「替地」に関して言及したものである。②は、その「見聞」を講演で語ったエピソードである。

①

たとへば、この公社は、満州農民から土地を買収するのである。［…］次に又、日本の人々が、最もその真実を知りたいと思つてゐることの一つに替地の問題がある。満州がただ広い広いといはれてゐるものだから。まるで水か空気のやうな、全然所有のきまつてゐない土地がそのへんにいくらでもあつて、日本移民はそこへ入つて行くものだと思つてゐる人々が、知識階級の相当なところに沢山に見出されるといふことはじつに驚くべきことだ。［…］しかしこれについて適確な、問ふものが満足するやうな答をするものはまづゐない。太田が今までに逢つたかなり多くの開拓事業関係の人がみな、太田の問に対して、納得のいくやうに答えてくれなかつたので、彼は、「先づゐない」なぞと断定して憚らぬわけなのである。「替地のことは問題なく、ちやんとうまくいつてゐます。」と、何かこつちが叱られてでもゐるやうに、問ふべからざるを問ひでもしたやうに、二度とつづけて押して問ふことはとてもできぬやうな気勢で、答へられた経験も、太田は持つてゐる。これでは無論答へになつてゐないと知るべきである。おれには充分わかつてゐることだが、お前などに言ふべき筋ではないのだ、といふやうなにほひもする。（『全集』九巻七二〜七三頁）

②

太田がその時人々に向つて話したのは、彼が〇〇県の協和会事務所を訪ねた時の見聞だつた。彼はそこで、単に事務長の話を聞くといふだけではなくて、彼自身の眼で見たのであつた。たくさんの地元の農民達が陳情におしかけて来てゐた。彼等の一人々々の顔も、手ぶりも、早口に何かを訴へてゐる声も、――それから、彼等の訴へを一つ一つ聞き、彼等と法律との間にはさまつて、合理的な解決の道を得ようとして苦慮してゐる事務長の顔も、今なほ太田の印象には残つてゐた。太田は又、彼等の陳情書も写して来てゐて、それは今日も持つて来てゐる手帳のなかにあつた。——そしてこの見聞については、彼は旅行記（引用者注『満州紀行』）の中には、一行といへども書いてはゐなかつた。彼はこまかな心遣ひをしたのであつた。が、民族の協和を中心に、新しい国のことを考へる彼は、今日ここに集まつたやうな人々へは、この見聞を語らずにはゐられぬのであつた。（『全集』九巻一二七頁）

①では、満州農民からの土地買収問題について「開拓事業関係の人」にした質問と抑圧的な対応が語られている。そこで否認されているのは、日本からの移民開拓地が農地を買収したもので、また満州人の雇用なしには成り立たない現実だった。それについて②では、「旅行記の中には、一行といへども書いてはゐなかつた。彼はこまかな心遣ひをしたのであつた」と記している。総動員体制下の制約がうかがえる個所だが、リアリズムの姿勢を堅持しようとする島木の「批判の眼」が失われているのではない。②では、現地の「見聞」として、満州人らとおぼしき「地元の農民達」が「陳情」する現場に遭遇したことを記している。それは国策の理念に反し、否認されるべき現実だった。それを指摘することは日本人関係者たちに煙たがられ、語ることを抑圧される事実だった。そうしたなかで、慎重になりながらも、理念的プロパガンダが否認する現実の所在を記している。

尾西康充[17]は、島木が『満州紀行』で日本の開拓農村が満州人を雇用しなければ成り立たない実状を記していることに触れながらこう述べている。「島木は、多額の労賃を現地農民に支払わなければならない現状から脱却することによって〝開拓団〟が自立的経済を営むようになることを求めているのだが、地主小作関係の不平等、そしてそもそもそこは彼らの土地であったことにはまったく言及していない」。だが、島木は『満州紀行』で次のように触れている。「雇用されるもののなかには、開拓民入植前までは、自立した農民であり、主人であったものもある。彼等の新しい替地はどうなつてゐるのであらう」(「新たなる出発」)、「日本人入植以前に、それだけの水田があつたといふことは、少なからぬ鮮人農民がゐたことを意味する。彼等と、さうして今開拓民が住んでゐる満人農家のもとの住民たちは？」(「満州旅日記抄」)。『或る小説家の手記』でも引用①②のように記していた。この点、川村湊[18]の指摘が的確である。「島木健作は、和田伝のように〝既墾地である開拓地〟といった奇妙な虚構性に惑わせられることなく、開拓民の入植した土地が、満人農民から何らかの手段で購入あるいは交換された土地であり、そこで自作農が小作農に転落し、「民族協和」の掛け声による日本開拓民の入植が、先住の満人、朝鮮人農民にとって侵略的なものであったことを正確に指摘しているのである」。島木の立場は、先に述べたように両義的である。「新しい国」満州の「五族協和」という建前に照らして、「五族」が「協和」していない「見聞」の事実をリアルに表現しようとするものだった。

『或る作家の手記』には、満州から帰って体内に巣くった「蛔虫」に悩まされるエピソードがあり印象的である。これについて小林秀雄[19]は、「彼が病院の一室で、一人きりで、お丸に跨《また》がり、ツルツルした五米もある奴を、ひり出してゐる場面は、「手記」のなかで一番真実な美しい場面である」とし、この場面でこそ「現代文化」に対して「一番烈しく抗議してゐる」と評した。体内に棲息する蛔虫は、満州で暮らす満州人や日本人に饗応されたものから侵入したと考えられる。洗浄するが「頭」が残ればまた成長する。結局「頭」だけが残る。このエピソードは、帰国後『満州紀行』を出版し、さまざまな反響のあるなか、国策的紋切り型の演説、土地買い取り代替地問題の存在を否認する発言、問題を指摘すること自体への嫌悪をもった反応などにふれたエピソードと並行して断続的に挿入されている。

島木の「地方」旅行は国策に添うことでなされた。そして、島木は『文学界』同人、中央文壇の一人だった。加えて、満州を、「五族協和」を理想とする、日本にとっての「地方」ととらえた。だが、その理念に忠実たろうとして「見聞」したとき見えてきたのは「五族」の「協和」しない現実だった。「蛔虫」は、日本の「地方」としての満州旅行の結果もたらされたものである。それは、国策的紋切り型によって否認されてもなお洗い流すことのできない、島木の「地方」表象をしつこく動機づける「見聞」の換喩である。

五　結語

島木の表象した「地方」は、伝統的に営まれてきた郷土とは異なる「開拓地」「植民地」としてイメージされていた。東北・北海道・満州は、国家の「地方」として同列に見出されたとともに、父祖伝来の伝統を宿した郷土とは異なる新しい可能性が開ける場所としてとらえられていた。島木の文学的営為は、そのような「地方」を注視して「見聞」したことのなかから「新しい人間のタイプ」を見出し表現することに動機づけられていた。そして、満州表象においては理念的な（建前の）国策に合致しないことであっても、「こまかな心遣ひ」という制約を伴いつつ、自らの「見聞」と省察に立脚して表現した。そのとき見出したのは、「五族」の「協和」していない現実、国策的プロパガンダには回収しえない現実だった。島木が表象したのは、国策に従属しえない〝ノイズ〟をはらんだ「地方」だった。

［付記］島木健作のテクストの引用は『島木健作全集』（国書刊行会）を用い、『全集』と略記した。

【註】

1　西崎京子「ある農民文学者―島木健作」（思想の科学研究会編『共同研究　転向　上』平凡社、一九五九・一／改訂増補版、東洋文庫、二〇一二・二）

2　本多秋五『転向文学論』（未来社、一九五七・八／第三版、一九七九・二）二一一頁

3　平野謙『昭和文学史』（筑摩書房、一九六三・一二）二二一、二二六～二二七頁

4　北村薫『島木健作論』（近代文芸社、一九九四・六）一二五頁

5　持田恵三『近代日本の知識人と農民』（家の光協会、一九九七・六）二〇〇頁

6　新保祐司『島木健作　義に飢え渇く者』（リブロポート、一九九〇・七）一一二頁

7　玉野井義郎『地域主義からの出発』（学陽書房、一九九〇・三）七～八頁

8　「地方文化新建設の根本理念と当面の方策（一九四一・一）」（北河賢三編『資料集　総力戦と文化　第一巻』大月書店、二〇〇〇・一二）

9　中谷いずみ『その「民衆」とは誰なのか』（青弓社、二〇一三・七）「第一章「民衆」の〈歴史性〉と「民衆」の〈普遍性〉―島木健作『生活の探求』、火野葦平『麦と兵隊』」四四頁

10　島木の満州理解については、中川成美「幻影の大地―島木健作「満州紀行」論―」（小田切進編『昭和文学論考』八木書店、一九九〇・四）が、島木の関心の生成から「混沌たる矛盾の中で驀進する巨大な生物」として満州の虚実を認識したことまでを論じている。

11　拙稿「島木健作『癩』『盲目』と亀井勝一郎の初期評論」（『日本文芸論叢』一九九三・三）

12　三木清「不安の思想とその超克」（『改造』一九三三・六）、「ネオヒューマニズムの問題と文学」（『文芸』一九三三・一〇）、「シェストフ的不安について」（『改造』一九三四・九）など。

13　永野基綱『三木清』（清水書院、二〇〇九・四）

14 岡田洋司『農本主義者山崎延吉　〝皇国〟と地域振興』（未知谷、二〇一〇・三）「はじめに」注4
15 前掲「地方文化新建設の根本理念と当面の方策（一九四一・一）」
16 安藤玉治『「賢治精神」の実践　松田甚次郎の共働村塾』（農山漁村文化協会、一九九二・七）によれば、松田甚次郎（一九〇九〜四三）は、山形県最上郡稲舟村大字鳥越字駒場（現・新庄市鳥越）の素封家の長男として生まれ、一九二六年、盛岡高等農林学校に入学。一九二七年、宮沢賢治を訪ね「小作人たれ、農村劇をやれ」との教訓を受けて、これを実践した。一九三二年、最上共働村塾を創立。一九三八年五月、『土に叫ぶ』（羽田書店）を出版しベストセラーとなる。このなかに「社有田」への言及がある。秋田で座談会のあった八月、和田勝一脚色「土に叫ぶ」が新国劇一座により東京有楽座で上演されていた。
17 尾西康充「開拓地／植民地への旅　大陸開拓文芸懇話会第一次視察旅行団について」（『人文論叢　三重大学人文学部文化学科研究紀要』二〇一四・三）
18 川村湊『異郷の昭和文学』（岩波新書、一九九〇・一〇）五五〜五六頁
19 小林秀雄「島木健作」（『文芸春秋』一九四一・二／『小林秀雄全集　第七巻』新潮社、二〇〇一・一〇）

2章 戦時下のモダニズムと〈郷土〉
——雑誌『意匠』・沢渡恒における「東北」

仁平 政人

2章　戦時下のモダニズムと〈郷土〉

——雑誌『意匠』・沢渡恒における「東北」

仁平　政人

一　はじめに——問題の所在

本稿は、戦時中に山形で刊行され、多くのモダニズム系の詩人が参加した雑誌『意匠』（全一七号、一九三九・一〇～一九四二・八）と、その編集に深く関わった作家・詩人である沢渡恒の活動について検討するものである。

近年、戦前から戦時中にかけてのモダニズム詩誌が多く復刻（ないし紹介）され、新たな検討が進められている[1]。だが、そうした状況の中でも、沢渡恒を中心としたグループについてはいまだ十分な検討の対象となることなく、多くの場合は、稲垣足穂がそこに参加していたということによって論及されるという程度に留まってきた[2]。また、沢渡恒という作家についても、山形で郷土の文学者として取り上げられることはあっても[3]、文学史的に光を当てられることはほとんど無かったと言っていい。こうした状況の中で、日本のシュールレアリスムをめぐる研究の中には、『意匠』に歴史的に重要な位置を与える議論がみられる。次に挙げるのは、澤正宏氏の論考「超現実主義の水脈」（澤正宏・和田博文編『日本のシュールレアリスム』世界思想社、一九九五・一〇）の一節である。

昭和一七年には超現実主義者の転向が相次ぐが、かつてそれを支持した者たちが参加して山形市で出した詩誌『意匠』第一一号(昭一七・一)の、「もう日本の詩壇も超現実派の借衣裳はすつぱり抜きすてゝもよさそうな時期だと思つてゐる」という記述は、超現実主義への弾圧の嵐が吹き荒れるなかで、自らがその主義の放棄を述べたという意味で一つの時代を締め括る発言となった。

澤氏は、一九四〇年の神戸詩人事件や、北園克衛への特高の取り調べとそれによる雑誌『VOU』の終刊、また翌年の福澤一郎・瀧口修造の検挙など、一連の弾圧を通して日本の超現実主義運動が急速に終焉を迎えていくという状況を踏まえつつ、『意匠』に掲載された一文を、こうした状況を象徴するもののように位置づけている。同じ論集『日本のシュールレアリスム』に収められた和田桂子氏の『意匠』に関する解説は、この視点を具体的に発展させたものとみることができる。

『意匠』第一号には、『カルト・ブランシユ』のメンバーが顔をそろえた。山田有勝は詩を、飯島淳秀はコントを、沢渡恒はエスキース「稲垣足穂」を発表し、冨岡宏資訳のバンヂャマン・ペレの詩も登場した。しかし、『意匠』が『カルト・ブランシユ』と決定的に異なっていたのは、その拠点を山形に置き、地方文芸雑誌の体を頑固に保った点であった。第二号の誌上アンケートでは、地方居住する芸術志望者ならびに地方文芸雑誌をどう考えるか、と質問した。第一四号は「特集〝地方〟」、そして第一七号は「特集〝郷土〟」である。

こうした編集基調は、どこから生まれたのか。『カルト・ブランシユ』終刊号に載った沢渡恒「カルトブランシユ芸術活動」にその答えがある。沢渡は、大東亜戦争という現実を目の前にして『カルト・ブランシユ』が「微温的態度を避け国家への忠誠と自己の純潔を守る為敢てその運動を停止した」と書き、その後にこう続けた。「僕たちは、深く郷土の心に沈んで芸術の世界を考察し地球を覆ふべき文化の指命を重く背に感じつつ日本芸術の全く新しき形態に於て僕たちの集団的芸術思考を実現する日を近く再び持つであらう」。「郷土」「地方」は、新しく生まれ出る文学のキーワードとして期待をになうようになったのである。[4]

ここで和田氏は、雑誌『意匠』を『カルト・ブランシユ』との連続性を持ったシュールレアリスム系の雑誌と見なした上で、それが山形で刊行された「地方文芸雑誌」であったことを、「郷土」や「地方」がキーワードとなっていった時代状況と結びつけている。ここにみられるのは、『意匠』が東北で刊行されたということ自体を、翼賛文化運動下の地方文化振興を含む時代状況への加担ととらえ、そこにモダニストたちの「転向」[5]を見出す視点であるといえよう。

これらは、雑誌『意匠』を歴史的に捉える視座を開く、貴重な議論であるように思われる。だが一方で、これらの見解にはいくつかの点で再考の余地があると考えられる。第一に、両氏の議論では荒居稔の発言（第一一号、第一二号）が手がかりとして大きく取り上げられているが、これは「帚星通信」という読者からの通信欄に掲載されたものであり、この発言に雑誌『意匠』の方向性を、またシュールレアリスムの状況等をみることには多分に留保が必要である[6]。また、和田氏が引用する沢渡恒の文章は『意匠』の最終号発刊の後のものであり、これをもって同誌の発刊意図を捉えることは難しい。雑誌『意匠』と戦時下のモダニズム／シュールレアリスムの状況との関連、また「地方」をめぐる問題との関わりを捉える上では、まず同誌のあり方の慎重な検討が必要であるだろう。以上をふまえ、本稿では雑誌『意匠』の成り立ちと性格について再検討するとともに、同誌および沢渡恒の時代状況との駆け引きのありようについて、特に「地方性」にまつわる文脈に注目して分析を試みる。それは、前衛芸術の運動が挫折していく一九四〇年代における、モダニズム詩と東北という場の、また「地方」や「郷土」をめぐる言説との錯綜した関係性について光を当てることともなるはずである。

二　『カルト・ブランシユ』から『意匠』へ？

まずは、沢渡恒の経歴と、『意匠』とのつながりを捉えられてきた雑誌『カルト・ブランシユ』について、簡単に確認を行うこととしたい。

沢渡恒は一九一六年、山形市七日町で料亭・千歳館を経営する沢渡吉兵衛の五男として誕生した。中学時代から詩や散文を文芸誌に投稿し、立教大学入学後は、『立教新聞』『立教文学』に属して創作を発表。また、一九三七年に山田有勝ら大学の仲間とともに、同人誌『詩とコント』を刊行。翌年一月、同誌の後継誌として『カルト・ブランシユ』を刊行する。多くの「コント」の他、佐伯キリコの筆名で詩を、加賀純平の筆名で演劇評論をそれぞれ数多く発表する。一九四〇年に応召、満州に出征するも、肺結核を発病して、翌年除隊。その後は三省堂に入社して、出版物の編集に従う。一九四五年に再度の応召。終戦後は、妻子が疎開していた山形で闘病生活を送りつつ、病床で執筆活動を続けた。一九五二年に病没。没後に作品集『夢のはて』(デカドクラブ、一九五二・四)が刊行。また二〇〇二年に、作品集『エクランの雲』(ギャラリー・イヴ、二〇〇二・四)が刊行されている[7]。

右で触れたように、『カルト・ブランシユ』は沢渡らが刊行した雑誌『詩とコント』の後継誌として、一九三八年に創刊された同人誌であり、同人のグループは「デカドクラブ」と名付けられている。同誌は主要メンバーや寄稿者の多くが北園克衛の雑誌『VOU』などに関わっていたこともあり、本格的な都市モダニズム詩誌としての性格を備えている。和田博文氏は、文学史的に浮上しにくい雑誌『20世紀』に集まった詩人達を「モダニズム詩第二世代」と規定しているが[8]、「デカドクラブ」の主なメンバーはそれよりも更に少し年下の、遅れてきたモダニスト達であったということができるだろう。簡単にまとめれば、彼らの立場は、インターナショナリズムや言語の純粋性への志向、および「アンチユマニズム」を理念とするものであり、またその創作の特徴は、「コント」というジャンルを、ポエジイとロマネスクとの境界にある、また散文において「超現実的思考」を駆動させるものとして、重視するという点にあったといえる[9]。なお、沢渡恒の編集で、西脇順三郎の序文を得たデカドクラブのコント集『薔薇園伝説』の刊行が予定されていたものの、戦時下の出版統制のために実現されず、一九八六年にかつての同人であった山田有勝の手で刊行されている[10]。

さて、この同人誌の刊行期に、山形で『意匠』が創刊されているが(一九三九年一〇月)、『カルト・ブランシユ』の中には管見のかぎり『意匠』に関する言及はみられず、また「地方性」や「郷土」への志向もみられない。この点に関連して注目したいのは、『カルト・ブランシユ』誌上でほぼ唯一、東北の空間が具体的に表象されたとみられる、沢渡恒の短文である。

津山光衛の経営にかかる田園ホテルのロビイで、昼寝をしてる僕に出逢ふ。白襟のワイシヤツで煙草をのんでると、一茎の草花のやうに汚れて見える。葉緑素が浮いたり沈んだりするやうに、不透明な窓で耳をこはばらせてハモニカをふく。カヘルがなく。クジヤクがなく。月が自転車にのつて、植物のスピイドで近づいてくる。クジヤクは案外きたなく鳴く。スカンジナビアのアヒルのやうである。[…]三羽のウイドウは、イプセン式に溜息をつく。一エン五〇センの市場価値をもつそのタマゴは、オムレツにしてニハトリの二倍になる。金色の紋章のある思考の羽根をひろげるため、僕たちはへんな顔をしながらそれを食べる。月のスピイドが、風車のやうにのろくなる。[…]非常にしばしば、川原に通ずる曲つた村道やボケの木のかげから少年の僕がとびだしてきて僕を狼狽させた。明日僕はデカドクラブのため、黒いソフトをかぶりなほして昼寝をしてる僕を起しにいかねばならない。三角の頭から、キユウリの花をつみとらねばならない。[11]

冒頭に「津山光衛の経営にかかる田園ホテル」とあるが、津山光衛とは恒の兄・沢渡博の筆名であり[12]、舞台とされる「ホテル」とは、博が経営する天童温泉の旅館・真鶴荘を指すとみられる。すなわち、ここに描かれるのは、恒にとっての郷里たる山形の空間に他ならない。（ちなみに、この文章は『意匠』創刊の直前にあたる時期のものであり、この時期の恒の滞在にはその創刊準備という意味があった可能性も考えられる。）が、注目したいのは、その表現のありようである。すなわち、ここでは舞台である山形の土地は匿名の「田園」とされるとともに、「昼寝をしてる僕に出逢ふ」というドッペルゲンガー的なイメージや、稲垣足穂を想起させるような「月」の擬人化、エキゾティスム的な視点をふくむ奇抜な比喩の多用などが認められる。ここにみられるのは、自らの郷里の空間を、エキゾティックな異郷として形象化するレトリックであるだろう。そしてこの文章の末尾では、明日「デカドクラブ」に向かう際に、自分の頭から「キユウリの化をつみと」らねばならないとされる。ここには、モダニストとしての活動を、「田園」から切断されたものと見なす視点が鮮明に示されている。まとめると、この文章に示されるのは、自らの郷土たる山形を、デカドクラブの活動＝モダニスト的な活動から幾重にも遠ざける態度だと言っていい。それは、恒の最初期におけるリアリズムな小説あるいは随筆ではしばしば故郷あるいは「帰郷」というモチーフが扱われていた[13]ということと、ちょうど対応しているだろう。

以上のことに端的にみられるように、『カルト・ブランシユ』のなかに、『意匠』の創刊につながるような「地方」あるいは「郷土」への志向をみることは難しい。それでは、『意匠』という雑誌はいかなる文脈で捉えられるだろうか。

『カルト・ブランシユ』と『意匠』という二つの雑誌をならべたとき、一見してわかるのは、前者がデカドクラブを中心に、理念や芸術的な方法をゆるやかに共有するメンバーによる統一性（あるいは均質性）を帯びた雑誌であるのに対し、後者は、ジャンルもスタイルも極めて雑多な内容から成っているということである。（事実、『意匠』創刊号に対して、「作品及び作家の多様性が注目をひく」（冨岡宏資）、「色々なヂヤンルのものを集めて見ようとして居る様ですが少しスタイルに統一が無さすぎはしないでせうか」（塚谷晃弘）といった声が多く寄せられている[14]。）

そしてこのことは、雑誌の性格そのものの違いと対応している。『意匠』は恒の兄・博が主宰し、同人誌ではなく依頼原稿による編集により刊行された雑誌である。編集と原稿依頼には恒が、また恒が出征していた期間には、東京在住の小説家・高橋丈雄らが協力している。編集体制により、同誌の活動を次の三期に区分することができる。

第一期（一～三号、一九三九・一〇～一九四〇・八）

沢渡恒が編集に協力。兄弟双方の人脈にかかわると推測できる執筆陣[15]。恒の入営（一九四〇・一）後に編集された第三号は、原稿の数が大幅に減少。

第二期（四～一〇号、一九四一・三～一二）

東京在住の作家、高橋丈雄・光田文雄が編集スタッフとして参加。奥付にも、「意匠東京編集所」として高橋丈雄の住所が記される。第五号からは、山形側の編集スタッフとして新見邦彦（デカドクラブの一員）が参加。「毎月刊行」を目標とし、特に高橋が精力的に活動。だが、デカドクラブのメンバーと高橋のあいだに軋轢が生じ、第一〇号で高橋は編集を退く[16]。

第三期（一一～一七号、一九四二・一～八）

発行元の名称を「意匠社」に変更。恒が編集の任に就き、「後記」でも恒・博の共同編集体制であることを明示。第一一号の巻頭に、「意匠宣言」を掲載。特集「地方」（一四号）・特集「郷土」（一七号）が組まれる。第一七号で告知なく終刊。

『意匠』の執筆者は合計九四名におよび[17]、デカドクラブのメンバーやモダニズム系の詩人が目立つものの、多様な立場の小説家や詩人、また俳人や俳優、文学研究者など、実に雑多な顔ぶれが原稿を寄せている（後掲の執筆者一覧を参照）。この意味で、雑誌の全体をモダニズム詩誌の範疇に位置づけることはできない。また、執筆者には山形在住者も数名みられるものの、雑誌として地元とのつながりが重視されているともみられない。

同誌には、発刊の経緯の説明はなく、雑誌の方向性について語る文章も（後述する第一一号の「意匠宣言」に至るまで）みられない。ただ、同誌上で恒が博を「ムツシユウ意匠」と呼んでいること[18]、また博が二つの名義（津山光衛、沢渡博）を用いて随筆・小説等を精力的に発表しつづけていることをふまえれば、同誌は、文学を志望しながらも温泉旅館の経営につき、『カルト・ブランシユ』の同人とはなりつつも、モダニズム的な表現や思想を共有しなかった博が、自らの活動の場としてつくったメディアという性格が強いように思われる。この意味で、創刊時にあっては『カルト・ブランシユ』と『意匠』とは雑誌として強固なつながりを持つとは言い難く、あくまでデカドクラブ（の一部）が後者に協力したといった把握が妥当であるように思われる。

なお、『意匠』第一号、第二号では、おそらくは雑誌の編集方針を模索するという意図で、文学者へのアンケートが複数のテーマで行われている。注目したいのは、第二号において「地方に居住する芸術家志望者を如何にお考へになりますか」という質問が為されていたことである。この問いに対して、作家・詩人の多くからは「首都にあるものはすべて地方のものではないのでせうか」（稲垣足穂）、「文学をするのに、地方でも都会でも、本質的には別段差はないと思ひます」（小林善雄）などというように、問題設定に対して冷淡ともいえる回答が寄せられており、たとえば地方性の表象を価値づけるような視点はほとんどみられない[19]（なお、恒は第二号のアンケートには回答していないものの、地方性への志向からは距離をとり続けているとみられる[20]）。読者からの通信の中には、「地方的な匂ひが感ぜられぬことは物足りなさを覚えました」[21]という「編集方法」への不満を示す声もみられるものの、以降の『意匠』も第一期・第二期を通して、ローカリティを殊更に強調することのない編集がなされていく。（もっとも、津山（＝沢渡博）が「愛村日記」（第六〜九号）を連載しているように、東北の表象が忌避されているというわけでも決してない。）

さて、こうした『意匠』のあり方は、戦時状況の進行にしたがい、急速に転換を迫られていくこととなる。以下、節をあらためて検討を試みたい。

三　一九四二年の『意匠』と沢渡恒――「風土」としての「超現実主義」

一九四二年一月、太平洋戦争開戦直後に刊行された第一一号から、『意匠』は恒と博による共同編集体制をとり[22]、発行所も意匠社と改めている。この号の巻頭に、次の「意匠宣言」が掲載されている。

…されば我我はこの国家の難局に当り、敵下の前に己れを捨てて銃を執つた時と全く同じ状態に於て、文化の為に敢然ペンを執り得るのであり、積る困難に益益ペンを鋭くしつつ名誉ある任務を果たさんとするのである。我が意匠社は、昭和十四年月刊文芸雑誌意匠を創刊以来、情実を排し低俗を拒み孤高に執せず偏見を容れず、只管日本の文化文芸の為に努力してきた。茲に諸事新たなる歴史の年を迎へて更に祖国の運命を己れの運命とし、深く文化の伝習に沈潜し風土の地盤に真実を探り、正統不偏の主義に立ち、文北戦士の一員として翼賛の誠を尽さんことを宣言する。

ここにみられるのは、先行するVOUクラブの宣言や、また『カルト・ブランシユ』の宣言[23]と類似した、翼賛体制下における国家主義への転換あるいは従属の宣言であるといえるだろう。特に留意したいのは、「文化の伝習に沈潜し風土の地盤に真実を探」るというように伝統や風土を追求するという立場、また「文北戦士」という言葉が示唆するように「北」という地域性を引き受けるという立場が示されていることである。これが、「地域文化振興」[24]が国策として唱えられる状況下にあって、ローカルメディアとしての『意匠』が引き受けることになった立場であることは見やすい[25]。

ただし、こうした宣言に示される方向性と、雑誌の編集のありようが単純に重なりあうわけではないということにも、注意しておきたい。実際、この時期においては、「後記」には時局的・国粋主義的とみられる言葉がしばしば示される傍らで、鈴木幸夫による海外のモダニスト作家の本格的な紹介（「ヴァジュア・ウルフ」（第一〇号）、「ジェイムズ・ジョイス」（第一三号、一九四二・三）、「K・マンスフィールド」（第一六号、一九四二・六））や、鮎川信夫のヴァレリーをめぐる評論「「魅惑」の蔭にて」（第一五号、一九四二・五）、また主要なモダニズム詩人たちの詩が数多く掲載されるというように、むしろ「モダニズム詩誌」的な性格が顕著に強まっているとみられる[26]。ここには、『新領土』や『カルト・ブランシユ』の活動が停止するなか、モダニズム詩誌の文脈を地方雑誌のなかに保存しようとする方向性をみることも可能だろう。

この時期の恒の立場を伺う上で興味深いのは、「意匠宣言」と同じ第一一号に発表されたコント「寒梅」である。

さらに暑いある日、やはり私は七月の燃える太陽を受けて、無意味な散索の習慣の上を歩いてゐた。光る舗道も溶け蔦草は青く、隣家の老人は、やはり灰色の着物に白い足袋、蝙蝠傘を杖に狂気を飾つたパナマ帽、その不安な姿がやはり私の前を歩いてゐる。瘠せた上布の肩を歪めて、ゆらゆらと紅色の陽炎が揺れた。私はやはり足を速めた。そして追ひ越しながら、やはり手套を投げつける素早さで挨拶をした。ところが全く唐突に、老人は笑つた。虚空に萎えてゐた眼を花の様に開き、夏空を仰いで高らかに哄笑した。私は遁げやうとした。その背へ、

「花は紅柳は緑、どうぢや青年一句参らうか」

老人のまるで快活な声が、矢の様に飛んできた。地球を裏返す程に何気なく、木の葉を叩く咳払ひも石の放心も蝸牛の歩みもかき消え、老人は猿臂を伸して私の腕を取つた。その冷たく湿つた掌の中で、既に私は私を失つてゐた。縺れあふ長い影を真夏の地球の上に残しながら、さらに私達は歩き始めた。

［…］

…私は紺のあせた絨毯に膝を正して末座へ控へた。床には侘助が一本赤く沈み、書院風の地窓の向ふで、俄かに寒山竹の豪快な葉擦れの音がした。あ、と私は、冴え返る記憶の中で私に返つた。その時快闊な老人の声が、

「寒梅、今日の席題は寒梅といきますかな。とかくして散る日になりぬ冬の梅。あはははは、俳諧はどうかな青年」

ふたたび、私は遁げやうとして身を震はせた。老人の声に振返つた、臙脂の小ごめ桜の帯の艶な若い女の、大小を構へた、切髪の、茶色の被布の、坊主頭の青い、宗匠の頭巾を冠つた、それらの客が白骨の

躯をかたことと音立てながら、髑髏の口をいつせいに私の方にむけて花やかに笑ひ去つた。その声を重く宿命の様に背負ひながら、黴の匂ふ畳を蹴り、石の上の青い苔に足を滑らし、転びつつ私は表へ出た。
どこかでピアノの練習曲の一節が、稚なくころころころと鳴つてゐるのを、その時私は遥かに聴いた。

絨毯の上で歳時記をめくり、花を生けるという日々を送る語り手「私」が、自らの影のようにもみえる、狂気を宿した「隣家の老人」にあるとき手を捉えられ、句会が行われている家に導かれる。「私」が我に返ると、そこは「私」自身の部屋に酷似した空間であり、真夏にもかかわらず「席題」は「寒梅」とされ、居並ぶ客たちは骸骨と化して花やかに笑い出す。「私」はその声を背に聞きながら、その部屋から逃げ出す……。ここでは、歳時記や俳諧、生け花といったいわば日本的・伝統的なもの、あるいはモダニストの伝統回帰[27]という文脈が取り入れられつつ、「無気味なもの」として異化されていると言っていいだろう。もちろん、骸骨達の声を「宿命の様に背負」うという表現も示唆するように、このテクストに状況への批判などをみることには留保も必要である。ただ、ここに状況に否応なく巻き込まれつつ、それへの批判的距離を維持しようとする恒のスタンスをみることは可能ではあろう。

ふたたび『意匠』に目を戻そう。「意匠宣言」に示された方向性が、雑誌の企画として具体化されたとみられるのが、第一四号（一九四二・四）の特集「地方」である。この特集の巻頭には、北園克衛が「郷土詩」という概念を初めて提起した理論的マニフェスト[28]である、「郷土詩論」が掲載されている。モダニズム的な美学的視点も組み込みつつ、民族主義への転換を語りだしたこの評論は、同誌上で「地方文化を卑俗に陥し入れ《ママ》やうとする世の多くの地方文化論を退け」る「一本の矢」[29]として価値づけられ、第一七号の特集

「郷土」[30]では、三木俱・長田恒雄・小林善雄・山田有勝といった詩人たちが郷土詩（あるいは郷土文芸）に関する論考を寄せることとなる。

が、ここでより注目したいのは、特集「地方」の編集のあり方そのものである。この号では、北園の評論の後に、「地方在住詩人集」と題して八名の作品が掲載されている[31]。ここには、山形の詩人として真壁仁の名もみられるが、大阪府堺市にいた安西冬衛や、栃木在住の岡崎清一郎、大分在住の瀧口武士、山梨の長谷部辰造、福岡の佐藤隆など、全国の様々な「地方」に住む詩人の作品が集められている。また、それにつづく「東北の随筆」というコーナー（第一四〜一五号）では、東北各県から一名ずつが寄稿しており、ここでも山形の作家がことさらに重視されることはない。ここにみられるのは、山形という具体的な地域ではなく、いわば「地方」一般を、また観念としての「郷土」を志向する特集の性格である。言い替えれば、『意匠』は多様な「地方」の表象を受け止める器になることによって、自らのローカリティを消去しているのだといえよう。それは、「地方文化の探求」という課題を一見引き受けつつ、地方文化をめぐる時局的な要請を否認し、それをすり抜けるようなものであったと言っていい。翌一五号の「後記」における、「文化の地方性」や「特殊性」という概念を「へなちよこな精神」として否定する恒の発言は、このことと対応しているとみられる。

こうした恒の態度を支える論理をみる上で、『カルト・ブランシユ』最終号に掲載された、次の評論に目を向けよう。

例へば二五八四年仏蘭西に超現実主義の集団芸術活動が発生し翌年日本に於て同傾向の集団芸術活動

が出発したといふ事は、輸入摸倣の過程を経ずには考へ得ないがしかしそれと共に同時代異風土の伝統を負ふた日本にも同形芸術思考への機運が動いてゐたと云はねばなるまい。人間心理の機構を思ひ芸術の果無い存在を思ひつつ風土の芸術史を顧るならば、超現実的思考がそこに発し時代と風土とを超へて異風土の思潮を受入れ独自の展開に至るべき必然を容易に探り得るであらう。その時最も超現実主義的たる事に於て超風土的たり得たのは、風土否定の態度ではなくかへつて峻厳に風土的たらうとする態度であつた事は云ふまでもない。随てかかる意味での超現実主義は自身既に日本的なものであり異風土的同形思考を体得する事によりつひに又日本的なものであつた、とも云ひ得るであらう。[…]肩を窄めて風土の観念に沈潜し他を顧みず只管に手中の珠を磨きつついつしか偏狭な非風土性に堕すが如き似非風流の徒を嗤ひながら、風土性は蔦草の螺旋の枝を延ばして明快なる天の一角を突いたのである。[32]

ここで恒は、一九二〇年代における世界的同時性、すなわち西洋とほぼ同時に日本で超現実主義への志向が生じたということをもとに、超現実主義的・超風土的であることが、そのまま風土的・日本的であるのだとして、超現実主義的実践を肯定している。これは、「西洋文化吸収」による「言語の貧困」を否定し、本来の「民族性」の探求を語った北園の「郷土詩論」と、ちょうど対極にある議論だということができるだろう。表層的な〈伝統回帰〉的態度（「床の間や口先に風流を飾り衒気に満ちて諦念の境地を語る事」[33]）に恒が一貫して否定的であったことは、こうした思考と連関していると考えられる[34]。

このような恒の立場が、きわどくも興味深いかたちで展開された文章として、エッセイ「傾斜せる庭」（『新詩論』第六二号、一九四二・七）が挙げられる。

祖国の美しき力を脈脈と内側から保持してきたのは実に非人間的思考であつたと思ふ。少なくとも僕は、羅馬には通じない地平線近くの道をさまよひつつ突然烈しく郷愁の念にかられた時、風土の秘密を貫くコント的な一本の矢を会得する為に躊躇なくこの洒脱な窓を開いた。そして、舶来の観念に抗しつつ螺旋状に繰返された絶えざる訓練は雲の如く水母の如き人間性との絶えざる闘争であつたと思ひあたり微かに身震ひした。

僕たちの祖先は、綽然と座して傾斜せる庭を眺め愛児の頭を撫でながら腹を切る事を考へ安国の道と共に剣法を学び、しかも縹渺風の如き風情であつた。又、物語的空間を嫌つて滑らかな余日の蔭に身を潜め、逆説や自然に托して蜜やかに自身を語つた。

送放《ママ》局の顔色を伺ひつつ空疎の言辞を弄し救ひ難き無能を糊塗する為に時局に便乗したりは断じてしなかつた。それらは懶惰と卑屈から人心を惑はす小心の処世であつて、今日芸術の世界に生きる男子の踏むべき道ではない。[…]

僕自身が、砲車の後からボオル紙の喇叭を吹かぬのは凡て以上の理由に因る。銃後に在つては一個の詩人召に応じては一個の兵士として純一に任務を果たすのがこよなき僕の念願である。銃後に在つては兵士を装ひ戦地に在つては詩人を装ふのなどは、怯懦なるノンセンスに過ぎない。[以下略]

この文章で恒は、自らが出征時に郷愁の念とともに理解したこととして、「コント」的思考＝アンチヒューマニズムの論理を、そのまま「祖国」を支える「非人間的思考」に、また「兵士の道」に直結させている。この意味で、ここに示される「祖先」の眺める「傾斜せる庭」のイメージは、二年前の文章「薔薇園のドクトリン」（『RPN』第四号、一九三九・九）に示されていたような、コント作家の思考の地平たる「斜面」[35]の言い替えであるとみることができるだろう。これはむろん、モダニズム的発想を通した戦争の美学化というべきものであるが、こうした論理の下、恒は「送放局の顔色を伺ひつつ空疎の言辞を弄し［…］時局に便乗したりは、断じてしなかつた」、「砲車の後からボオル紙の喇叭を吹かぬ」というように、同時代における「声の祝祭」[36]の状況や時流便乗的な安直な戦争詩を否定し、「詩人」としての営為を行う自らの立場の正当化を行っている。言い替えれば、この時期の沢渡恒は、時局的な論理とモダニズムの論理をきわどく接合することを通して、自らの文学的営為を持続させようとしていたのだといえる。

ただし、『意匠』終刊後の恒は、実際にモダニスト的な「詩人」としての営為を持続することは叶わなかったと言わざるを得ない。恒は一九四二年後半以降、わずか三編の詩（うち二編は、明瞭に「戦争詩」としての性格を担っている）[37]を発表したのみで、その戦時下の文芸活動を停止することとなるのである。

四　終わりにかえて――敗戦後の沢渡恒

最後に、敗戦後の沢渡恒の活動に目を向け、その戦時中の立場からの連続と変容について、簡略に確認したい。

先に見たように、恒は敗戦とともに妻子が疎開していた山形の実家に帰り、以降、悪化した肺結核のために、亡くなるまで山形を離れることなく闘病生活をつづけることになる。この期間に彼は、須藤克三らの雑誌『郷土』など、山形の文化運動に関わる雑誌に平易なスタイルでの詩や小説を数編発表しており、そのことにおいて、「本県文化運動の第一線」（『郷土』七月号、一九四八・七）の存在とも目されている。

ただし、それは彼の文学的立場の変化を、単純に意味する訳ではないだろう。たとえば作家・須藤克三らとの座談会「郷土文化を語る」（前掲『郷土』七月号）で、恒は、山形という地方を価値付ける態度を繰り返し否定し、宮沢賢治を引き合いに出しながら、「インターナショナルの方向にむかつてゆくところに地方性がある」と述べている。この「インターナショナル」・「中央的なもの」の志向において「地方性」が生まれるという認識は、戦時中における発言とも同型の論理であるともいえよう。そしてそれは、最晩年における「作家は常に一心不乱に前方を凝視し続け郷土性とかの辛気くさい想念とは、なるべく付き合うべきではない」[38]という端的な発言ともつながっている。このように、モダニスト的な立場とそれに基づく「地方文化」への否定的態度は、戦後においても恒に一貫していたようにみえる。

だが、興味深いのは、こうしたモダニスト的態度の下で、晩年の彼の創作が郷里・山形への関わりを変化させていったようにみえるということである。晩年の恒は、石川淳や初期の太宰治のスタイルに接近しながら、新たな文学的方法を模索していたとみられるが、こうした晩年の小説にあって、山形の伝承が作中に豊かに取り入れられている。たとえば「親捨」（『人間』増刊号、一九四九・一二）では、山形県天童市に伝わる「じゃがらもがらの伝説」を素材とし、語り手「私」がこの伝説を饒舌な注解を交えつつ語っていきながら、次第にそれと「私」自身の物語が二重写しになり、やがて伝説の方が、「私」の物語を意味づける枠組みになっていく。また、絶筆となった「夢のはて」では、太宰の「道化の華」などにも類した重層的なメタフィクションの構成の中に、文脈との直接的なつながりなく、山形方言による説話的な物語が長く導入される。前近代的な文化への接近を通した表現の革新の試みは前衛的な芸術に広くみられるものではあるが、ここで恒は、それまで否定してきた郷里のローカリティの活用を通して、新たな小説表現を生み出すという方向性を目指していたといえるだろう[39]。こうした晩年の試みや、彼の地方文化運動との関わりについての立ち入った検討は、別稿の課題としなければならない。ただいずれにしても、『意匠』の編集を含めた恒の文学的な歩みは、「地方」が再文脈化される一九四〇年代の状況とモダニズム文芸との交通・葛藤の様相を、実に多面的かつ鮮やかに提示するものであったことは確かであるだろう。沢渡恒の文学の、また雑誌『意匠』のもつ歴史的な意義は、こうした観点で再定位されねばならない。

【註】

1　代表的な成果として、和田博文監修『コレクション都市・モダニズム詩誌』全一五巻（ゆまに書房、二〇〇九～二〇一一年）などが挙げられる。

2　中野嘉一「上田敏雄と稲垣足穂」（『前衛詩運動史の研究　モダニズム詩の系譜』、大原新生社、一九七五・八）参照。

3　近年の詳細な紹介として、金山等「やまがた再発見　沢渡恒」全三回（『山形新聞』二〇一五・二・一、八、一五）を参照。

4　和田桂子「『意匠』」（前掲『日本のシュールレアリスム』所収）

5　ここでいう「モダニストの「転向」」とは、「国家権力による表現、思想の弾圧と強制、これらに従った［…］責務としての戦争協力を果たしていくという自発的な表現、思想の転換」（澤正宏「VOUクラブと十五年戦争」、澤正宏編『コレクション・都市モダニズム詩誌』第一五巻、ゆまに書房、二〇一一・四）のことを指す。

6　荒居稔は『意匠』第七号（一九四一・八）に詩「郊外列車」、同第一六号（一九四二・六）に詩「朗読詩」を発表しているが、『カルト・ブランシユ』への寄稿はない。なお、「箒星通信」（第一一号、一九四二・一）における荒居の発言は、「あれ（引用者注―超現実派）は芸術至上主義が行づまつて、苦し紛れに打つた畸形的な形式だ」と続いている。荒居は第七号の「箒星通信」でも「シュール・レアリズムの詩には生活がないのだろうかといつも思ふ」と述べているが、ここにみられるのは、もともと彼が「超現実主義」に対して批判的な立場にあったということである。その意味で、この発言を〈シュールレアリストの転向〉という文脈でとらえることには無理があるように思われる。

7　また、杉沼永一「沢渡恒の作品発掘について」（全七回、『Biblia』第五二～五八号、二〇〇九・一～二〇一二・一）は、沢渡恒のほぼ全ての作品・文章を全文掲載して紹介している。

8　和田博文「日中戦争下の『二〇世紀』同人―『新領土』と都市モダニズム詩第二世代―」（『国語と国文学』第九二巻第三号、二〇一五・三）

9　「コント」に関して同人たちは、「コント的思考とは、ロマネスクとポエジイにはさまれた谷を、植物のごとくきらめく光につつて綱渡りすることにすぎない」（山田有勝「編輯後記」、『カルト・ブランシユ』第一四号、一九三九・二）、「現実を対象として超現実的思考を廻転ししかもロマネスクの空間を構造する」（沢渡恒「稲垣足穂」、『意匠』第一号、一九三九・一〇）などと論じている。

10　沢渡恒編集『コント集　薔薇園伝説』（デカドクラブ、一九八六・三）

11　沢渡恒「通信」（『カルト・ブランシユ』第一五号、一九三九・八）

12　沢渡博は、山形中学在学中の一九二八年に同人誌『白羊』を編集・刊行しており、のち文化学院に進学し、『年刊文化学院』第一・二輯に作品を掲載している。同期に野口冨士男らがいた（野口は『意匠』第一～四号に寄稿）。卒業後は、天童温泉真鶴荘の経営を任せられるかたわら、文学活動も継続。『カルト・ブランシユ』には第九号（一九三八・九）から「津山光衛」という筆名で参加し、同人誌評などを執筆している。

13　沢渡恒「帰郷」（『若草』第一一巻第五号、一九三五・五）、同「随筆兄弟」（『立教文学』昭和一一年六月号）、同「遁走抒情」（『作品』第八八号、一九三七・八）など参照。

14　「通信」（『意匠』第二号、一九四〇・二）参照。

15　たとえば、『意匠』創刊号および第二号には加藤楸邨の俳句が掲載されているが、加藤は一九三九年の夏に天童温泉に滞在している。また、読者からの通信で、寄稿者に文化学院の出身者が多いことが指摘されている（雨宮徹「通信」、『意匠』第二号）。

16　特にデカドクラブの中心の一人である飯島淳秀が、エスキイス「トメトオの言葉」（『意匠』第八～九号）で『意匠』第四号以降の編集および高橋丈雄の作品や文学観を強く批判。対して高橋は編集辞任の挨拶文「お別に望んで」（第一〇号）の中で、飯島およびモダニズム詩人を揶揄する詩「「凧」族に與ふ」を提示している。同じ第一〇号の「後記」で、恒は「過去十号に於ける編集上の混乱や動揺を少年の美しい傷として眺め」るとし、『意匠』が新たな方針で「再出発」するにあたり「古き鴉よ飛び去れ」と述べている。

17　なお、通信欄（「箒星通信」など）への読者投稿や、アンケートの回答を除く。

18　沢渡恒「通信」（『意匠』第二号）、同「通信」（『意匠』第三号、一九四〇・八）参照。

19　ただし、「マクス・シヤコブが巴里に近づかず、いい仕事をしました。そしてこのことを彼は非常に大切だと言つてゐます。実にその通りです」（安西冬衛）というように、東京の文学的環境から離れているという点に地方の文学の価値を捉えるような言説はみられる。

20　たとえば「通信」（『意匠』第三号）では、恒は結核のため満州から内地（弘前）に戻ったことに関して、「自分か又、ムツシユウ意匠と同じ地方に戻つて来たのは、マルスのためとはいへミユウズのためにはどうかナ」と述べる。ここに示されるのは、自らの創作にとって郷里たる東北の地が肯定的な意味を持ちえないという認識に他ならない。

21　能登勇「通信」（『意匠』第二号）

22　第一一号の「後記」で、恒は「意匠は、爾後山形にある澤渡 博と東京に於て之を支持する澤渡 恒との強力なる連繋によつて、責任ある編輯のもとに月刊を強行する」と宣言している。

23　『カルト・ブランシユ』第二〇号（一九四一・一〇）には、デカドクラブの名で「…我我の強行してきた文化文芸の誠実な批判と実践は今や多くの成果をあげることにより、ここに第二の段階を終了する。我我は光輝ある祖国の国旗を守るため、三たびエコウルの旗をかかげ、新しき体系のもとに機関誌・単行本活動等に拠つて、新鮮な芸術・文化の創造をめざし、日本民族の新秩序活動の戦士たらんことをここに宣言する」という「宣言」が示されている。

24　「地方文化新建設の根本理念と当面の方策」（一九四一・一、引用は北河賢三編『資料集　総力戦と文化　第一巻』（大月書店、二〇〇〇・一二）による）

25　同じ一一号の「後記」（沢渡恒）では、「地方文化の精神を探求するという特殊な使命を実践する」とも記されている。

26　こうした性格は、第一一号にもすでに鮮明にみられる。同号では巻頭の「意匠宣言」に続き、三木俱「地方文化の問題について」、飯島淳秀「芸術家論」というデカドクラブの二人の評論が置かれ、その後に長田恒雄「歩道」、江間章子「花を売る店」、安藤一郎「豪雨の中の樹」、山田有勝「街」、山中散生「夜行列車・(特急通過)」とモダニズム詩人たちの詩作品が並ぶ。うち三木の評論は「地方文化」という主題をめぐる抽象的な考察であるが、一方の飯島の論は、アメリカ人研究者の手になるロートレック論と春山行夫「ジョイス中心の文学運動」とを参照しながら、あるべき「作家論」の方法について検討するものである。

27 絨毯の上で花を活け、古い歳時記をめくる「私」の姿は、「日本の生活に坐りこんで古今の生活や風俗や趣味に思ひを馳せ、季節の感懐にふけつてゐたりする」(北園克衛「遁甲山記」、『新技術』第三四号、一九四一・一二)と語り、いわゆる「郷土詩」の創作に向かう北園(およびその周辺の詩人)とも重ねてみることが可能だろう。また、作中の「私」の「影」のような老人は大きな「蝙蝠傘」を持つ存在として描かれるが、蝙蝠傘は「ポエジイ」とも結びつくものとして、恒のテクストに頻出するモチーフに他ならない。

28 大川内夏樹「北園克衛の「郷土詩」と「民族の伝統」—詩集『風土』、評論集『郷土詩論』を中心に—」(『横光利一研究』第一一号、二〇一三・三)参照。

29 沢渡博「後記」(『意匠』第一四号)

30 なお、目次では「特集 郷土」とされるのに対して、本文では「郷土論特輯」という題が記されている(一六頁)。

31 具体的には下記。安西冬衛「英軍ブキテマに無条件降伏・干潟」、竹村俊郎「祈」、岡崎清一郎「平野の歌」、瀧口武士「新世紀」、真壁仁「神聖舞台」、長谷部林造「陸鷲の子供たち」、菊地美和子「死について」、佐藤隆「牡丹雪」

32 沢渡恒「集団芸術活動の時代性と風土性」(『カルト・ブランシユ』第二一号・終刊号、一九四二・一〇)

33 沢渡恒「後記」(『意匠』第一七号)

34 このことと関連して目を向けておきたいのは、恒の最後のコント「美しき貴女へ」(『意匠』第一三号)である。梗概は以下の通り。俳優・八木氏は戦場で二年を過ごして家に戻った後、自分をもてあました状態にある。彼は親友である「紅毛屋骨董店主人」のもとを訪れるが、主人は三日前に死んだといい、美しい夫人も骨董も店から姿を消していた。八木氏が家に帰ると、妻は死んだはずの骨董店主人が家に来て、「幸福の時計」を置いていったという。その奇妙な時計を開けると、中には、「セロファンのリボンやビイ玉錆びたゼンマイや大小の歯車[…]」、つまり少年のポケツトに忍んでゐる意味のない品物」が詰まっていた。この時計を巻く日々を通して、八木氏は「愉快な俳優」としての自己を、また妻との関係性を回復していく——。単純化を恐れずにまとめれば、同作では、戦争により損なわれた主体の回復につながる、少年期(の記憶)と結びついたものが、明瞭に西洋的な文脈を帯びたものとして提示されているのである。

35 「コント作家としての僕たちのゐる斜面は、かつての散文するどの精神もが知らない新らしい思考の世界であつた」（沢渡恒「薔薇園のドクトリン」、引用は沢渡恒『エクランの雲』による）という一節を参照。

36 坪井秀人『声の祝祭　日本近代詩と戦争』（名古屋大学出版会、一九九七・八）

37 「遅日」（『新文化』昭和一八年四月号、一九四三・四）、「献身」（『辻詩集』八紘社杉山書店、一九四三　一〇）、「兵士の道」（『詩集 大東亜』河出書房、一九四四・一〇）の三編。

38 沢渡恒「山形県の文学」（『山形新聞』、一九五〇・一二・一九）

39 金山等氏は、こうした晩年の小説の手法がモダニスト的なコントの延長上に成立していることを指摘している（前掲「やまがた再発見　沢渡恒（下）」）。

【参考】『意匠』執筆者一覧

＊五十音順、括弧内は掲載号。なお、アンケートの回答や読者通信欄への寄稿は除く。

青木　良三（九）、淺見　淵（七）、鮎川　信夫（一〇、一五）、荒居　稔（七、一六）、荒谷　七生（二）、安西　冬衛（一四）、安藤　一郎（一一）、伊藤　佳介（一一、一四）、飯島　淳秀（一、六、八～九、一二）、石塚　友二（一）、一條　正（一〇）、稲垣　足穂（二、四、六、七、九、一一～一三）、井上　充子（一〇）、今田　久（八、一三）、今村　瓏（一）、鵜殿　新一（七）、梅木　米吉（一六）、江間　章子（一一）、大木　實（六）、岡崎　清一郎（一四、一七）、岡田　芳彦（一二）、長見　義三（七）、小寺　正三（二、四、五、一二）、落合　茂（一二）、克山　滋（二）、加藤　楸邨（一、二）、川口　敏男（一六）、上林　暁（八）、菊岡　久利（五、八）、菊島　恒二（一三）、菊地　美和子（一四）、北園　克衛（一四）、木下　常太郎（一七）、木原　孝一（一三、一六）、木山　捷平（七）、国友　千枝（一〇）、小池　驍（一二）、古木　鐵也（八）、小林　善雄（一、三、八、一二、一七）、今　官一（一四～一七）、近藤　東（一七）、坂　窗江（九）、酒井　正平（一二、一七）、笹澤　美明（一七）、佐藤　隆（一四）、

沙和　宋一（一四）、沢木　櫂（一五）、沢渡　恒（一、三、五〜七、九〜一七）、沢渡　博（四〜五、一一〜一七）、品川　齊（一四）、仁　由樹（一五）、新見　邦彦（一、二、七〜九）、杉浦　登（一）、鈴木　新一郎（一四）、鈴木　泰助（一一）、鈴木　悌二（一六）、鈴木　幸夫（三、四、七、一〇、一三、一六）、須藤　克三（一）、千家　元麿（五、六）、荘原　照子（八）、高橋　丈雄（四〜一〇）、瀧口　武士（一四）、竹村　雪（六、九）、竹村　俊郎（一四）、為本　鉛人（一四）、津山　光衛（一〜九）、東郷　克郎（一三）、殿岡　辰雄（一二）、冨岡　宏資（一〜三）、鳥居　良禅（一五）、長島　三芳（八、一六）、長田　恒雄（一一、一七）、中村　千尾（九、一四）、那須　辰造（五、八）、新島　昇（一、二）、西田　春作（一五）、野口　富士男（一〜四）、野田　宇太郎（一七）、長谷部　林造（一四）、バンヂヤマン・ペレ（一）、廣川　澄男（二）、真壁　仁（一四）、松村　益二（一）、丸山　定夫（一）、三木　偵（九、一一、一七）、光田　文雄（二、五、六）、水谷　清（二、七）、村松　定孝（一五）、八十島　稔（一七）、山田　有勝（一、一〇〜一三、一七）、山中　散生（一一）、山本　悍右（四、一〇）、吉川　保正（一五）、渡邊　波光（一五）

3章 『文学報国』『月刊東北』における
地方／東北表象の消長

高橋秀太郎

3章　『文学報国』『月刊東北』における地方／東北表象の消長

高橋秀太郎

本稿は、一九四三（昭和18）年から一九四五（昭和20）年にかけて、すなわちアジア・太平洋戦争の末期から敗戦直後にかけての地方／東北表象を整理し、そこで話題／問題とされていたことが何であったのかを探るものである。

取り上げる対象は、日本文学報国会の機関紙『文学報国』（全四八号）と仙台の河北新報社より発行されていた『月刊東北』（全一六号）である。『文学報国』においては中央の文学報道紙における地方表象の、『月刊東北』においては地方主導の雑誌における地方表象の中身や展開を確認したい。

一　生活・生産・伝統が輝く場所――『文学報国』における地方表象

はじめに、『文学報国』[1]における地方に関する言説を整理する。『文学報国』は、ほぼすべての日本（一部アジアも含む）の文学者を会員とし、一九四二（昭和17）年五月に創立総会を行った日本文学報国会（以下文報とする）の機関紙である。情報局主導のもと、文学者が大同団結してつくられた文報は、その名の通り、報国のための団体であった[2]。会の事務局は東京に置かれ、大東亜文学者会や大東亜共同宣言作品化など大小様々の戦争協力を主眼とした文学事業を企画・運営していた。四千人近い会員を束ね、その個人情報を収集し、様々な行事に文学者を動員する文報は、名実ともにこの時期の文学界を体現する存在であったと言えよう。文学界の動きを総括的に掲載し、一九四二年からは文報の機関紙的役割も果たしていた『日本学芸新聞』を模様替えする形で刊行された『文学報国』の紙面は、事務局が書いたと考えられる記事（執筆者無記名）と会員投稿原稿（第一号に「投稿歓迎」とある）、そして事務局の依頼原稿で構成されている。

『文学報国』に掲載される地方に関する記事は、特集や連載の形が多い。つまり、事務局が企画を立て、地方在住者、もしくは地方経験者に企画に沿った記事執筆を依頼し、それが掲載されるという形をとっていた。なぜ文報は地方表象の場を繰り返し紙上にもうけたのだろうか。またそこでどのような場として地方が語られたのだろうか。

『文学報国』全四八号中、約半数の号で地方についての言及が確認できる。その内容や頻度をもとに三つの時期に分けて確認していく。

Ⅰ　地方文化運動の現状紹介と再出発の気運
　第八号（一九四三・一一・一）～第一五号（一九四四・一・二〇）

Ⅱ　文学者の疎開
　第一五号～第二三号（一九四四・四・二〇）

Ⅲ　地方特集連載。事務作業停滞に伴う地方支部創設の動き
　第四〇号（一九四四・一一・一〇）～第四八号（一九四五・四・一〇）

Ｉの内容について見ていく前に、『文学報国』上で最も早く地方について本格的に言及した結城哀草果「地方文化運動の基底」（第五号、一九四三・一〇・一）に触れておく。山形県在住の歌人であった結城は、地方文化運動の「基底」を「各地域の伝統文化をして完全に活し育てるにあり」とした上で、地方一般の文化運動が「大政翼賛会実践局文化部の提示する文化組織の規約を鵜呑みに踏襲し、形式的運動を専らにして」いる点と「中央よりの影響」で「文化をして現実にいかに活用するか」のみを考えている点を批判した。文化の実用化の必要を認めながらも、それのみに重点が置かれると運動が「死魚のごとく」になり「溌剌さを望み得ない」ことから、結城は文化運動の指導者に「鋭敏なる文化感覚」が必要なことを訴えている[3]。

一九四一（昭和16）年以降、大政翼賛会主導のもとで全国各地に地方文化団体が叢生した。大政翼賛会文化厚生部副部長を務めていた福田清人は、大政翼賛会文化厚生部がまだ文化部という名称だった時から「部の半ばの精力を費して所謂地方文化運動のために働いてき」た結果「すでに全国二百幾十の文化団体が結成され」ていると書いている（「郷土文化の推進　九州地方文化厚牛協議会印象」第一一号、一九四三・一二・一）。すでに全国的に展開されていた文化団体の活動についての批判から『文学報国』の地方への言及が始まる点は興味深い。「論説」欄に掲載された結城の記事が依頼原稿なのか投稿原稿なのかは不明であるが、それを受けるように、第八号から「地方文化の確立方策」の連載が始まる。「山口の巻」（第八号）、前掲福田清人「郷土文化の推進　九州地方文化厚生協議会印象」[4]、「北海道の巻」（第一三号、一九四四・一・一）、「富山の巻」（第一四号、一九四四・一・一〇）、「福島の巻」（第一五号、一九四四・一・二〇）の五つの報告記事で地方文化運動の現状が、九州をのぞいて当事者によって紹介される。各地域の文化団体の成立事情、会員や団体内部の構成、企画の運営や実施の内容、問題点などが、時に自賛、時に反省をもって報告されている。

ここで注目したいのは「山口の巻」「北海道の巻」「富山の巻」に付されている前書きである。執筆者は文報事務局だと考えられる前書きには、この時期に文報が地方文化活動に注目する理由が書かれている。

生産増強と戦争生活実践の徹底に協力すべき機能組織として直接生活に即した問題を文化的角度から解決し戦力の培養強化に叡智の心棒を入れると共に伝統の潤ひを復興しようといふ強い意欲と関心の下に地方に於ける文化職能人により推進されてゐる文化運動は最近その多角的な能力の結集に着々成果を収めてゐる［。］文化面に於ける中央依存を脱却して自らの矜持と愛郷に生き所謂手弁当の奉仕活動の域から今日の機構を整へ機能を発揮するに至つた過程は創造的活動にたづさはる者にとつて貴重なる資料といふべきである。

今や翼賛運動の智能的機能として妙味を発揮するばかりでなく、大東亜をアジア民族の郷土とする共栄圏文化工作の母胎として其の役割は更に大きく期待されてゐる、地方文化運動の実情報告はこの意味に於てもつと真剣にあらゆる角度から注目すべきではあるまいか

本紙は文化報国を理念とする立場から大政翼賛会文化厚生部と緊密な連繋を保ち今後継続的に資料を掲載して行きたいと思ふ

連載第一回「山口の巻」の前書きである。地方文化運動の意義がこれでもかと詰め込まれている。その最も大事な役割が地域の「伝統」を生かし育てるものだとした結城（前掲「地方文化運動の基底」）の意見との重なりが確認できる一方で、「生産」と「戦争生活」に「協力」し戦力を「培養強化」したこと（文化の現実へ

の活用）が手放しで評価されている点、また文化運動が「中央依存を脱却」しているとした点に結城との認識の違いが確認できる。さらに、前書きは、日本における地方文化運動がアジア各地域での「文化工作の母胎」として期待されていると続く。日本の地方とアジアの植民地を重ねようとする志向とともに、中央／日本の指導のもとにことを進めるのだという認識が垣間見える。

「生産」、「生活」、「伝統」、「地方文化運動」に直接関わり得る場所、そしてアジア植民地における「文化工作」の「母胎」。地方を表象する際の以上のキーワードは、いずれも戦時体制への協力を志すなら避けて通れないものとして提示されている。特に「生産」、「生活」、「伝統」、「文化」は、『文学報国』における地方言説の中核をなすものとして取り上げられ続ける。

続く二つの前書きでは、地方文化に注目すべき理由について都市文化の頽廃、弱化という観点から説明される。「北海道の巻」（第一三号）前書きでは、今は「新しい国民文化の建設」期、「再出発」期であり、「健康なる地方生活」に基盤が置かれようとしているのは、「頽廃の極限である」都市文化を「是正すべき」だからだとされる。「富山の巻」（第一四号）では、「米英流の植民地的文化」に覆われた「都市文化は、決戦下非常時局の日本を指導する」ことができないほど「弱化」しており、「健全性と実用性」を備えた「生活的な地方文化」の「興隆」こそ「新しきアジア文化の母胎」であると書かれる。

都市と地方を対比的に見て、地方の優位がことさらに強調されるのは、この対比に西洋と日本・アジアとの比較が重ねられているためでもある。この優劣は観念的であるとも言え、戦後日本の鮮やかな転向を見れば分かる通り、状況が変われば簡単に反転する。だが人間の移動がもたらす都市文化の「弱化」は、根の浅いものではなかった。第一三号では「地方に一たび目を移すならば中央の詩壇的活動よりも地方のうごきの方がさかん」であり、「中央に詩壇がなくなつたとさへ考えられる」（田村昌由「地方詩壇の問題」）という現状認識が述べられている。第二六号（一九四四・五・二〇）掲載の「地方との交流」でも、詩部会常任幹事の山本和夫が、日本・アジア各地にいる詩人の名前を挙げながら[5]、東京に詩壇があるとは東京在住の詩人でも考えない、文報詩部会の役割は、作品発表の斡旋でなく、地方各地との有材との「魂の連絡」をとることだと書いている。都市文化、そして中央文壇の「弱化」は、日本・アジア各地への文学者の移動や疎開に支えられて、以後も着実に進行する。

一方の地方については、この二つの前書きでも、健康・健全・実用・生活と、地方賞賛の常套句が並ぶ。ここで注目しておきたいのは、今が「再出発」期だとする部分である。現在が地方文化運動の「再出発」、あるいは変革の時期だとする認識は、報告記事中にも確認できる。「北海道の巻」では、宮沢賢治の「アメニモマケズ」という詩にあるような「美しい精神的な指導者」が漁村にいないことが「転向期の文化建設の課題」であるとされる（小田邦雄「漁村自らの革新」）。「福島の巻」（第一五号）は、報告記事のタイトルが「再出発の機運熟す」であり、執筆者高木稲水は「われ〳〵の文化協会は現在壁につきあつ《ママ》てその活動が消極化し」ており、「過去の運動を静かに反省して再出発せねばならぬ時機に到達してゐる」とする。壁につきあたった理由について高木は、「発足当時と現在とは急角度に国家内外の情勢が変つ」たことを挙げ、『金や暇のある人』の道楽仕事」から、「もつと真剣な銃後の思想陣営防護の挺身隊としての役割」を果たすべきだと述べている。

以上確認してきた中央（文報）と地方在住者による地方文化運動についての言説から、戦局の悪化、中央の弱化を背景として地方文化運動にてこ入れが、あるいは地方の重大性の再確認が必要であるという共通認識が見て取れる。地方文化運動の再出発の機運を語る文章は、特に都市文化の体現者である東京在住の文学者たちに再出発をうながすものとして読まれたと考えられる。

文報の成立に深く関わり、文学者に絶大な影響力があったとされる内閣情報局文芸課長井上司朗は、「民族と共に呼吸する文学―自己更新と国民運動への参加―」（第一八号、一九四四・三・一）のなかで、戦局重大なる局面において文学者が為すべきことは身辺雑記小説から脱して「民族文学、国民文学を創る」ことであり、その方法は「文学自体の更新による運動」か「文学者自身の国民運動への参加」かの一つであるとした。「文学自体の更新」は「伝統に帰」りつつそこに新しいものを付け加えることで果たされる。「国民運動への参加」とは、「講演会」「座談会」の実施、「工場、鉱山等の職場」への「挺身」を指す。特に新しい「職場」への進出が文学者の「生活精神」を一新し、「民族と共に呼吸する文学」創造につながるとする。『文学報国』の全体を見渡して「重要な場面には、必ず井上司朗が登場し、文学報国会の進むべき路を示唆している」と山内祥史が「解題」[1]で述べる通り、生活や環境を更新すべきだという発言は、いわば国の公式見解として受け止められたはずである。

井上の文章が載せられた第一八号と次の第一九号（一九四四・三・一〇）は、マーシャル諸島で全滅した日本軍哀悼の特集号である。兵士たちへの哀悼の言葉のなかに本土空襲の覚悟が語られ（第一八号、寒川光太郎「怒りの血、いま全身に」）、芸術家としてのこだわりを棄てる覚悟も語られる（第一八号、小田嶽夫「一切を捧げ奉らんのみ」）。この時期の戦局重大という言葉は、戦争に負けるかもしれないという深刻な意味で理解されつつあった。日本敗北の可能性がある状況で芸術家であることにこだわってなどいられない。多くの文学者たちがこうして、生活を一新し、戦争協力に本腰を入れる（何度目かの）決意をする。

「国の危き日に国の重きを担はんとする」「皇国の文学精神の伝統」への没入か、あるいは生産活動への従事か。井上が提示するこの二択（見方によっては一択だが）はこれまで見てきたようにいずれも地方言説の中核をなすものである。伝統への回帰も生産活動への参入も可能な場としての地方。この地方は、戦地と都会の文学者のいる場所とのいわば中間にある。最も直接に戦争に協力できるのは戦地であり、そこで兵士として死ぬことである。文学者が多く生息する都市文化に毒された東京、そこでの芸術家としての活動は、戦地／兵士から最も離れた場、最も縁遠い活動として位置づけられる。中央の文学者たちが戦地にいる兵士の位置に少しでも自身を近づけようとさらなる戦争協力を志した時に、彼らの前にあらわれてくるのが地方である[6]。地方は、戦争末期において再出発を決意した文学者を身心両面から誘惑する場となっている。

地方言説のなかで疎開が中心的な話題となるⅡの時期でも、Ⅰの時期と地方表象の基調は変わらない。疎開を最初に取り上げた記事、「文学者と疎開問題　二十年計画で生活再建　◇上泉秀信氏と一問一答◇」（第一五号）の前書きには次のように書かれている。

一億の決戦生活は航空機増産、国民徴用の強化、都市に於ける疎開等々、多くの重要課題をめぐつてその対策もまた急展開を示しつゝあるが、作家の関心もいまやこれらの諸問題に向つてあますところなく集中されねばならない。
すでに栄えある応徴によつて、多くの作家、詩人、劇作家が時局産業に挺身、或は筆管を鍬にかへて故郷に、大陸に帰農転進しつゝある。帰農と云ひ、疎開と云ひ何れも増産、防空、或は地方文化昂揚などの連繫に於いて、決戦下の今日緊急事として要請されてゐる。

福島に帰農疎開した「前大政翼賛会文化部副部長で劇作家の」（同記事）上泉は「一問一答」のなかで、自身の帰農疎開がいま騒がれているようなものでなく、かねてより考えていたものであることを強調する。「帰農後地方文化運動に対して考へてゐる具体的抱負」を問われて、「唯うへから農村を指導する」方法に疑問があり、「何も云はずに、その中に解け込む」ことが大事であり、すぐ文化運動をやるようなことを考えていないとする。一問一答の最後には、「もう理屈にはあき〳〵してゐ」て「生活それ自体で一切を表現して行」くことが念願だと述べている。続く疎開についての言及は、第一九号掲載の座談会「文学者勤労配置の態勢」中にある。志賀健次郎（大日本産業報国会中央本部主査）は、自身が案内した、作家と産業戦士の座談会に参加していた作家の鈴木彦次郎が、「自分はやはり東京に居つて文筆生活をやつて居つては駄目だ。郷里へ帰つて生産面に直接結び付く」と述べ、座談会があったその晩に盛岡への疎開を決意したことを美談風に紹介している。第二三号（一九四四・四・二〇）「小説部会決戦総会」の紹介記事にも疎開についての言及があり、「作家の疎開と地方文化運動との問題に就いて積極的検討が必要である」（古志太郎）、「地方出身の作家の希望者に、一応めい〳〵の県に帰つてもらひ郷土の伝統的精神を基調にした風土記を執筆してこれを出版するといつた計画」を立ててほしい（諏訪三郎）という発言があったことが報告されている。

この時期、文学者に期待されていた生産、生活、伝統、文化運動への深い関与を可能とする機会・場として疎開・地方が意義づけられていたことが分かるが、ここにもう一つ新たな意義が加わる。浅見淵は、第二二号（一九四四・四・一〇）掲載の「新人育成の問題―地方文学確立の機運―」のなかで、作品を発表する場が少ないなど困難な状況に置かれている新人文学者に同情し、編集者の積極的な新人登用、文学賞の新人登用をうながす。さらに「出版整備や都市疎開が契機になつて、いまや謂はゆる地方文学が確立せんとする徴が見えるが、地方の同人雑誌の一層の強力化も一方法であらう」と述べる。戦時体制への協力の場としてだけでなく、文学を守り育てる場としても地方が位置づけられる。

先にも挙げた第二三号では「疎開と地方生活」という特集が組まれてもいる。長野（阿木翁助）、秋田（伊藤永之介）、岩手（鈴木彦次郎）、福島（榊山潤）、宮崎（神戸雄一）各地域での疎開生活が紹介される。疎開生活の意義や意気込みとともに、移動の困難や疎開人が気をつけるべきことが語られている。鈴木は雑誌統合の結果一誌だけ残った『岩手文芸』を基点に地方文化に貢献したいと語り、また郷里に溶けこめるか心配していた家族もすっかり盛岡人になりすましているとする。榊山は避難民のように扱ってくれる人情の温かさがあるとし、「午前は机に向ひ、午後は働く」のが理想の疎開生活だと語る。国民学校の教員となった阿木は「個人の生活の上に、公的な意義づけがされすぎる」と不満を述べ、自身の疎開があくまで個人的なものであるとしながらも、不健康な東京生活で感じていた頭脳をくもらせていたかげのようなものがなくなったと地方生活、教員生活の意義を語る。神戸は古い土の精神をもった郷土文化の発掘を郷土の人々とともにしたいと意気込むが、疎開するまでの困難は「想像以上」であったと述べ、当局の不手際を責めている。伊藤は「疎開者の心がけ」と題し、田舎の生活をよく知り、土地の人々の生活を乱さないように細心の注意をしないと「余計に流離の辛さ」をなめることになると警告を発している。

十分な「公的な意義づけ」がされる疎開は、しかしその意義を理解し、決意を語って終わるものでなく、実際に人が移動し、移動した先での生活が待っている。矢田挿雲は、「当面の文学的急務　疎開人と農村との交渉に就て」（第二二号）のなかで、「形而上及び形而下の両面にまたがり疎開人と農人との生活には俄かに同化しがたき要素が対立」していると明言する。異なる文化、生活習慣、経済観念を持つ人たちと生活する際に、最初から指導者面をしてみたり、都会の流儀を押し通そうとしたりすると地域の人の反感を買い、疎開は「流離」となる。江馬修は、やや後になるが第三九号（一九四四・一一・一）掲載の「抵抗摩擦に負けるな—地方に於ける文化運動の場合—」において、地方で熱心に文化運動をやろうとすると到るところで思いがけない抵抗を受け、「おえらい人たちから、一億一心の非常時であるから出来るだけ誰とも妥協しておとなしく控へてをるべきだと諭される」ことを報告し、地方に疎開した人に注意をうながしている。疎開は、戦争協力の積極的な道であるとその意義を強調する言説と、あらゆる面で異なる人同士の出会いがもたらす不和や摩擦という二つの言説の並行のもとに語られる。

さて、Ⅱ・Ⅲの間に、約半年、号数にして一六号分の空きがある。この間にも地方や疎開についての言及はもちろんあるのだが散発的、間接的である。例えば第二九号（一九四四・七・一）から第三六号（一九四四・九・二〇）まで、アジア各地での文化工作の実態を報告する文章が掲載されている。文化工作の成果や可能性、あるいはその困難が報告され、先に見た地方言説（特に疎開）との共通点もあるが、「文化工作」の方は、文化度の高い日本が文化度の低い地の者を教導するという態度が露骨である場合が多い。またⅡとⅢの間には、『文学報国』内で大きな反響があった石川達三「作家は直言すべし」（第三二号、一九四四・八・一）が掲載されている。「人格以外の一切を失つた」状態にある作家こそが、その特殊な位置を生かし、政治当局に捨て身で直言する役割を果たすべきだとする石川の提言には賛否両論が寄せられた。この前後には、観念的言辞や理屈を並べるだけで状況を傍観するような態度を非難し、とにかく実践に向かうべきだという声は多く寄せられていた。ここまで確認してきた、文学作品を書く以外での戦時体制への貢献、つまりは戦争生活や生産工場への挺身、文化運動への貢献を賞賛、推奨する地方言説は、文学者を戦争協力実践へ向かわせる流れをいわば先取りするものであった。九州の文報会員を含む文化人が空襲の際に活躍したことが第三四号（一九四四・九・一）、第三五号（一九四四・九・一〇）で報告され、一九四五年一月一〇日版四四号[7]では、疎開文化人と「翼壮、日婦、青少年団、産報、農報」などの国民運動団体とがつながりを持ちつつあることが、国民組織強化に向けて良い傾向だと指摘される（福田清人「国民組織と文化分野」）。ペン以外で活躍する場は地方に多く存在し、それが記事となって掲載され続ける。

朝鮮特集（第四〇号、一九四四・一一・一〇）[8]、九州特集（第四三号、一九四五・一・一）、北海道特集（第四五号、一九四五・二・一）と各地域の文学運動紹介の記事が連載されたⅢの時期には、文報が存続の危機を迎え、各県、各地方に活動拠点を移すことを決める。この時期の事業として最大のものは一九四五年一月一〇日版四四号、一九四五年一月二〇日版第四四号に掲載されている「文化動員」である。文学者を生産現場に直接動員する大事業が展開される直前の第四三号掲載「九州支部設置の機運」のなかに「最近の輸送事情により地方会員との交渉連絡などにやゝともすれば疎通を欠き地方に於ける文化活動が閑却され勝ち」だという注目すべき一文がある。中央から指示を出すことも、地方から連絡することも難しくなりつつあった状況を受けて、それまで地方支部設置に消極的だった文報は九州支部設置を認めることとなる。文化動員が発表された直後の第四五号掲載、文報動員部「非常態勢下の文化動員」では、「地方に職場活動をなすべく疎散された会員諸氏も夥しい数にのぼるがこの方々も地方毎にそれぞれ連絡され、本部の案にそつて各種の決戦文化動員を自発的に展開」するようにと書かれる。次いで第四六号（一九四五・三・一）掲載の「会員の戦時活動に就いて（文学報国会動員部）」には、罹災や疎開などで事務作業が進まず「文学報国会の活動は月下半身不随の状態」にあるため、「本会の活動を地方単位に分けて推進して行く」こととし、「各府県に県委員（仮称）を委嘱することにした」とある。指示が出せないので困った、文化動員は自発的にやってほしい、ときてついに文報は活動を地方単位で行うと宣言する。最終号直前の第四七号（一九四五・三・一〇）掲載の「決戦文化体制の確立　主力を地方活動に　地区別動員の成案成る」で文報は、「本会活動の主力を地方各地に分散、直ちに会員の地方活動を開始する」ことが正式決定したことを報告した。県委員を中心に、翼賛会文化部、県庁、新聞社、全国八軍管区ごとに設置されている報道部と連絡提携し、「本会の名による事業を主とする」のでなく、「銃後が要求する国家的文化事業の推進」を目的として活動するように指示を出し、東京の文報事務局は中央としての役割を終えようとしていた。事務局と印刷所が空襲で焼け、手書きガリ版刷りでの発行となった（現時点での）最終号と目される第四八号には、「その後の地方活動　既に実践舞台へ」という記事が掲載されている。岩手、福島、福井の各県が、「事務局より非公式ながら県支部の名称を認められて」開始した実践活動が報告されている。

文化運動への注目から始まった『文学報国』における地方は、その後文学者の戦争協力を実現する場所として表象され続け、最終的には地方に文報の活動のほぼすべてを委譲するという宣言が出されるにいたる。いくつかの地方で支部活動が本格化しかけた矢先に戦争が終わり、日本文学報国会と同様に地方支部も自然消滅したと思われるが、その一部は戦後文化運動へとつながっていくことになるのである。[9]

二　東北人から国民へ――『月刊東北』における東北表象の消長

『月刊東北』は、仙台の新聞社である河北新報社が編集、発行した雑誌で、一九四四（昭和19）年九月に創刊された。「東北地方に唯一の地方綜合雑誌」（創刊号「文化の交流」）として、出版自体が困難であった終戦／敗戦の直前と直後にかけて毎月発行され続け、一九四五（昭和20）年一二月に最終号を迎えている[10]。

東北地方行政協議会会長の丸山鶴吉は、「思想戦に備へよ」（1／1）で『月刊東北』発行の経緯について次のように書いている。

東北における出版文化の統合によつて、今回河北新報社から国民雑誌「月刊東北」が創刊されることゝなつた。文化水準の低いといはれた東北地方文化を綜合して生れた「月刊東北」には、地方戦力――殊に粘り強い郷土東北を一躍現下の苛烈な思想文化の戦列につかしめ、正しく逞しい戦意の昂揚と、思想そのものの武装とを使命とする点に大きな意義が認められる。

一九四四年前後は、雑誌の統廃合がかつてない勢いで進められていた時期である。丸山は創刊の理由について「東北における出版文化の統合」と書いており、『月刊東北』創刊が、紙不足を背景とした雑誌の出版整理という戦時下文化政策の一環であったことが分かる[11]。それに対し河北新報社出版部は、『月刊東北』がいわば消極的な理由で創刊されたのではないことを強調している。「文化の交流」（1／1）という記事において、「出版文化の統合といふ形式ではなく、文化的施設の地方導入」であり、同時に「東北の文化を通じて非常の役に立てるといふ視角からは、中央文化へ還元し交流する含みを多分に持つ」た「疎開交流」だと雑誌創刊を意義づけた。丸山が前掲記事で『月刊東北』を「国民雑誌」と書いたのに対し、雑誌の種類を「綜合雑誌」とし、「文化的施設の疎開」だと河北新報が強調した際には、中央の綜合雑誌が次々と廃刊、もしくは方向転換を強いられた状況が念頭にあったと考えられる[12]。中央でも存続が難しく、地方ではさらに読む機会の少なくなった、雑誌の格として最上位の「綜合雑誌」を東北で発行し、中央に刺激を与える。「疎開交流」という言葉にはこうした意味が込められていた。

では「綜合雑誌」であろうとした『月刊東北』はどのような編輯方針で雑誌作りに臨んだのか。創刊号に付された『『月刊東北』創刊について」という綴じ込み中の「編輯の大要」では、雑誌の内容や作り方について次のように書かれている。

一、読者の対象を東北地方一般とする
二、出版文化の地域的自給を目標とし執筆者は出来るだけ東北地方人及び東北関係指導者層に求める
三、特に東北地方の一般農村、鉱山、工場、学校、家庭などの銃後を対象としてこの方面の現地報告を企画編輯し実践生活への針路を啓示する。
四、左の常置欄において東北の立場から見た戦局面の現実と戦争完遂の認識とを強調鼓吹する
　1、特輯（重要報道、記念行事、国民運動、非常措置対策など）
　2、内外時事解説
　3、科学、国民生活、農事、修養娯楽
　4、戦力から見た東北地方の歴史、地誌の再認識とその紹介
　5、座談（鼎談、対談）記事によつて多面的に東北の諸事象を検討する
五、本誌の規格と記事組み方はB５（旧四六倍）判二四頁、新聞活字使用、七段組とする

六、毎月一日発行（但し創刊号九月十日発行）

一九四五年八月発行の号まで、すなわち戦時中までは、東北地方の読者のために（「一」）、東北人（東北出身者・東北在住者）が（「二」）、東北について語る雑誌であった。戦局についての報道を除くすべての記事が何らかの形で東北に関わっており、その東北色の濃さは尋常ではない。しかし戦争が終わり、特に右項目中の「四」、「東北の立場から見た戦局面の現実と戦争完遂の認識とを強調鼓吹する」必要がなくなると同時に東北色は薄まり、戦争時の指導者層を批判する論が数多く掲載されるようになる。大まかに言えば、戦中から戦後にかけての雑誌内容はこのように整理できる。

以下、戦争末期の地方発の地方言説の一つである『月刊東北』において東北がどのように語られたのかについて、そしてさらに戦後直後の地方雑誌の転向の実態を確認したい。

『月刊東北』の「編輯の大要」では、『文学報国』でも地方表象の中核をなしていた「一般農村、鉱山、工場」などの生産現場、「国民生活」、「地方の歴史、地誌」（地域の伝統）に関する事項を常置欄で取り上げることが予告されている。実際に生産・生活・歴史（伝統）に関する記事が毎号数多く掲載され、戦局記事・時事解説とあわせて、この雑誌の中心的話題となっている。生産に関しては農事についての記事がやはり最も多く、鉱山・鉱物や松根油を取り上げる記事がそれに続く。内容の中心は増産の実現方法や、あるいはそれを実現するまでの経緯や苦労の報告である。生活に関わることで最も多い話題は食べ物・栄養に関する記事である。食糧不足を乗り切るための無駄のない素材の使い方や調理法が具体的に紹介される。地域の歴史や伝統に関しては、東北地方の歴史的人物や各県のいわゆる伝統校（旧制中学）、伝統行事などが特集・連載の形で取り上げられ、東北の尊皇攘夷の精神が筋金入りであることや、多くの著名な軍人や政府関係者を輩出していることが誇らしく語られる。

「戦意の高揚」（丸山前掲記事）を目的として創刊された雑誌だったこともあって、毎号戦時下における東北人の活躍や役割の重大さが強調されるのだが、注目したいのは、東北礼賛と同じくらいの頻度で、「文化水準の低いといはれた東北地方」（丸山前掲記事）といった類いの東北劣性言説が見られることである。

一九一〇年から一九四五年にかけての東北表象を総括的に論じた河西英通[13]が指摘する通り、東北を後進地として位置づけ、また自分たちを劣ったもの、遅れたものとする劣性言説は、そもそも東北表象の基調をなすものであった。その消長について整理する河西は、『月刊東北』を含む戦時下の東北言説の特徴は、むしろ「白河以北一山百文」に象徴される劣性コンプレックスが払拭される点にあると指摘する。コンプレックスが払拭される理由について河西は、「戦争遂行のための東北と東北人の決定的役割」ゆえの「使命感と先駆意識」だとした。農産物や鉱物、石炭などの増産、満州開発の主導、神風特別攻撃隊への参加、さらに東北出身の小磯米内両大将の首相、海相就任[14]。『月刊東北』にはこうした内容の記事が数多く掲載されている。明治維新で西国に遅れをとった後進地東北[15]が、ここへきて大きな役割を担うようになったと東北人が誇らしく語れる材料はそろっていた。

かくして、『月刊東北』では、かつては日本の足手まといだったが今や日本を支える地域となっているという型の東北表象が戦前発行のほぼすべての号で確認できるのだが、先に述べたように、こうした型の表象が、戦後ほとんど見られなくなる[16]。その理由を考えるために、東北劣性言説が反転する様を丁寧に確認しておきたい。

『月刊東北』において東北の劣性の原因として挙げられるのは、明治維新の敗北、自然災害の多さ、文化的な遅れの三つである。まず一つ目の明治維新由来の劣性コンプレックスの反転である。明治維新で江戸幕府側に荷担したがゆえに勝者西南の後塵を拝していた東北は、戦時下日本を引っ張る多くの指導者を輩出するようになり、また食糧増産で大きな成果を出して日本を支えている。「嘗て同情された東北は、指導する東北に変貌した」（中原英典「雲井龍雄と誤られた東北観」2／2、一九四五・二）とされ、敗者東北の像は塗り替えられることとなる。次の自然災害、特に冷害凶作は、「科学」を利用することや、精神の強制的鍛錬によって乗り越えられる。「編輯の大要」において「常置欄」とすることが予告された通り、『月刊東北』の「科学」に関する記事は充実している。書き手は東北帝大の理系教員や農事の研究者が多く、記事の内容が具体的かつ専門的であるのが特徴で、一般の人間には内容をよく理解できないものも見受けられる。そのなかにあって、農家が科学技術を導入することにより冷害凶作を克服しているという記事がいくつか掲載されている（山本健吾「東北の農業と農民」2／2、上野先「東北の科学界展望」2／3、一九四五・三）。かつては「退嬰的」（1／1綴じ込み）で「鈍重」（三原良吉「磨きのかゝつた鈍重」1／3、一九四四・一一）であった東北農民が、科学的な知識や電力を利用して冷害を乗り越え、さらに増産への努力を続けていることが賞賛されるのである。また東北人は災害が常態である厳しい自然環境のもとで暮らしてきたため、物に動じない強靭な神経やねばり強さを身につけているとされる（上泉秀信「東北農民の生活と文化」1／4、一九四四・一二など）。精神的な強さ、良い意味での鈍重さはすでに身についているため、戦局の悪化とともに厳しさを増す生活にも耐えられる。こうしていわば観念的に（何もせずに）厳しい現在の生活は乗り越えられる。最後の文化的な遅れは、乗り越える必要が無いという形で乗り越えてしまう。文化的に遅れているがゆえに、古い習俗や伝統が東北には多く残っており、そのこと自体に価値があるとされるのである。古い伝統を足掛かりにすることで時局的に価値のある前進ができる（船山信一「東北漁村風土記」1／3）、農村には日本固有の伝統生活が残っているので大事に育てなければならない（山口彌一郎「農村民に学ぶ」2／7、一九四五・七）といった言説がそれにあたる。文化的なことに限らず、様々な点で遅れているがゆえに、戦時下において余力を残している（1／1綴じ込み）、あるいは将来性があるとされ（前掲船山）、「あとから勝つ」のが東北だとされたりもする（吉邨堯「壕中静感あり……三月十日未明の所見」2／4、一九四五・四）。

「雪深く、暗い国」（三瓶孝子「東北の勤労女性に贈る」1／1）の民の押さえつけられていた自己肯定感が噴出したかのような劣性反転言説をも踏まえて河西は、異境であった東北が特に戦時下において「「日本」の原境として、中心として、基底として、深層として、すなわち「日本」そのものとして機能していた」と大胆にまとめている。『文学報国』では、生活・生産・伝統に直接、深く関われる場所として地方が語られていた。文学者たちにとって、国に求められていた戦争協力が実現できる場所であった地方は、日本にもっとも深く関わり得る場所という意味で、まさに日本そのものになりつつあったと捉えることもできよう。

『月刊東北』に話を戻せば、劣性をことごとく反転させるという形で戦時下の東北表象が「高揚」（河西）した理由とは、「使命感と先駆意識」だけでなく、東北の劣性と日本の劣勢が重ねられていたからだと考えられる。「時局重大にして東北顕はる」（寺田利和「東北時評　東北の重大性」2／7）という言葉に象徴されるように、戦局の悪化と東北の高揚はこの場合同時である。先に見た劣性の中身、すなわち戦争での敗北、厳しい生活環境、文化の遅れはそのままこの時期の日本の劣勢の内実と重なり、またそれに由来する。悪化した戦局をしのぎ、日本の勝利を実現するためのものであった東北の劣性反転言説には、日本劣勢という状況の反転を願う強い思いが込められている。だからこそ、この時期の東北表象は「高揚」したのである。

さて、河西は、戦後直後の青森県の新聞や雑誌を引きながら、敗戦直前の、日本と自身とを直結させるような高揚は消え去り、自ら（青森）を後進地と位置づける言説が復活したとする。戦後において地方は、日本の「原境」から「異郷」に戻ったというのが河西の見取り図である。『月刊東北』においても東北礼賛記事は見られなくなり、東北の民度の低さを嘆く記事（沙和宋一「拷問された作家の告白」２／12、一九四五・一二）や、方言の是非をめぐる対立的な記事[17]が掲載されるなど高揚は静まったかに見える。戦時下の東北言説が自らの劣性と日本の劣勢を重ね合わせることで高揚していたとすれば、戦争が終わってそれが見られなくなるのは当然だとまずは言えよう。戦争終結が、敗戦ではなく終戦として、あるいは命が危ういといった厳しい状況からの解放として受け止められ、危機は去り、東北の影は薄くなる。東北が消え去った後に『月刊東北』の誌面の多くを埋めたのは、しかし東北が日本の後進地であることを嘆く言説ではない。戦時下日本の指導者層を国民の立場から激しく批判する記事である。

東北人としての高揚はおさまり敗戦国の民としての高揚が始まる。『月刊東北』の戦中／戦後の変容を改めてまとめればこのようになる。批判される対象は軍部や特高、戦時下に首相を務めた人、各地域の指導者などである。東北人関係者の出世として雑誌中で持ち上げられた小磯、米内、東條といった首相経験者も、「国民」という主語のもと、痛烈に批判されている。執筆者は戦後も変わらず東北関係者で占められているのだが、東北という地に立脚した戦争批判、自己批判は見受けられない。河西の言うように戦時下において東北が日本そのものだったとしたら、日本（の指導者・文化）の敗北とは東北（出身の指導者・文化）の敗北でもあったはずである。だが『月刊東北』にはそうした論が見あたらない。その理由の一つとして本稿で注目したいのは、昭和二〇年において、東北は日本から真に独立しかけていたということである。戦前の『月刊東北』中のあまたの東北論のなかで、その総合性から見て代表格と目される菅原兵治「東北の決勝的使命」（2／3）では、「決戦段階の土壇場に立つて、この肇国以来の頑敵の大圧力をがばりとはね返す「力」」を残しているのが「恵まれざりしもの「東北」」であるとされる。醜くとも石のような堅さを持ち、吹雪に耐え得る強さを持つ東北の本性が「皇国の根」として今こそ活かされなければならない。西南や東京を文化の花の咲くところとし、東北をいまだ花咲かざる根だと位置づける菅原の東北論はまさに日本の「深層」としての東北表象である。そして菅原の論は、最後次のような高揚をみせる。

東北人よ、「東北」に帰れ！而して「東北」に覚め、「東北」に徹し、「東北」を養ひ、以て「東北」の力を顕現せよ！

東北と日本の状況を「歳寒」として重ね、今こそ東北の出番だと意気込む菅原の檄文において注目すべきなのは、東北に帰り東北に徹せよという部分である。菅原は、東北振興とは東北が西南になることではないと述べる。東北が変質するのでなく、東北のままであることこそが日本の原動力になるとする菅原の提言は、日本農士学校長である自身の経験に裏打ちされている。2／5（一九四五・五）掲載の「食糧増産の内線作戦東北地方農家への忠言」で菅原は、先の号では理念的・歴史的に見た東北の特徴を書いたが、次は編集部の要望により「実際的に食料増産方面」について意見を述べるとし、農業においても「東北には『東北』としての特徴」があることを丁寧に説明する。記事中菅原は、その地で長く過ごしたことのない人が多い地方行政官の日本に貢献したい気持ちに理解を示しながらも、東北以外の地で成功したやり方を、増産という「速成的成績」を求めるあまり、東北農業に無理に押しつけることがないように懇々とお願いしている。気候風土が違えば栽培方式が全く異なるのであり、その土地にあった方法をとるべきことを具体的例を交えて説明するこの記事に「高揚」は見られず、土に即した東北の独自性を、指導者層に向かって堂々と、しかし冷静に説明している。

各地域の農業の特殊性を前提に、東北は東北としてあるのだという菅原の主張は、東北の一体化、自立化を進める諸政策や、東北の置かれていた状況と交差する。まずは行政組織から確認する。戦後の『月刊東北』に掲載された柳瀬良幹「町村を中心として見た地方行政機構改革」（2／11、一九四五・一二）では、「総力戦の要請に応じ、地方の一切の行政を戦争遂行一本の方向に結集しようとする」目的で一九四三年七月に開始される地方行政協議会制度と、それをさらに徹底した地方総監の制度（一九四五年六月開始）について説明されている。全国をいくつかの地方に分割し、そこに地方長官（後に総監）をおき、地方長官が地方行政の一切を取り仕切ることで国からの指示を受ける流れを単純化するための制度だが、地方総監府設立時には、「中央官庁の職権の多くを之に移譲して、以て万一本土寸断の場合に於ても各地方は独立に地方内の行政を処理するに支障なからしめん」ためという目的が加わる。軍事面では、軍需工場疎開に端を発した「東北の独立軍需基地化」の推進（豊田雅孝「軍需基地の確立—東北工業の現在と将来—」2／1、一九四五・一）、軍管区と地方行政機関との一体化（「東北軍管区　地方行政との一体化成る」2／3）、「東北で飛行機も作り、兵器も作り、弾丸も作」るための「東北鉱山自立化」（日野勝次郎「東北時評　通信機構刷新　東北防衛の強化へ」2／5、一九四五・五）。経済、生産面では、「東北経済連盟の誕生」（2／4）、敵の本土上陸が迫るなかで「東北は東北だけで戦へるだけの準備」をするための「東北の生産陣　自給自戦態勢へ」（２／６、一九四五・六）。そして２／７（一九四五・七）において林檎から航空燃料をとることに成功したというニュースの隣で先に挙げた東北総監府誕生が話題とされる（前掲寺田利和「東北の重大性」）。交通の面から見れば、空襲によって交通網が被害を受け、各地への移動が難しくなりつつある時期でもあった。

東北独立という動きが着実に進行していた一九四五年前半は、日本文学報国会地方支部承認の動きと時期的に重なる。承認と述べたが、その実質は事務局の手がまわらなくなったがゆえの放任に近い状態であったのは先に確認した通りである。疎開と空襲により進行していた中央の弱体化は、日本のブロック化、地方の独立化という事態を招来していた。『月刊東北』において、東北が日本の苦境を救うといった際の日本は、この時期においてはもはや東北そのものになっているとみるべきである。東北が一個の独立体となって上陸する敵に備えるという非常事態。昭和二〇年の東北は、そしておそらく全国の各地方は、それぞれごとに独立して、つまりは日本となって敵を迎え撃とうとしていたのである。

戦争が終わると同時に観念的にではあるが、全体としての日本が復活する。それを可能にしたのは『月刊東北』に限れば戦時下の指導者と天皇である。東北人は、無能な指導者に翻弄された者となることで、そして天皇を守ることを最優先に考える者となる（安井琢磨「再建日本の進路　国体護持と経済力」２／10、一九四五・一〇、大木隆造「日本的民主主義の方向　一君万民の待望」２／11）ことで、（再びと言うべきか）国民となった。その時に、独立体としての東北＝日本は、全体としての日本へとひそかに回帰している。東北を表象することだけに精力を注いできた『月刊東北』内で、東北人から国民へというなめらかな転向が戦後に実現し得たのは、敗戦直前に東北が救うべき存在として名指されていた日本と、戦後直後に批判対象とされた日本が異なっていたためなのである。

さて、『月刊東北』内の東北論の消長について確認してきたが、最後に『月刊東北』中に掲載された、小説、小品を取り上げ、この時期の別の側面からの東北表象について確認したい。

三　距離と移動の高揚――『月刊東北』における小説・小品

二章で挙げた『月刊東北』「編輯の大要」において常置欄となることが予告された「修養娯楽」にあたる内容のうち、文学系の記事は、「東北文芸」と題された「歌壇」「俳壇」[18]、歌人・俳人・詩人による作品[19]、主に雑誌の後ろ二〜三ページにわたって掲載される読み物（小説・小品・随筆）の三つに分けられる。この三つは雑誌全号に掲載されている。

本章では読み物欄に掲載された小説と小品を取り上げ、そこでの東北表象の特徴について整理、検討することとする。

全部で一六の作品（以下東北小説群とする）が掲載されており、執筆者は中堅作家がほとんどで、その全員が東北関係者（東北出身・東北在住）である。また舞台が東北に設定されるか、東北の地名が作中のどこかに織り込まれるかのどちらかに全作品が分類できる。前章で見たように、雑誌中では、戦中と戦後において東北論の数に変化が認められるが、小説・小品における東北色の濃さは戦中、戦後を通して変化がない。

東北小説群の東北濃度を計るために〈A 東北が主な舞台〉、〈B 東北関係者が主たる登場人物〉、〈C 東北への／からの移動が描かれる〉という三つの指標のどれにあてはまるか、さらに、執筆作家の出身地、もしくは雑誌掲載時の所在地、そして作品の舞台を整理すると以下のようになる[20]。

BC①榊山潤（疎開福島）「み国の子供　短篇」（1／1）（東京―東北山間温泉場）★
AB②大池唯雄（宮城在住）「白鳥事件　歴史小説」（1／2）（宮城柴田郡）
ABC③太宰治（青森）「仙台伝奇　髭候の大尽」（1／3）（仙台笹谷峠―京）
BC④渡邊啓助（秋田）「短篇小説　朔北の女」（1／4）（内地―蒙古（東北出身））
ABC⑤石坂洋次郎（青森、疎開）「小品　協力、指導者、教養」（2／1）（上野―秋田・弘前）★
BC⑥大滝重直（秋田）「短篇小説　北方の人」（2／2）（満州（東北出身）―東北）
AB⑦伊藤永之介（秋田、疎開）「短篇小説　出産」（2／3）（東北鉱山）
BC⑧松田解子（秋田）「短篇小説　水仙」（2／4）（東京―宮城）
ABC⑨日比野士朗（疎開宮城）「短篇小説　春の雨」（2／5）（東北―東京）★
B⑩寺崎浩（秋田）「遺志―特攻隊を送る―」（2／6）（特攻隊基地（秋田出身））
BC⑪中山義秀（福島）「新しい祖国」（2／7）（ボルネオ島（福島出身）―内地）
ABC⑫久板栄二郎（宮城、疎開）「老骨」（2／8・9）（上野―仙台）★
ABC⑬石坂洋次郎「小品　夜の客」（2／10）（青森北常盤―北海道）
AB⑭鶴田知也（疎開秋田）「小説　天の声」（2／10）（東北農村）
ABC⑮徳永直（疎開宮城）「短篇　小説も飢ゑる」（2／11）（宮城農村―東京・川崎）★
ABC⑯今井達夫（疎開福島）「読切小説　山羊のゐる風景」（2／12）（山形―東京）★

各作品の最後に付した〔　　〕のなかに（出身）とあるのは、その地方出身者が、作品の舞台となる地で出会い、親しみを覚える場面があるということである。また、最後に★がついている作品は疎開小説（疎開がテーマ、もしくは疎開者「私」が視点人物）を意味する。

さて、東北人の特色や、東北という地の独自性についての言及がある作品は、①、②、④、⑥、⑩、⑮、⑯である。そのうち肯定的に東北を描くものが、①「み国の子供」（都会から疎開してきた子どもの面倒をしっかりみる東北温泉場の主人が登場。東北の子どもの体のたくましさを描く）、④「朔北の女」（女医の学校を出てすぐに、内蒙古で働く兄のところに行き、そこで休む暇なく働いている女性に東北出身者の粘り強さの典型をみる）、⑥「北方の人」（東北の剛健な農村を満州の任地の県に移そうと計画）、⑯「山羊のゐる風景」（東北人は無用なほど謙遜で控えめ）である。逆にその劣性を描き出すのが、②「白鳥事件」（戊辰戦争の敗北後、官軍の兵士が宮城県柴田郡で尊崇されていた白鳥を撃ち殺すのを見た兵士が発砲。発砲した兵士が処刑され、柴田家当主も切腹させられる）、⑩「遺志―特攻隊を送る―」（東北・秋田の地は寒いせいで人の心がいじけており、さらに空爆から遠く機械文化にもなじみがないため飛行機に関心が薄く、特攻隊志望者が少ない）、⑮「小説も飢ゑる」（米を都会でやみ売りし、その値段をつり上げる宮城の大百姓は正無垢の悪）である。なお、④・⑥と同じく外地を描く⑪「新しい祖国」では東北人の特色こそ描かれないものの、互いが福島出身であることを確認し、喜び合う場面がある。

東北小説群においては、東北の劣性を前提にし、時局にあわせてそれを反転させるような言説は見あたらない。東北小説群で多く前提とされるのは、移動であり、またそれによりつくられる距離である。

肯定的に東北が描かれる際の基本的な展開は、祖国日本や故郷東北、あるいは住んでいたところから遠いところに移動したことを前提に、そうした場所で東北がらみの喜ばしいことを体験するというものである。

①・④・⑥・⑯はいずれもそうした展開だが、他にも⑤「小品 協力、指導者、教養」中の「協力」は、上野駅から弘前まで移動する列車内で「私」が見た心温まる協力が描かれる。京城から北海道まで移動中の若い母親の乳が出なくなり、その子が泣き叫ぶのを見かねて、近くにいた同じく子ども連れの若い母親が乳を飲ませる。乳を上げた母親も九州から弘前まで移動する最中であり、北海道まで行く母親は遠慮するのだが、弘前に着きさえすればこちらは大丈夫だからと言う。乳をもらって子どもが眠りにつくと、今度は近くに座っていた老人が、北海道まで行く母親ににぎりめしを差し出し「あねさんに呉るんでねえ。オンボ（赤児）にけるんだ」とぶっきらぼうに言う。生活が苦しくなってくると道徳は低下するがそのなかでもつややかな光るものが培われているのだと「私」は最後、自分に言い聞かせる。たんに善行が行われたのを目撃したからでなく、困難な列車での移動の最中に、苦労している者同士が助け合う風景に「私」は心打たれる。「私」自身も列車での移動ですっかり参っており、この小品には厳しい状況に鬱々とする感情が流れ続けている。「私」が自分に言い聞かせたという結びになっているのはそうした陰りの反映として見ることができる。⑬「夜の客」は、夜に映画を見にいった娘が、見知らぬ姉妹を突然連れてきて、困っているから泊めてやって欲しいと言い出すところから始まる。この姉妹は、北海道にいる兵隊の兄に面会しようと弘前駅で切符を買うために一日並んだが買えず、このまま駅に泊まると凍え死ぬかもしれないし、宿屋に二人で泊まるのも恐いので、映画館で親切そうな女の人を探し、その人の家に泊めて貰おうと算段したのである。そこで目をつけられたのが「私」の娘であった。「私」と妻は困惑し、娘を叱りつつもその姉妹を泊める。朝になるとお礼代わりの魚の干物を置いて姉妹はいなくなっていた。後に、見知らぬ老人がやって来て、お礼としてさらに干し餅を置いていく。時節柄手に入りにくくなっている魚も餅も良い味で、「私」は冗談でまた誰

かを連れてこいと娘に言う。駅で切符が買えないという移動が抱える困難が、「私」に思わぬ客と食べ物を運んでくるのである。

移動により出会う、あるいはもたらされるものが良いことばかりとは限らない。③「仙台伝奇　髭候の大尽」は、後に「女賊」というタイトルに変更され『新釈諸国噺』に収録された作品である。笹谷峠で山賊の頭領をしていた男が、美人を求めて京に行き、公家の血筋をひいた美しい姫を娶って峠に帰還。その姫が山賊稼業にもすっかり慣れ、娘たちが一六、一八になった頃、頭領が事故で死ぬ。母を助けるために山賊になった姉妹は、旅人から奪った白絹を独占したいがために互いを殺してしまおうと考えていた矢先に、火葬の煙を見て無情を感じ、母とともに出家するという内容である。注目すべきはこの作品最後の一文「父子二代の積悪はたして如来の許し給ふや否や」で、悪事を働く東北人も悪事に染まる都人も、そしてその娘たちも易々と安住させないという意図が込められ、東北小説群のなかでは異色の終わり方である。先に東北の劣性を描いた小説として挙げた⑮「小説も飢ゑる」では、空襲の最中に妻を失い、東京から宮城の農村へと疎開してきた「私」が、娘たちに食べさせる物がまるで手に入らないことに憤激している。関東に闇売りに出かける大百姓を悪と断言し、さらに無策の政府や飢えていないであろう大臣や富豪、闇屋や農民と組んでいる経済警察官をののしり、飢えている人民から代議士を選ぶのだと悲鳴まじりに宣言する。道義的に見た東北の劣性を描いているが、状況的に見れば戦後直後の東北農民の優位さを描きとめていると見ることもできる。

疎開者「私」が語り手の⑨「春の雨」は、東京にいる兄に会いに行った際に自分がいる地への疎開を勧めたが、その疎開話に病弱な兄が乗り気になったにも関わらず住宅事情の悪さで先へ進まないことに思い悩むという筋である。⑫「老骨」も疎開中の「私」が語り手で、空襲下の夜汽車の旅で知り合った仙台に住む商売人とのやりとりが描かれる。一八歳から六五歳までで三八回も商売を替えながら自分にあった職を求めてきたその男を不気味に感じた私だが、終戦直後に仙台で偶然会い、男の家で、娘婿の処遇についての立ち入った相談事に乗ることになる。その男からどうしようもない奴らだと聞かされていた娘やその婿が好感の持てる人柄であり、何もかも欲得尽くの男の方に腹が立ってきた「私」は、酔いも手伝って「我執の化け物」などと男を罵ってしまう。最終的に男は家を出て行くが、家族たちは涙を流して見送ったというオチである。

『文学報国』の地方言説を整理した際に、疎開が、戦争協力が実現できる意義あるものという位置づけと、異なる文化の人間が出会うことで必ず不和が生じるものという二つの位置づけが並行していると述べた。『月刊東北』でも疎開は、文化の異なる者同士が出会うことで発展があるという積極的な見方と、そこに生じる不和は解消しがたく、疎開者がその地に完全に溶け込むことは難しいという消極的な見方が並行している[21]。東北小説群中の疎開小説①・⑯は前者に、⑮は後者にあてはまる。それ以外の⑤・⑨・⑫は、疎開することや移動することの困難を前提に、そのなかで出会う特別な出来事・人や、そこで沸き起こる感情を描きとめるものである。

主たる登場人物が居住地域から移動しない小説が、②・⑦・⑧・⑭である。②「白鳥事件」では、柴田家の武士たちの介錯をする伊達家の者が、罪の無い者の命を奪う西国兵への怒りとともに、戦争に負けたもののみじめさを噛みしめ、「ああ、戦争に負けてはならない」と嘆く。戦争に負けるとどうなるかを警告するこの一言は、現戦争における戦死すべてが無駄死にとなる瞬間を想像させる。⑦「出産」は、鉱山にやってくる「勤奉隊」の様子を管理する側から描く。動員されながら、何かあるとすぐに休みを申し出るのみならず、休みが終わってても鉱山に戻ってこない人が何人もいるという戦時下の勤労奉仕隊の実態が描かれている。作品最後で主人公の女性の宮城への突然の出張に言及こそされるものの、舞台が東京に固定されている⑧「水仙」は、東北色も戦時色もかなり薄い。東京郊外に住み、東北の石炭山を管理している初老の女事業主の夢や恋の悩みを、その近所に住む女友達が正月に聞く。それだけの話である。彼女たちが雑談している部屋に置かれたきれいな水仙が女事業主の恋の相手（六〇近い男）を指している点、戦争末期にこうした何ということもない話を書き、それが掲載された点で意表をついている。⑭「天の声」は、東北農村における戦争末期の状況とそこで敗戦がどう受け止められたかとをその内部から描くものである。戦時下に何か良くないことが起こるとすぐ「お天道様のおとがめ」だと言い、周りの者を嫌な気分にさせていた爺さまが、天皇の玉音放送を聞いて、涙を流しながらやはり同じ言葉を言うというのが大筋である。「おとがめ」という言葉に過剰に反応することによって浮き彫りにされる不安が現実のものとなった瞬間（敗戦）をリアルに描き出す。『月刊東北』に掲載された、移動を中心テーマとしない小説群は、こうして見れば時局に対し物言いたげな作品が多い。

移動が描かれる小説中で時局的に見て問題になってもおかしくなさそうなものは⑪「新しい祖国」である。軍報道班員としてボルネオ島に行った桜庭は、日本人一人で島のゴム工場を経営している中村と話しながら、このような日本から遠く離れた所では死にたくないと率直に言う。それに対して中村は、自分の死んだところが新しい国土になるのだと反論する。内地に帰ってきた桜庭は、硫黄島が落ち沖縄にも敵が来たことに一億国民のみならず自身も不安を感じていたが、特攻隊が浮き足立った人々を落ち着かせたとする。続いて息子の政彦が兵士として戦地に旅立つところを偶然見送ることができた場面が描かれる。そこで、桜庭の妻は両手を固く握りしめぶるぶる震え、さらに長女とともに泣く。公式な形ではなかったにしろ、泣きながら兵士を見送る場面が描かれることは異例である。さらに、戦地に行った政彦から、軍人生活に慣れるとともに、「云ひ知れぬ不安と恐怖におそはれる」ようになり、軍人としても人間としてもだめになりそうで「お母あ《マ》さん《マ》、どうかかういふ憐れな自分を救つて下さい」と書かれた手紙を受け取る。二三歳の息子に生死の悟りが得られるわけがないとその心情を慮る桜庭は、政彦も次第に真の勇気を体得するに違いないとし、祖国と隔絶した孤立の中で海の藻屑と消えるかもしれないが、中村氏が言っていたように新しい祖国がその血の上に築かれると考える。大枠では確かに戦争遂行のための言説に従っているが、打ち消されているとはいえ、桜庭や前線にいる兵士（息子）の戦争に対する不安要素への率直な言及の多さに驚かされる。敗戦、そして死ぬ時が迫っているという緊迫感のなかで、心情が率直に語られ、それがそのまま掲載された貴重な例として見ることができる。

　以上、『月刊東北』に掲載された、小説・小品の整理、検討を行ってきた。全体として見れば、移動をテーマ、あるいは前提にした小説が多く、他の記事が東北内の生活、生産、伝統に焦点をあてることがほとんどだったことからすれば、「修養娯楽」の役割を果たしていたと言えよう。また、一九四四年、四五年は、紙不足による新聞、雑誌統廃合の影響で文学作品を発表する場が激減していた。『月刊東北』はそうした状況下でも、一九四五年八月号を除く号で、作家に小説や小品を掲載する場を提供し続けたという意味で貴重な雑誌であった。

　地方文化運動の提唱者であった初代大政翼賛会文化部長の岸田国士は「地方文学の曙光」（『文藝春秋』一九四四・一〇）で次のように述べている。

「地方文学」台頭の機運は、要するに、東京に於けるいはゆる文士生活の崩潰を前提とし、新たな国土計画に基く文学の疎開といふ形をとるところに落ちつくと思はれるが、かういふ外面的な条件を別にして、私がひそかに待ち望んでゐるのは、烈々たる郷土精神の文学的表現を得ることによつて、この時代を最も大きく動かすといふことである。

東北小説群の執筆者を見れば、確かに文学は東北にも疎開している。ただし、「郷土精神の文学的表現」が誌上で実現されたとは言いがたく、また『文学報国』上で期待されていた新人の育成に地方雑誌『月刊東北』が手を貸したとも言えない。

戦時中の中央文壇において、地方在住の新人として期待されていた東北の作家たちがいわば二度目のデビューを果たす場は、河北新報社が一九四六（昭和21）年に創刊した『東北文学』誌上であった。

【註】

1 第一号発行の日付は一九四三年八月二〇日、最終号の四八号は一九四五年四月一〇日である。なお『復刻版　文学報国』（不二出版、第一刷は一九九〇年一二月発行。本稿での引用は全て第二刷に拠る）「解題」で山内祥史が指摘している通り、発行日より後の出来事が掲載されている場合もあり、記載の発行日より後に出された号もあると考えられる。

2 その戦争協力の実態については、批判的な見地からの調査、弾劾が行われている。櫻本富雄『日本文学報国会　大東亜戦争下の文学者たち』（青木書店、一九九五・六）など。

3 地方に関する直接の言及ではないが、林房雄も「親愛の力と友情を」（第一号）のなかで、「新しき文化をつくる文学なき文化運動は精神なき肉体」であり、「中国和平地区に行はれた半官的文化運動」も、日本の「半官的色彩の文化団体」も「尽く振はなかつた」と大政翼賛会主導の文化運動を批判している。

4　他の記事とは異なる形式だが、同じ時期に地方文化運動の現状を伝える記事であるため、連載の一つとして見ることとする。

5　「上海には池田克己がゐるし、南京には草野心平がゐる。九州の島原には、宮崎耿平が、土方の親方をしてゐるし、印度には火野葦平がボース首班と喋つてゐる。北海道には更科源蔵が畜産史の研究をやつてゐる。豊橋には、三河史の研究に没頭してゐる白井一二がゐる。北陸には聴診器を高島高が握つてゐる。半島の仕事は金素雲、台湾には西川満……といふ風に詩人は全国に、星のやうに、ばらまかれてゐる。」

6　戦時下の文学者の位置取りについては、副田賢二「「戦争」をめぐる芸術表現とその想像力―日中戦争から太平洋戦争期における変容と連続―」（『軍事史学』44－1、二〇〇八・六）、同「「従軍」言説と〈戦争〉の身体―「支那事変」から太平洋戦争開戦時までの言説を中心に」（『近代文学合同研究会論集』第5号、二〇〇八・一二）から示唆を受けた。

7　『文学報国』は、第四二号が欠落し、第四四号が二つある。本稿では、発行年月日をつけて二つの四四号を区別して記載する。

8　郭炯德は「「大東亜戦争」前後の金史良文学―「外地文学」から「地方文学」への変容」（『早稲田大学大学院文学研究科紀要』第五四輯第三分冊、二〇〇九・二）のなかで、大東亜戦争前後から植民地文学が地方文学とみなされるようになったと指摘している。

9　日本文学報国会地方支部の活動が戦後文化運動へつながった例として、仙台における東北文芸協会設立が挙げられる。朝下忠「戦後の文芸復興」（『仙台あ・ら・かると』宝文堂、一九六八・八）、大原祐治「占領期におけるローカル・メディアと文学者―坂口安吾を視座として」（『人文研究』第41号、千葉大学、二〇一二・三）、高橋秀太郎「『東北文学』解説」（不二出版、二〇一六・九）参照。

10　一九四五年九月一日発行の号は、「八・九月合併号」となっている。なお昭和二〇年八月号はコピーが残っているが発行年月日を確認できておらず、実際に発行されたのかどうかは不明である。雑誌の終刊に際して、以後週刊の形へと衣替えするという意味での終刊であると雑誌上で説明され、後を引き継いだ『週刊河北』が昭和二一年より発行されている。以後『月刊東北』号数に関しては、一九四四年発行の四冊を1／1～1／4、一九四五年発行の一二冊を、2／1～2／12という形で記載し、本文初出の号の場合にのみ発行年月を記す。

11　舘田勝弘は、「資料紹介『月刊評論』・『月刊東北』文学記事目録」（『郷土作家研究』第37号、二〇一五・一〇）で、『月刊東北』

が『月刊評論』を引き継ぐ形で創刊されたと述べるが、『月刊東北』中ではそのことに触れられていない。東北の雑誌が『月刊東北』にどう引き継がれ、どう統合されたかについては今後さらに調査したい。

12　一九四四年一月、『中央公論』、『現代』、『公論』、『改造』、『日本評論』、『文藝春秋』と六つあった綜合雑誌のうち、『中央公論』、『公論』、『現代』だけが残され、他の雑誌は時局雑誌や文芸誌、経済誌となることが発表される。さらに綜合雑誌のうちの一つ『中央公論』は一九四四年七月に廃刊、時局雑誌となった『改造』は一九四四年六月に自主的に廃刊した。櫻本富雄『本が弾丸だったころ　戦時下の出版事情』（青木書店、一九九六・七）参照。

13　『続・東北―異境と原境のあいだ』（中公論新社、二〇〇七・三）。以下河西の論の引用はすべてこの本に拠る。

14　ちなみに「快調の双発　小磯米内両大将」（1／1）という記事では東條英機が、石川達三「帰去来の弁」（1／3、一九四四・一一）では新潟出身の山本五十六が東北人と認定されている

15　明治維新時に旧幕府側について敗北を喫し、薩長／西南に遅れをとったことが劣性コンプレックスの一つの原因となっていたことは河西の前掲書に指摘がある。西南に対する対抗意識があることは、『月刊東北』中のいくつかの記事でも確認できる。

16　2／8・9号掲載の熊谷岱藏「再建設」のみである。

17　松内則三は「方言」（2／8・9）のなかで、疎開者が東京言葉でもって疎開した地に根を下ろすと言うのは観念的だと批判し、また安齊桜磈子は「標準語を後生大事として、其の行動までも窮屈に、不自然に不活発にして居る地方文化人といふ者を憫まずにはをれない」（「茸狩り」2／11、一九四五・一一）と書いた。それに対し山田千之は「方言と新日本」（2／12）のなかで、進駐軍に東北の言語は日本語ではないと言われたことを踏まえ、疎開者に方言を強要する人がいるが進駐軍にもそう言えるのかと挑発し、方言に親しみを感じてはいるが、未曾有の危機を迎えた今、世界との文化交流のために、国語を新しく、さらに単純化すべきだと主張している。

18　結城哀草果（歌壇担当）、阿部みどり女（俳壇担当）が選んだ読者投稿の短歌・俳句と、選者による「選後評」「選後感」で構成されている。結城、阿部はともに『河北新報』掲載の歌壇、俳壇の選者であった。創刊号の「選者の言葉」で、『河北新報』上の歌壇俳壇が、『月刊東北』上の「東北文芸」に移ると説明されている。1／4より、投稿者の住所が簡単に記載されるようになり、東北以外からの投稿があったことが確認できる。

19　戦争に関わる事象や東北の自然を詠う作品が多い。そのなかで神保光太郎の「巻頭詩　逞まし東北」（2／7）は、この時期の

典型的な東北表象として見ることができる。

「ひとみな素朴にして　てらはず／黙々として　この日の危急に徹す／外貌あくまで冷静／しかも／火炎の意欲を内に蔵す／青葉若葉　今　天日に映えて／山河悉く　緑に新装す／一望　うららかなる田園／しかも／一木一草　これ聖戦の原動力／かれら　無限の物量をたのみて／南より襲ひ　北辺をうかがふ／不滅の神州を犯さんとするもの／知るや／鉄壁の堅陣　東北あるを／皇土の穀倉　豊沃東北の大地／日本の意思　強剛東北の精神／逞まし　ここにわれらが大東北あり／願はくば／聖慮を安ませ給はんことを」

20　「疎開＋県名」は、他県出身者であるがその地に疎開しているということ、「県名＋在住」はその県出身でかつそこに住み続けているということ、県名のみ記載の場合はその県出身だが作品執筆時は別の場所に住んでいるということ、「県名、疎開」はその県出身でかつそこに疎開中ということである。

21　2／6で「疎開と帰農の調整について」という特集が組まれ、中村吉治は「疎開を生かす」において都市の人間が村に入ってくることで「若返り」が期待できるとする。また2／7「編輯後記」には、疎開文人がどしどし編輯室を訪ね、「戦力としての文化を東北の基地に創造する希望を弾ませた」とある。一方、先に挙げた特集のなかで、上泉秀信は、帰農することは大きな苦難を伴う（「疎開地に郷土を築く」）と述べる。2／8・9掲載の「農村の新建設と戦災集団疎開者　秋田県で見たその生活」のなかで、川井昌平は「疎開後間もなく、いろいろの物議をかもし、兎角両者の融合を阻害しようとしたのは、初めあまり問題として重大視されてゐなかつた日常生活の相違—風俗、習慣の相違から来る感情の阻隔であつた」とする。

コラム1　金木文化会と太宰治

仁平　政人

太宰治の生家として有名な「斜陽館」の近く、「太宰治疎開の家」と称される津島家の新座敷がある（二〇〇六年から一般公開）。終戦間際の七月三一日に、太宰は妻子とともに郷里である青森県金木町（現・五所川原市）に疎開し、戦後はこの新座敷で、翌年一一月までの一年三か月ほどを過ごした。この期間は太宰にとって、戯曲「冬の花火」や「パンドラの箱」、「親友交歓」など多くの秀作が生み出され、また『斜陽』など後期の代表作が醸成される、重要な時期であったといえよう。

さて、太宰がこの時期に、「文化人」たちの時流便乗的な発言をはじめとした敗戦後の言論状況を強く批判し、それに抵抗する姿勢を繰り返し表明していたことはよく知られている。そうした姿勢は、「青森地方の所謂「文化運動」には、一つも関係してゐません」（井伏鱒二宛書簡、一九四六年五月一日付）など、彼が地方文化運動からの距離を強調していたこととも一つながっているだろう。だが、興味深いのは、こうした発言と裏腹に、太宰が当時「金木文化会」という同地の文化会と浅からぬ関わりを結んでいたことである。本稿では、この地方文化運動と太宰との関係について紹介したい。

金木文化会は、太宰の生家に近い雲祥寺を主な活動の場とし、同寺の住職であった一戸正三が同会の会長を務めた。また、副住職で「黎明俳句会」を主宰していた弟の哲三が、会設立の呼びかけ役となったとされる。正三は弘前中学の在学時に、太宰が兄・津島圭治と刊行した同人誌『青んぼ』（一九二六年）に参加しており、京都帝国大学文学部を卒業後、僧職とともに長く高等学校の英語教諭を務めた人物である。疎開中、太宰は一戸兄弟と親しく交流し、正三から世界文学全集等の蔵書を借りるために雲祥寺を頻繁に訪れていた。また、敗戦直後から雲祥寺では、文学青年や音楽愛好家などが集まってレコードコンサートや俳句会が開かれており、太宰もそこに顔を出していたとされる。こうした雲祥寺での集まりを通して、金木に文化会を作るという機運は生れていき、一九四六年三月三日、金木文化会は発足する。

同会は「文芸部、音楽部、演劇部、美術部、山岳部、女性文化部」(『金木文化』創刊号、一九四六・七)という多様な領域をふくむ総合型の文化運動であり、それぞれのグループに多くの若者が参加して活発に活動していたという。太宰はその発会式において、詰めかけた大勢の聴衆を前に「文化とは何ぞや」という題で祝辞を兼ねた講演を行い、また機関誌『金木文化』創刊号には、「金木文化に捧ぐ言葉」として「汝を愛し、汝を憎む」という『津軽』作中の言葉を贈っている。さらには、同会の座談会や自作朗読会に度々出席し、戦後の文芸雑誌も各種寄贈したとされ、会にとっては「顧問」のように見なされていたという。他方、「冬の花火」脱稿の直後に太宰が雲祥寺に来て、正三らを前に原稿を読み上げたというように、彼もまた同会のメンバーを、自らの文学の身近な理解者と捉えていたと考えられる。また、同会が原稿用紙の供給という形で、太宰の執筆活動の基盤を支える役割を果たしていたことも注目できるだろう。

もっとも、若い会員に対し金木にとどまらず東京に出るよう勧めていたとも伝えられるように、太宰が「地域文化」の発展という文化会の理念に、真剣に寄与しようとしていたとは認めがたい。むしろ、太宰にとって同会のメンバーとの関わりは、近隣の文学青年たちと親しく交際したのと同様の、気軽な交流であったとも考えられる。ただし、この文化会との関わりが、太宰の「文化」という概念との向き合い方に、ある変化をもたらしていたとみられることも見過ごせない。太宰は発会式での講演「文化とは何ぞや」で、「文化とは優である。優は人を憂うと書く。人を憂えざるものは文化人にあらず」といったことを語ったとされる。その二か月ほど後の河盛好蔵宛の書簡（一九四六年四月三〇日付）でも、太宰はやはり「文化」という言葉を「優（＝人を憂う）」という言葉と結びつけ、それを「含羞《はにかみ》」と、また「弱さ」や「敗北」とつながるものと述べている。同年一月に執筆された小説「十五年間」では、「文化」を知らない「津軽の百姓」という立場に立脚して敗戦後の言論への批判がなされていたが、文化会への関与を経たこれらの発言では、むしろ「文化」という言葉を、同時代の「文化人」たちの言説とは対照的な方向へと、積極的に語り直すことが試みられていると考えられよう。こうした面でも、金木文化会は戦後の太宰の活動と郷里との関わりを再考する上で、興味深い光源となるように思われるのである。

＊詳細は拙稿「金木文化会と太宰治（上）―関係者の証言を踏まえて―」（『郷土作家研究』第三六号、二〇一四・三）、同「金木文化会と太宰治（下）―機関誌『金木文化』を中心に―」（『郷土作家研究』第三七号、二〇一五・一〇）を参照されたい。

4章　提喩としての東北
――吉本隆明の宮沢賢治体験

森岡　卓司

4章　提喩としての東北
──吉本隆明の宮沢賢治体験

森岡　卓司

一　はじめに

小熊英二は、吉本隆明が米沢高等工業学校在学時代（一九四二・四・一～一九四四・九・二五、なお、一九四四年四月からは米沢工業専門学校と改称）に宮沢賢治を愛読したという伝記的な事実に新たな解釈を与え、そこに、戦後の吉本批評の展開を駆動した根底的なモチーフを見いだした。

吉本にとって、戦争を超越する「永遠の詩人」への憧れは強かったが、同窓生や「同胞」に背をむける孤立感は耐えられないものだったのである。／ちなみに一九五八年、吉本は「転向論」を発表し、戦前の共産主義者が転向したのは、弾圧や拷問のためよりも「大衆からの孤立（感）が最大の条件であった」と主張した。この論文によれば、転向とは、「西欧の政治思想や知識」に頼って「日本的な小情況」をあなどっていた「田舎インテリ」におこる現象だというのだった。[1]

「戦争」からの逃避的な「超越」に罪責感を強く持ちつつ、結局は進学によって兵役を避けた孤立感を隠蔽するために純粋な「軍国少年」としての自己神話化を行い、あらゆる戦後的な秩序に対する過激な戦闘的姿勢をとった吉本が、最終的にはそうした罪責の意識を振り切らんがために「あらゆる「公」的秩序を無化する」生活保守主義的な「私」の主張へと到達した、というのが小熊論の骨子である。

その中で、宮沢賢治に与えられる、「戦争」という現実に背反する「永遠の詩人」という役回りは、「創造と宿命」(『宮沢賢治ノート(Ⅱ)』)や、「過去についての自註」(『初期ノート』試行出版部、一九六四・六)などを根拠として導かれている。確かに、「創造と宿命」中にある、横光利一や小林秀雄らと対比しつつ賢治の「粗雑な人類主義」を非難する一節などからは、小熊の示した解釈も可能であるように思えるが、しかし、そうした部分に続けて、次のような留保が置かれていることをも、見過ごすことはできないだろう。

宮沢賢治には祖国がない　けれど彼が日本の生んだ永遠の巨星であることは疑ふべくもありませんでした　彼の非日本的な普遍性について私は考へつづけました　それの解決は私自身の直面してゐた種々の苦悩の解決に重要な部分を成すことは明らかでした（吉本「創造と宿命」）

「創造と宿命」の論理構成に即すならば、小熊が指摘する吉本の根源的な二律背反は、「祖国」と「詩人」との間に生じていたのではない。そうではなく、「詩人」の内部において「祖国」と「普遍性」との相克が見出されていたと言うべきだろう。そして、この文学における相克、ねじれの認識は、数々の屈曲を経つつも、後の吉本の文芸批評における中心的な位置を占め続けることになる。

本稿は、小熊の議論を批判的にうけつつ、吉本の賢治体験の内実を再検討しようと試みる。その際、当時の吉本が、賢治を、しばしば東北の風土と重ね合わせて語る傾向にあったことを重視したい。たとえば、「銀河はわたしたちの未来圏ですと／そのやうに言ひ切つた詩人の居ることは／兎に角東北の風土が凄いのです」と書き出される詩作品「銀河と東北」（『草莽』、一九四四・五）などに、そうした傾向は典型的に示されていよう。

米沢工業高等学校応用化学科への進学は吉本にとって最初の東北居住体験であったが、進学先として米沢を選んだ経緯とその印象について、後の彼は次のように記している。

> なぜ、東北の地をえらんだか、という点には、定かな理由を想い起すことができない。ただ、東北という風土が、私の意想のなかでは、きびしく暗鬱で、素朴で、というようなものとして存在しており、それは、当時のわたしの嗜好と心境に合致していた、ということができる。この想像の東北は、ある点で現実と合致しており、ある点で予想とちがっていた。〔…〕東北の「自然」は、けつして巨きくもなければ、けわしくもないが、やはりその独特の風貌をもつている。うまくいいあらわすことができないが、それについては、東北の詩人、宮沢賢治が、詩作のなかに絶妙に定着している。一言にしていえば、動きやけわしさが、つぎの瞬間にはじまるかもしれないのに、それ以前に冷たく抑制している「自然」とでも言おうか。身をすりよせようとすれば、少しつめたく、怖れを感じさせるには、何となく親しい単純さをもちすぎているといつた感じである。街をとりまく丘陵から、その後方に並んでいる吾妻連峰にいたるまで、この感じはかわらない。また、幾度か、別の土地へもでかけたが、この印象はほぼ同一であつたと思う。（吉本「過去についての自註」）

この回想には、賢治体験によって独特の陰影を加えられた東北の風土に関する印象が、その後の吉本の中に定着した痕跡をたどることができる。

以下に論じるところをあらかじめ概括しておきたい。本稿においては、限定的な観点にとらわれない把握を志向した初期吉本の賢治論が、やがて矛盾や背反をも包含し得るアイロニカルな全体性を備えた賢治像を提示するに至る経緯について、同時代的な言説との関係を含めた検証を行う。その結論として、後の吉本の批評を支えるひとつの問いが、一九四〇年代の東北体験を起点とした賢治論の展開の中に形成されていたことを明らかにしたいと考える。

二　賢治像の「融合」

本稿は、米沢高等工業学校在学時から終戦直後にかけて書き継がれ、後に『初期ノート増補版』(試行出版部、一九七〇・八)に収集された一連の宮沢賢治論草稿群(『宮沢賢治ノート(Ⅰ)』、『宮沢賢治序叙草稿第四』、『宮沢賢治序叙草稿第五』、『宮沢賢治ノート(Ⅱ)』)を検討の主たる対象とする。そのうち『宮沢賢治序叙草稿第五』末尾には、執筆にあたって参観したテクストとして、羽田書店版『宮沢賢治名作選』(一九三九・三)、十字屋版『宮沢賢治全集』(一九三九・六〜一九四四・二)に加え、佐藤隆房『宮沢賢治』(富山房、一九四二・九)など一〇種の書物タイトルが挙げられている[2]。ただし、既に間宮幹彦が指摘している[3]ように、「「宮沢賢治と女性」雑考」(『宮沢賢治ノート(Ⅰ)』)は、そこに含まれない藤原草郎「宮沢賢治と女性」(『新女苑』、一九四一・八)を踏まえて執筆されており、当時の吉本のレファレンス先をこのタイトルリストにのみ限定して考えることはできない。

事実、この一連の草稿群には、賢治が生涯独身であったという著名な伝記的事実すら知らなかった（「詩碑を訪れて」、『宮沢賢治ノート（Ⅰ）』）段階から、賢治に関する知識と思考が奔流のような勢いで広がり伸びてゆくさまが示されるのだが、その出発を支えた主要なモチーフは、トータルな賢治像をいかに構築し得るか、という問題意識であった、と言えよう。

米村みゆきは、逝去後の賢治を〈再発見〉した評者たちによって、「辺土」に対するバイアスに満ちた賢治像が形作られていく過程に、「科学者」「実践者」という二つの差異化が施された様相を指摘している[4]。「詩碑を訪れて」の末尾に書きつけられる、佐藤隆房『宮沢賢治』読了後の「賢治さんを詩人として高く評価する人も、農民指導者として評価する人も、その他あらゆる限定に於て評価する人もその人を言ひあらはせない」という批判的な感想には、賢治言説の分岐と多様化とのただ中にいながら、そうした微視的な把握から抜け出そうとする吉本の意識を認めるべきだろう。

『宮沢賢治ノート（Ⅰ）』には、「セロ弾きのゴーシュ」「やまなし」「ざしき童子のはなし」「よだかの星」「雁の童子」「風の又三郎」といった賢治童話の分析が含まれるが、それらのすべてには、登場人物、内容、構成、そして表現における「限定」が、共通する分析項目として設定されている[5]。そのほとんどが断片的な記述にとどまってはいるが、「限定が行はれてゐない」「雁の童子」を、「知性のひらめきはそのもの寂かな宗教的な気分の中に完全に融合してけんじような態度があふれてゐる」ものとした上で、そうした「融合」を示し得ない芥川と対比して「賢治さんの人間力」を高く評価する一節（「雁の童子」）には、「限定」を免れ「融合」的な特質を備えた賢治像を把握しようとする、吉本の強い志向性を確認できる。童話分析に続いて『宮沢賢治ノート（Ⅰ）』に収められた「農民芸術概論綱要評」もまた、「農民の無気力な姿」と「自由主義的享楽」、「現実」と「遠方」等々、多くの二元的な対の構造を前提としつつ、しかし「更に高い所でそれらを融合せしめやう」とする賢治像を描き出すことにその主眼を置いている。「限定」された賢治像に対するこれらの批判的な意識は、実のところ、賢治言説における差異化の起点として米村が指摘していた高村光太郎の賢治追悼文において、明確に示されていた。

　内にコスモスを持つ者は世界の何処の辺遠に居ても常に一地方的の存在から脱する。内にコスモスを持たない者はどんな文化の中心に居ても常に一地方的の存在として存在する。岩手県花巻の詩人宮沢賢治は稀に見るコスモスの所持者であつた。彼の謂ふ所のイーハトヴは即ち彼の内の一宇宙を通しての世界全般の事であつた。[6]

ここに含まれる対句的表現には、「辺遠」あるいは「一地方的の存在」を劣ったものと見なすバイアス以上に、そうした「地方」と「文化の中心」との対立を包含し無化する「コスモス」への賛辞が読みとられるべきだろう。

当時の吉本が果たしてこの光太郎のテクストを読んでいたか、確言することは難しい。「直観と情緒」の優位性とそれに基づく「ロマンテイシズムとリアリズムと」の「融合」、即ち、「美以外のものを本質とすることは出来ない」「農民芸術」が「その美の移動に対」して担うべき「新しい正しい能動者としての役割」を強調する「農民芸術概論綱要評」を見るならば、吉本はむしろ大正期以降の日本に広く受容された表現主義美学の枠組によって賢治を捉えようとしたかにも思われるが、すくなくとも、「美とは人間の感覚とは二元的に、即ち人間の対称として存在するのではなく、常に人間のうちに存在する」（「農民芸術概論綱要評」）という唯心論的な構えにおける吉本と光太郎との近接は明らかだ。

「宮沢賢治童話論」（『宮沢賢治序叙草稿第四』）においては、「童話の本質」は「夢」であるとされるが、その「夢と言ふ言葉」は「「つまらないもの」「はかないもの」と言ふやうな小さな意味」ではない。

> 昔から人生を悪であると思つて、それでも力一ぱいに生きた人も、又絶望して死んだ人も、又歪んで行つた人もありますし、人生を善であると思つて立派に生きた人もあります[…]けれど此処で考へなければならない事は夢こそ真実なのであらうか、或は本当の事（現実事象）こそ真実なのであらうか、と言ふことです　人生ではそれさへも本当には定められないのであると思ひます　私は今迄人生は夢であると言ふ一つの場合を考へて来ました　斯様に夢を持つて子供達がやがて生長して人生を生きて行く事は決して醜い事苦しい事に眼を背けて行くことではなくて、本当に苦しんだり楽しんだりして努力して行くために必要であると言ふ事を私は言ひたかつたに外なりません（吉本「宮沢賢治童話論」）

この一節によれば、「夢」と「現実事象」とを弁別する根拠は「本当には定められ」ず、それらは等しく「人」の認識における「真実」になり得る。こうした一元化、「雁の童子」を分析して述べた「融合」の作用によって、「夢」は逃避的なものでも限定的なものでもなく、「現実事象」と同等あるいはそれ以上に普遍的な力を持つ、というこの主張の先には、次のような「故郷」の表象が語りだされることになる。

その短い一生を郷土の土の中につつましく送つた人でありましたので、その童話の中にも懐しい東北の特色と言ふものが溢れてゐて、誰もの胸の中に明るい故郷の灯をともして行きます（吉本「宮沢賢治童話論」）

ここでは、その土地が誰にとっての「郷土」であったのか、という問いが、「誰もの胸の中」において捨象されることで、「東北の特色」は普遍的な「懐しい」「故郷」へと転化する。

この、唯心論的な「融合」を経由した「故郷」としての東北表象は、死を眼前に突きつける戦時中の「現実事象」から逃避する可能性へと吉本を誘惑するものであったかにも思える。だが同時に、こうした地点において、吉本の賢治論は、同時代の農本主義的な賢治言説、そして東北表象言説の類型に最も近づいていたのでもあった[7]。それは、「日本の北、岩手の花巻に発芽した」「強靭なる日本精神の主張」が、「賢治の云ふ『銀河を包む透明な意志』」として「次第に岩手にイーハトーブオに、東北に、全日本に、全東亜に、全世界に光霧となりて漲り行かんと」するさまを顕彰する佐藤隆房「賢治と日本精神」（『新岩手日報』、一九四二・九・三〇〜一〇・二）の野放図な揚言とも、「故郷の灯」が照らす領域を恣意的に拡張するその弛緩した論理において、ほとんど区別することができないだろう。

三　遂行的な場としての文学

しかし、こうして「限定」を排除して「融合」された賢治像は、必ずしも安定的に維持され続けたわけではなかった。

賢治の詩的営為を広く論じた「「孤独と風童」ほか」（『宮沢賢治序叙草稿第四』）において、吉本は、賢治の文語詩への転換を、「人生全体が芸術であり、詩であるといふ究極の構想」の帰結として捉えようとする。たとえば、詩「民間薬」を論じて「彼が文語詩においても確たる実相を捨てなかつた事がわかります　見事にくすんだ色調に裏打ちされたこの思想性が、今日のくらげのやうな文語詩をはるかに凌駕するものがあることは明らかです　要は人間であるといふ解釈を捨てることは出来ません」と述べる部分には、「確たる実相」と様式としての「文語詩」と、すなわち「現実事象」と「夢」とが、「人間」によって「融合」されるという、これまでに確認してきたと同型の図式が繰り返されていることは明らかだろう。

しかし、その結論は次のような留保を含まざるを得なかった。

> 例へば高村光太郎氏の「老耼、道を行く」と宮沢賢治の「永訣の朝」を比べるとき、又三好達治氏の優れた文語詩一篇と彼のあの新形式の文語詩一篇を比較するとき、そこにどれだけ作品としての高さに差があるかを考へても、確たることは応へられない筈です。［…］それ故彼の詩篇と、高村三好等の諸氏の作品を比較するときも、丁度万葉と古今の詩歌を比較するときのやうに異質の尺度を用ひねば「万葉は古今よりも優れてゐる、否古今は万葉より優れてゐる」といふ類の荒唐無稽な論を生ずることになります
>
> （吉本「「孤独と風童」ほか」）

ここに述べられる「異質の尺度」が、先に見たこれまでの議論の中で強く批判されていた「限定」そのものであることは言を俟たない。『宮沢賢治序叙草稿第四』は、こうした「限定」をもたらす「比較」を回避

するために、賢治の詩作品を論じることをここ（「「孤独と風童」ほか」）で打ち切り、「明治以降でも詩歌に於ける程、大きな体系的発展はとげ得」なかった「童話といふ文学の一部門」へと論述の対象を変じていた[8]のだが、文学史的な実体として個別の作品を論じようとして、吉本の賢治論が安定を失う、ということの現象は、論述対象としての賢治詩の性質ではなく、吉本の方法論にこそ起因するものとして理解すべきではないか。

「人間を離れて「神さま」があつたり／人間の外側に「理想」があると思ふのは／インテリと呼ぶメタ人類の／淋しい暗い幻覚なのでせう」と宣言する「無神論」（『草奔』）には、賢治の「究極の構想」が、当時の吉本の批評営為の基底に据えられようとする状況を看取し得る。「人生全体が芸術であり、詩である」ためには、個別の作品の「人間の感覚とは二元的」な実体性を捨象することは必要不可欠である。だが、個別の作品に対する捨象と、史的な体系への関心とは、果たして併存可能か。外在的な「限定」を排除した内在的な文学理解によって、文学史は像を結び得るのか。もしそれが可能だとしても、その像は、「人間の感覚」に対するもうひとつの外在性を形成するに過ぎないのか。

初期吉本の賢治論草稿群のうち、一九四五年八月一五日の後に書かれたと推定される『宮沢賢治ノート（II）』は、こうした全体性を巡るアイロニカルな問いに貫かれているといってよいが、このような問題意識に吉本を導いた契機のひとつには、保田與重郎の賢治評を想定することが可能だろう。

宮沢賢治の詩は、からつと晴れた季節の日に一時に百千の花がさいたやうな姿をしてゐる。こゝには日本の古い文芸の伝統がない。［…］しかもそののちに「伝統がない」といふことを考へてゐて、さうではないと思つた。この詩にはリズムだけがあつてどんな意味も内容も思想もないと云ふことから、僕はそのリズムそのものが、それら枯淡な文芸談理の対象となるもの以上に立派で永遠であると思ふのである。[9]

保田が提示するのは、賢治の詩が「意味も内容も思想もない」空虚さの故に「日本の古い文芸の伝統」を他の「枯淡な文芸談理」以上に体現し得る、というイロニーである[10]。「宮沢賢治の系譜について」(『宮沢賢治ノート(Ⅱ)』)において、この保田のテクストに言及し、それを読了後直ちに「わが画くものすべて伝統ならざるものあらんや思想ならざるものあらんやといふ豪壮な彼の決断と諦念なくしてはあの作品は生れなかつたのである」との註記を加えたと述べる吉本が、保田のイロニーを精確に理解し、深く印象づけられたことは明らかだろう。そしてそれは、「一切の伝統を無視し、過去を問はないことにより、却つて日本的な自己を生かし切」るという「宮沢賢治の系譜について」中の記述を含め、吉本の宮沢賢治論草稿群が結論的に提示する賢治像に、ほとんど明示的といってよい影響を与えている。

吉本が保田から受容したのは、「文芸の伝統」と作品の個別性との双方から、実体性を捨象することで、背反するはずの両者を賢治像において「融合」する、という全体性記述の戦略だった。以下に、その具体的な展開を検討する。

既に触れたように、日本的な伝統を体現する存在として賢治を語る言説それ自体は、戦時下及び終戦直後において、必ずしも珍しいものではなかった。たとえば、吉本が先のタイトルリストにも挙げていた、賢治における「創造への止みがたい情熱」による「血の伝統」の「予言」を揚言する小田邦雄『宮沢賢治覚え書』（弘学社、一九四三・一二）には、「一切の伝統をしりぞけ、既成の思想や手法をしりぞけ、新たに自己の一点から創造するときに、それが歴史的な生命と必ずや一縷の繋りを示すことが出来ることを彼が体認してゐた」と結論する「創造と宿命」を書いた吉本の直接的な参照先を求めることもできるだろう。しかし、そうした同型の言説の広がりの中にあって、あえて保田との関係を重く見るべきだと思われるのは、「伝統」の徹底した非実体性というモチーフを、保田から吉本が引き継いだからである。

いわゆる（非）国民性を巡って戦中の「幾年かの間」続けられた「無意味な内的な抗争」を批判的に総括して「私達は如何にしても日本人たることを止められるわけはありません」（「宮沢賢治の系譜について」）と吉本が述べるとき、その「日本人」とは雑多な実体的要素の公約数として形作られる集合ではなく、あらゆる実体に先行する所与のカテゴリとして想定されている。賢治の「創造」が「繋りを示す」とされる「歴史的な生命」も、それと同種の、非実体的な「伝統」、いわば脱歴史化された「歴史」に他ならない[11]。

ただ、保田の議論を自らの賢治論に摂取するなかで、吉本がより個性的な反応を見せるのは、こうした「伝統」観の直接的な継承ではなく、作品における個別性の捨象を徹底化する過程においてであろう。次いで、その様相を「宮沢賢治の論理について」（『宮沢賢治ノート（Ⅱ）』）に即して確認しよう。

そこで吉本は、賢治の文学を大乗仏教思想との影響関係において論じているが、それは「彼の詩雨ニモマケズが実はどれ程大乗仏教の思想に負ふてゐるかを考へ」るためではない。

私たちはこの詩が願念と事実との不思議な交錯に織りなされてゐることを知ることが出来ました／文学といふものの持つてゐる優れてゐる点は実にこのやうな点にかかつてゐます　文学は論理に於て哲学に

ゆづるに違ひありません　又感覚に於ては心理学があるでせう　併し文学の尊さはそこにはないのです　文学を論理的に読んだり心理的に読んだりして満足してゐる人は終に文学の本質とは無縁の人でありま す（吉本「宮沢賢治の倫理について」）

こうした「文学」の定義に従えば、仏教的な思想を表現したものとして賢治の作品を扱うことは、それを「論理的に読んだり心理的に読んだり」することと同じく、非文学的な裁断に過ぎない[12]。賢治が「菩薩宮沢賢治を超へて、よく詩人宮沢賢治であり」得る所以は、「この詩」が「彼自身の実践の相であり、同時に「ナリタイ」といふ願望で」もある、という二重性を帯びる点に求められる。これは、先行して書かれた「宮沢賢治童話論」における童話観、「夢」と「現実事象」の一元化という議論に連なるものだが、「宮沢賢治の倫理について」においては、童話の核心を形作るとされていた「真実」すらも、賢治の作品から取り出すことはできない、とされる。しかし、もちろん、そうだからといって、その核心への探究は、無意味なのではない。

「ペンネンネンネム」の中で交わされる「ほんたうの幸福」を巡る議論について、吉本は次のように述べている。

良く読んで見ますと、彼は「ほんたうの幸福とは何だらう」といふ問ひに対して「いやおれには解らない」と言つて居ません　唯「いやおれもそれを求めてゐるのだ」と言ふのです　彼の抱いてゐた「空」が虚無《ニヒル》の空ではなく、真空であることを、彼のこの微妙な文意の中から知ることが出来るのです（吉本「宮沢賢治の倫理について」)

ここで、賢治が抱いていた「真空」とは、実体として把捉されることのない「ほんたう」について、それへの到達を断念したりその実在を否定したりするものではない。そうではなく、「ほんたう」を求める未完の運動として文学を再定位するためにこそ、「真空」の語は用いられている。これは、テクストを、確固たる内実を備えた実体としてではなく、パフォーマティブな行為の場として捉える、という文学観の宣言だ、とも換言できよう。吉本によれば、常に未完であることこそ、文学の遂行的な意義を保証するのであって、その行為の結果としてのテクストにスタティックな分析を加えるだけでは、文学の問題そのものが取り逃がされるだろう。こうした賢治論は、「文学の創造や文学運動には、それ自体として階級的な観点などはありえない」(「アクシスの問題」『近代文学』、一九五九・四)という著名な論争的断言、あるいは芥川に対する評価[13]などにもつながっており、戦後の吉本の文芸批評が示した主要な論点のいくつかを準備するものだった、とも言える。

四　終わりに——提喩的な東北表象

以上に論じてきた通り、初期吉本の賢治論は、保田の議論を受容するなかで、「文芸の伝統」と作品の個別性の双方から実体性を捨象し、イロニーとしての全体性を有した賢治像を記述するという帰結を迎えていた、と要約することができよう。

一九四五年九月八日の日付を持つ「宮沢賢治の倫理について」の結論部は、「豊かな日本の道」を指し示す「宮沢的イデー」の可能性に言及している。

宮どんな風がきてもゆるがない静かな巨大な肯定精神の源泉を彼が持つてゐるからなのです／T君よ　宮沢的イデーはわたくしにとつては故郷そのものに外なりません　私は宮沢賢治を踏み越え踏み越え、全の中に身を燃やしつくすことを自己の念願として来ましたが、祖国の遭遇した情勢は私が迷ひに迷ひ、苦しみに苦しんで築いた体系を根こそぎにくつがへしてしまひました　わたくしは今は何も持つてゐません、それ故謙譲に宮沢賢治のふところに還つてゆきたいのです／東北のもつてゐる自然と風景こそ彼も持つてゐる肌合に外なりません（吉本「宮沢賢治の倫理について」）

磯田光一が言うように、「静かな巨大な肯定精神」としての「宮沢的イデー」が、「世を風靡していた」「〝文化国家建設〟という路線」とかけ離れた「異端的な性格」[14]を持つことは明らかだ。しかしそれを、「国破れて山河あり」という「戦争期の国体論の精神構造」と地続きに見ることも（この引用部直後の記述にかかわらず）実はできない、という桶谷秀昭の指摘[15]もある。確かに、別の箇所では「人間の世界にない絶対的なものがそこに脈々と生きてゐる」場所としても語られるその「宮沢的イデー」は、既に「根こそぎにくつがへ」された「体系」とは異なる、非実体的な位相に見出されている。だとするならば、しかし、その全体性は、「わたくし」という個との間に、有効な関係を結び得るのか。後に「身をすりよせようとすれば、少しつめた」（「過去についての自註」）い、ともされたその「肌合」は、果たして「わたくし」を受け容れ憩わせただろうか[16]。

終戦直後に書かれたと推定される『宮沢賢治ノート（Ⅱ）』のトーンを決定づけているのは、こうした困難な関係への希求だったのであり、保田を参照枠にした賢治像の全体性を巡る議論もまた、その模索的試行としての動機を有していた。

吉本がこの問題意識を戦後長く持ち続けたことは、六〇年代に書かれた「過去についての自註」にも明らかだ。その中で、吉本は、賢治体験を回想した直後に、「わたしたちの現実的な体験が語りかけるところでは、「類」の論理は、何らかの度合いと形式で第二次大戦中の日本では死滅している」として、実体的な「体系」の喪失を問題化している。「この死滅はただ、「類」と「個」とが交錯する接点の思想を深めることによってしか回生できない」というその問いかけは、初期の賢治論の意義を、自ら改めて定位するものに他ならない。

先の「宮沢賢治の倫理について」、あるいは「過去についての自註」など、吉本は、こうした新たな全体性としての賢治像を東北表象と重ね合わせ描くことを繰り返し行っている。そして、既に見たように、その継続の過程には、「宮沢賢治童話論」に見られた恣意的な実体化と拡張の論理からの大きな変遷、転位が含みこまれていた。先に触れた磯田、桶谷がそれぞれ言及していた「〝文化国家建設〟という路線」「戦争期の国体論の精神構造」が、ともに、一九四〇年代の東北表象言説における大きな主題であったことは、ここに改めて想起されてよい。吉本の賢治論の変遷は、こうした同時代的な文化言説を、身をもって問い直す過程としての側面を備えていた。

吉本の最終的な賢治論のひとつにおいて、東北表象に関する議論は次のような展開を見せていた。

（引用者註：「イーハトヴ」や「モーリオ市」という賢治の表現を「暗喩」としながら）このばあいなにが実在の都市や街とつながりをもち、なにが迂回され、またなにが断絶されているのか。まずあの街角にはこんな建物があって、住民はこんな方言の訛りで会話をかわし、なにを好物として喰べているといった具象性は、断ちきられている。物語のなかの都市だから架空だというのではなく、架空に名づけられている架空なのだ。それにもかかわらずどこかで実在の場所と、実体のあるこころのうごきとに痕跡でもつながっていなくてはならない。このかすかなつながりは暗喩の機能のひとつだといえよう。このかすかなつながりと、そのなかに断ちきられているものは、はじめに習俗からはじまって、具体的なすべての領域におよんでゆく。もう一方の暗喩の機能は、択ぶことと棄てることだ。イーハトヴもハーリムキヤもモーリオ市も命名が何かを択んでいる。それは固有性、地域性の形式の選択だといえる。またなにかを棄てている。内容の固有性、地域性ともいうべきものだ。（吉本「擬音論・造語論」『宮沢賢治』筑摩書房、一九八九・七※）

ここに論じられるのは、賢治による「内容の固有性、地域性」を「棄て」た「固有性、地域性の形式」としての東北表象であり、それを支えるアイロニカルな表象関係である。ここで吉本が用いる「暗喩」という術語は、現在のレトリック論の観点からはむしろ、「現実的な隣接性ではなく、意味の大小関係、すなわち類と種の関係」としての「提喩」[17]と呼びかえた方が理解しやすいものだろう。「具象性」を「断ち切られた」「架空」と、「実在」ないし「実体」とをつなぎとめることはいかに可能か。いわば関係の臨界を問いかけるこうした東北表象への言及には、吉本にとっての賢治体験が、提喩的な全体性を巡る問いとして、彼の批評的営為に持続した様相を看取し得る[18]。

［付記］本稿における吉本テクストの引用は、※を付したものを除いて、晶文社版『吉本隆明全集』（二〇一四・三〜）に拠った。

【註】

1　小熊英二『民主と愛国』（新曜社、二〇〇二・一一）

2　『宮沢賢治序叙草稿第五』末尾に示されるリストの全体は、以下の通りである。

佐藤　隆房著　宮沢賢治
松田甚次郎編　宮沢賢治名作選
坪田　譲治編　銀河鉄道の夜
草野　心平編　宮沢賢治研究
森荘　已池著　宮沢賢治
坪田　譲治編　風の又三郎
関登　久也著　宮沢賢治素描
小田　邦雄著　宮沢賢治覚え書
藤原　草郎編　ブランドン学校の豚
宮沢賢治全集　六巻
同　別巻

3　間宮幹彦「解題」（『吉本隆明全集』第一巻、晶文社、二〇一六・六）

4　米村みゆき『宮沢賢治を創った男たち』（青弓社、二〇〇三・一二）

ただし、「風の又三郎」については、テクストの抜書のみとなっている。

6 高村光太郎「コスモスの所持者宮沢賢治」(『宮沢賢治追悼』、一九三四・一)

7 「農民芸術概論綱要評」冒頭に自身が断るところによれば、吉本は、賢治生前未発表のこのテクストについて羽田書店版『宮沢賢治名作選』(下)を参照している。その編者松田甚次郎の「亡き師に捧ぐ(後記)」に明確に示される通り、「農民芸術概論綱要」に結論的な意味を持たせ、それをもって賢治を「我が芸術」「我が農村」「我が国家」の護持者に位置づけようとする編集意図がこの『名作選』に一貫していたことを、吉本は当然意識していただろうし、また、上田哲「宮沢賢治と室伏高信―「農民芸術の興隆」における賢治の文明批評」(『塩』、一九七八・八。後に上田『宮沢賢治　その理想世界への道程』明治書院、一九八五・一)によって指摘されるように、賢治の「農民芸術概論綱要」そのものも、同時代的な民族主義的農本主義と無縁ではなかった。

8 「孤独と風童」ほか」末尾近くには、「今ここでは且て私が書いた「宮沢賢治童話序論」といふ文章を転述」するという、その収録順序の変更が意図的であることを明言した部分がある。

9 保田與重郎「雑記帖(一)」(『コギト』、一九三七・四。引用は講談社版『保田與重郎全集』第一三巻、一九八六・一一)

10 吉本の賢治論における保田の影響を検討した先行論として渡辺和靖「敗戦前後の吉本隆明　―保田與重郎理解をめぐって」(『愛知教育大学研究報告　人文・社会科学編』、二〇〇八・三。後に渡辺『吉本隆明の一九四〇年代』ぺりかん社、二〇一〇・四)がある。渡辺は、『後鳥羽院』において保田の血統概念が〈象徴的〉なものから〈実体的〉なものへと転換したことを前提にしつつ、吉本の賢治論における「系譜」的な発想全体が、保田の〈象徴的〉血統観念の影響下にある可能性を論じている。ただし、渡辺の議論は、「隠遁詩人」として賢治を捉えることを当時の吉本の結論と見る点で小熊(前掲)の議論と重なっており、また、「過去についての自註」を執筆した六〇年代には既に「保田與重郎的なものから決定的に訣別した」とする点でも、初期の賢治論の枠組みが後の吉本の文芸批評に与えた影響の大きさを論じようとする本稿とは方向性を異にする。

11 こうしたイロニー性の認識こそが、民族主義的農本主義者と吉本とを隔てるものでもあっただろう。後の吉本は、齋藤清一によるインタビュー「吉本隆明氏に米沢高等工業学校時代を聞く」(齋藤清一『米沢時代の吉本隆明』梟社、二〇〇四・六)において、「松田甚次郎みたいに農民相手に宗教的とか啓蒙的なことをしてみたい、したいと思った人は、当時の右翼的なといったらおかしいですけれど、民族主義的な運動にかならず流れていきました。全農とか日農とか、そういう人たちは結局転向という形で、右翼的な農民運動に合流していくというふうになっていったわけで、それはちょっと宮沢賢治とは違うなと思う」と回想している。

12 この吉本のロジックに保田の影響が顕著であることについては、既に渡辺（前掲）の指摘がある。

13 吉本の芥川評価については、拙稿「文学を引き裂く―吉本隆明の芥川龍之介論」（『季刊 iichiko』、二〇一三・四）参照。

14 磯田光一「吉本隆明論―敗戦の次に来たもの」（『早稲田文学』、一九七〇・八。後に磯田『吉本隆明論』審美社、一九七一・一〇）

15 桶谷秀昭「拒絶のナショナリズム」（『構造』一九七〇・一二）

16 吉田司『宮澤賢治殺人事件』（太田出版、一九九七・三）は、真壁仁が賢治の「雨ニモマケズ」を「花巻の封建農村の中へ屈伏していった〈転向の唄〉」、即ち生活的な現実への居直り的な肯定として読んだ可能性を指摘している。これは、小熊（前掲）の吉本理解に近似しているが、吉田に従うならば、賢治の「肯定精神」の内実を非実体的なイロニーとして捉えた吉本との対照において、真壁の賢治体験を考えることも可能だろう。

17 佐藤信夫『レトリック感覚』（講談社学術文庫、一九九二・六）

18 後期吉本における提喩性については、石川忠司「吉本隆明における〝大衆〟の位相について」（『早稲田文学』、二〇〇二・三）が、広範にわたって示唆的に論じている。そこでは後年の吉本の賢治論についても言及があり、『悲劇の解読』（筑摩書房、一九七九・一二）における賢治への関心が、「〝大衆〟の位相からの視線とパラレルである」「宮沢が奇跡的に行使する「如来の視線」の諸相に集中して」いるとの指摘がある。

5章

〈脱卻〉の帰趨

——高村光太郎に於ける引き延ばされた疎開

佐藤　伸宏

5章　〈脱卻〉の帰趨
――高村光太郎に於ける引き延ばされた疎開

佐藤　伸宏

一　高村光太郎の疎開

一九四五（昭和20）年四月十三日夜、東京都本郷区駒込林町のアトリエが空襲により炎上した高村光太郎は、五月十五日に上野を発ち、岩手県花巻町の宮沢清六宅に疎開する。しかし八月十日に宮沢家も戦災に遭い、諸処での奇遇生活を余儀なくされるが、終戦後の十月十七日に至って、岩手県稗貫郡太田村字山口の山小屋に移住する。光太郎の独居自炊生活の始まりである。その山小屋での孤棲の日々は、十和田国立公園功労者顕彰記念碑として十和田湖畔に設置される彫像（裸婦像）製作のため一九五二（昭和27）年十月十二日に帰京するまで続く。「疎開者というのは都会で戦災にあつたような人が一時どこかに身を落ちつけて、さしあたり困らないように生活し、やがて支度ができたら又もとの場所にかえるつもりの人というようなものであつた。」という光太郎の発言（「山の人々」、『婦人之友』一九五二・二）を踏まえるならば、その山小屋での七年間に及ぶ農耕自炊の生活は言わば引き延ばされた疎開であった。それは光太郎に於いて如何なる時間としてあったのか。

太田村字山口での生活を開始する直前、光太郎は次のような書簡を認めている（一九四五・九・一二付、水野葉舟宛）。

日本の所々方々に小さな、しかし善い中心が無数に出来て、ほんとのよい生活がはじまらなければなりません。［…］これまでのやうな所謂文化でない、真の日本文化が高く築かるべきです。大地と密接な関係を持ち、自己の生存を自己の責任とする営みの上に築かれる至高の文化こそ望ましいものと考へます。是非やりませう。小生もやります。

「真の日本文化」「至高の文化」の建設とは、天皇による戦争終結の詔勅（玉音放送）に接して執筆された詩「一億の号泣」（『朝日新聞』・『岩手日報』一九四五・八・一七）末尾に於いて既に語り出されていた（「鋼鉄の武器を失へる時／精神の武器おのづから強からんとす／真と美と到らざるなき我等が未来の文化こそ／必ずこの号泣を母体としてその形相を孕まん」）敗戦直後に光太郎が手にした祈願乃至決意に他ならない。光太郎の引き延ばされた疎開はそうした祈願に裏打ちされていたと考えられるが、しかしそれは実現すべくもなく、「七年間見てきたところでは、花巻の人達の文化意欲の低調さは驚くのみで、それは結局公共心の欠如によるものと考へられます」という言葉（一九五二・七・一九付、佐藤隆房宛書簡）を残して光太郎は帰京することになる。但しその七年間は光太郎にとって全く不毛な時間であった訳ではない。そこに浮上するのが、戦後に執筆された光太郎の一連の詩の問題である。

高村光太郎は終戦後も詩の創作を継続していた。右に触れた「一億の号泣」以後、帰京の時まで間断なく書き継がれた百篇近い詩が我々の手元に残されており、そうした詩的営為を背景に上梓されたのが詩集『典型』(中央公論社、一九五〇(昭和25)・一〇)であった。

これらの詩は昭和二十年十月私がこの小屋に移り住んでから以降の作にかかるものであり、それ以前の詩は含まない。終戦直後に花巻町で書いたものや、ここに来てから書いたものでも、その頃の感情の余燼の残つてゐるものははぶいた。それらのものは、いはば戦時中の詩の延長に過ぎないものであるからである。

[…]

そして今自分が或る転轍の一段階にたどりついてゐることに気づいて、この五年間のみのり少なかつた一連の詩作をまとめて置かうと思ふに至つた次第である。

詩集『典型』の「序」の一節である。ここには詩集編纂の方針が明瞭に語り出されていよう。改めて言うまでもなく、戦時中の光太郎は夥しい数の戦争詩を書き綴っていた。それら「戦時中の詩」及びその「延長に過ぎないもの」からの「転轍」を示す詩によって『典型』は編成されたと光太郎は言う。この「序」が語り出しているのは、そのような戦後の光太郎の詩が至りついた「或る転轍」――転換、変容の自覚に他なるまい。それは、同時期に発表された詩論「詩について語らず――編集子への手紙――」(創元社版『現代詩講座』第二巻所収、一九五〇・五)に於いて、自らの詩について「実はそれが果して人のいふ詩と同じものであるかどうかさへ今では自己に向つて確言出来ないとも思へる時があります。従つて、藤村――有明――白秋――朔太郎――現代詩人、といふ系列とは別個の道を私は歩いてゐます」と記す、そうした光太郎の確信的な発言とも呼応しているに相違ない。

引き延ばされた疎開生活の中で書き継がれた詩の「転轍」——本稿が問うのは、その内実に他ならない。

二　詩「「ブランデンブルグ」」の成立

戦後の光太郎の詩に於ける「或る転轍」について考えようとする時、詩集『典型』中の詩篇の配列は一つの指標となりうる。山小屋での日常に取材した所謂折々の詩を収める後半部〈田園小詩〉十篇に対して、「雪白く積めり」から表題作「典型」に至る前半部が詩集全体の枢要をなしていることは一読して明らかであるだろう。その冒頭に配されているのが「雪白く積めり」（『展望』一九四六・三）である。

この詩の草稿には「（昭和）二十年十二月廿三日」執筆のメモが記されている。[1] 実は前記「一億の号泣」（一九四五・八・一六筆）から翌年末までの間に十数篇の詩が書かれているが、それらの中でこの詩が唯一詩集に採録されたことになる。それは恐らく「敗れたるもの卻て心平らかにして／燐光の如きもの霊魂にきらめきて美しきなり。／美しくしてつひにとらへ難きなり。」という末尾の詩句に由来していよう。「敗れたるもの卻て心平らか」なる裡に「美しき」「燐光の如きもの」が浮上する。未だ「とらへ難き」それが、やがて「とらへ」られるべき何ものかに他ならぬことがここに予感的に語り出されている。定かならぬ予兆としてではあれ、「敗れたるもの」として生きる日々の中で僅かに触知した何ものかを刻み込んだ詩「雪白く積めり」が詩集前半部の言わば序曲として位置付けられている。そして「暗愚小伝」（『展望』一九四七（昭和22）・七）がこの詩に続く。全六章二十篇の詩によって構成された「暗愚小伝」は周知の如く天皇及び天皇制国家としての日本と「私」との関係を詩群全体の基軸としており、それは「憲法発布」の折の体験を描いた「土下座」（「少しおいて、／錦の御旗を立てた騎兵が見え、／そのあとの馬車に／人の姿が二人見えた。／私のあたまはその時、／誰かの手につよく押へつけられた。／雪にぬれた砂利のにほひがした。／――眼がつぶれるぞ――」）を始発とし、／「宣戦布告よりもさきに聞いたのは／ハワイ辺で戦があつたといふことだ。／つひに太平洋で戦ふのだ。／詔勅をきいて身ぶるいした。／[…]／天皇あやふし。／ただこの一語が／私の一切を決定した。」と語られる「真珠湾の日」を経て、「終戦」の「すつかりきれいにアトリエが焼けて、／私は奥州花巻に来た。／そこであのラヂオをきいた。／私は端坐してふるへてゐた。／[…]／その時天皇はみづから進んで、／われ現人神《あらひとがみ》にあらずと説かれた。／日を重ねるに従つて、／私の眼からは梁《うつばり》が取れ、／いつのまにか六十年の重荷は消えた。」という詩句に至る。天皇という神聖な存在の就縛からの「脱卻」（「終戦」－「不思議なほどの脱卻のあとに／ただ人たるの愛がある。」）の実感と、それに伴う「おのれの暗愚」（「山林」－「おのれの暗愚をいやほど見たので、／自分の業績のどんな評価をも快く容れ、／自分に鞭する千の非難も素直にきく。」）の痛切な認識へと帰結する過程が「暗愚小伝」二十篇をとおして跡付けられるのである。その「暗愚」としての自己認識は、詩集前半末尾に配置された詩「典型」（『改造』一九五〇・四）の「今日も愚直な雪がふり／小屋はつんぼのやうに黙りこむ。／小屋にゐるのは一つの典型、／一つの愚劣の典型だ。」という表現によって反覆される。この「典型」冒頭の詩句は、「暗愚小伝」詩群の帰結と明らかに対応しつつ、詩集前半部の全体を枠付けるものと言ってよいだろう。「序」の中にも次のように記されていた。

ここに来てから、私は専ら自己の感情の整理に努め、又自己そのものの正体の形成素因を窮明しようとして、もう一度自分の生涯の精神史を或る一面の致命点摘発によつて追及した。この特殊国の特殊な雰囲気の中にあつて、いかに自己が埋没され、いかに自己の魂がへし折られてゐたかを見た。そして私の愚鈍な、あいまいな、運命的歩みに、一つの愚劣の典型を見るに至つて魂の戦慄をおぼえずにゐられなかつた。

「暗愚」「愚劣の典型」としての自己認識は、このように「序」の記述と「暗愚小伝」及び「典型」との呼応をとおして詩集の鮮明なモチーフを形成するとともに、詩集表題の所以を示すことにもなるのである。

ところで右の「序」の記述は、本稿冒頭に引用した「序」中の省略部分（[…]）に位置している。既述の「或る転轍」の自覚はそれに続く一節に於いて語り出されるのである。即ち「暗愚」の自己認識に裏打ちされる形で「脱卻」を果たした光太郎に於いて、その詩の「転轍」はそうした「暗愚」の自覚を伴った「脱卻」の意識を背景としてもたらされたと考えられる。そしてその「転轍」の内実は、『典型』の配列に於いて、「暗愚小伝」と「典型」――「暗愚」としての自己認識の枠組みを構成するこれら両篇の間に配された九篇の詩によって示されていると想定されるのである。従ってそれら九篇の冒頭に置かれた「「ブランデンブルグ」」（『展望』一九四八（昭和23）・一）は重要な詩篇と見做されるべきであろう。執筆時期としては「「ブランデンブルグ」」に先行する「脱卻の歌」（『群像』一九四八・一）が続く位置に置かれている[2]ことには小さからぬ意味が込められていたはずである。そのような詩集中の位置を前提に、「「ブランデンブルグ」」をとおして光太郎の戦後の詩に於ける「転轍」の方向を窺ってみることにしたい。[3]

バッハ作曲の協奏曲名を表題に掲げるこの詩は、些か複雑な経緯の下に成立した一篇である。光太郎の日記に拠れば、臼井吉見より『展望』一九四八年一月号掲載の詩の依頼が光太郎のもとに届いたのは前年一九四七年十月三日のこと、十一月一日に『群像』一月号のために「脱却の歌」を書き終えて翌日清書稿を送付した後、「「ブランデンブルグ」」は十一月五日に執筆される。日記には次のように記されている。

> 十一月五日
> 午前日がさしたり、時雨がきたり。風冬じみてくる。北の窓をふさぐ必要あり。昨日の菓子にて抹茶二杯。終日詩の事。ひる過分教場。弘さん五線紙を刷つてゐる。「ブランデンブルグ」を書く。夜十一時まで書いてゐる。バツハと此処の環境と十月三十一日の日の天気とを一緒に書いたもの。
>
> 十一月六日
> 曇、晴、やや風あり、[…]十二時頃までに昨日の詩を推敲、清書、一時半頃二ツ堰の湯口局へ出かける。(スルガさんの人達萱刈)湯口局より「展望」へ今日原稿発送の旨電報。原稿普通便にて臼井氏宛、尚ハカキにて右の通知。[以下略]

右の「バツハと此処の環境と十月三十一日の日の天気とを一緒に書いたもの」という一文は極めて興味深い。「「ブランデンブルグ」」冒頭部にも「今日十月三十一日をおれは見た。」との一行が見出されるが、その日の天候については、「古代錦のやうな秋晴のケンランな完全な一日。風なく、空気うつとりとしづまる。山の紅葉さびて青天に映え、日光あたたかに草を色に染めてゐる。」と同日の日記に記されている。またバッハのブランデンブルグ協奏曲に関しては、同年十月十三日に花巻郡農会で開催の「レコードコンサート」に於いて「久しぶりに」聴いたことが日記及び書簡をとおして確認できる。[4]疎開三年目を迎えた太田村山口での独居自炊生活とそれを取り巻く「環境」、バッハの「ブランデンブルグ」から受けた深い感動、そして「秋晴のケンランな完全な一日」として感受された十月三十一日――それらが詩「「ブランデンブルグ」」の世界に「一緒」に流れ込み、折り重ねられ、綯い合わされるのである。

岩手の山山に秋の日がくれかかる。
完全無欠な天上的な
うらうらとした一八〇度の黄道に
底の知れない時間の累積。
純粋無雑な太陽が
バツハのやうに展開した
今日十月三十一日をおれは見た。

「ブランデンブルグ」の底鳴りする
岩手の山におれは棲む。
山口山は雑木山。
雑木が一度にもみぢして

金茶白緑雌黄の黄、
夜明けの霜から夕もや青く澱むまで、
おれは三間四方の小屋にゐて
伐木丁丁の音をきく。
[以下略]

（第一連、第二連部分）

「「ブランデンブルグ」」は全四連五十七行からなる長編詩である。「今日十月三十一日」の「秋の日がくれかかる」頃から「岩手の山山がとつぷりくれ」る（最終連）までの時間の経過を場とするこの詩に於いて、右の冒頭部は、バッハの音楽を介して、「純粋無雑な太陽」が「うらうらと」移ろいゆく「一八〇度」開かれた「完全無欠な天上的な」天空の広がりと、「おれ」が「棲む」「岩手の山」、その多彩に色付いた「雑木」の広がる地上の世界との間に或る照応関係が結ばれてゆく、その端緒を描き出している。「ブランデンブルグ」の音楽に媒介される形で、それら二つの世界は響き合いを示し始めるのである。極めて意識的、方法的な詩作態度の窺われる表現であるが、そうした天空の領域と地上的世界との呼応、照応の関係は、詩の後半部、第三・四連に至って鮮明に語り出される。

秋の日ざしは隅まで明るく、
あのフウグのやうに時間は追ひかけ
時時うしろへ小もどりして

又無限のくりかへしを無邪気にやる。
バツハの無意味、
平均率の絶対形式。
高くちかく清く親しく、
無量のあふれ流れるもの、
あたたかく時にをかしく、
山口山の林間に鳴り、
北上平野の展望にとどろき、
現世の次元を突変させる。

おれは自己流謫のこの山に根を張つて
おれの錬金術を究尽する。
おれは半文明の都会と手を切つて
この辺陬を太極とする。
おれは近代精神の網の目から
あの天上の音に聴かう。
おれは白髪童子となつて
日本本州の東北隅

北緯三九度東経一四一度の地点から
電離層の高みづたひに
響き合ふものと響き合はう。
［以下略］

（第三連、第四連部分）

第三連に描かれた「秋の日ざし」は、バッハの音楽のモチーフを担うことによって独特の時間性を帯びている。既に第一連で「底の知れない時間の累積」という詩句をとおして、「純粋無雑な太陽」、その光が、一方向的に直進し流失する日常的な時間とは異質な時間性を体現するものとして語られていたが、しかし又その時間は決して「累積」によって固着し、固定化、不動化するのではない。寧ろその時間は、この第三連に描かれるようにバッハの音楽と類比的に結ばれる中で、自在で豊かな流動性、無碍自在な運動性を孕み込むのである。そしてそのようにバッハの音楽と重層化された「秋の日ざし」は、「山口山の林間」から「北上平野」という地上の広がりの裡にも「鳴り」「とどろき」、浸透することによって、「現世の次元を突変させる」。──「突変」という造語と目される言葉が用いられたこの一行は、「ブランデンブルグ」に媒介された「天上」の領域との照応に於いて、「岩手の山山」の世界に決定的な変貌が生じていることを告げていよう。

そのように「突変」する周囲の世界の様相を描き出す一連に続いて、第四連では、「おれ」という一人称が反覆されているように、そうした世界に身を置く「おれ」の確信的な意志が語り出される。「おれ」は、「辺陬」たる「この山」、「北緯三九度東経一四一度の地点」に「根を張」り、根を下ろす。但しそれはその地に自らを固定化すること、帰属させることでは全くない。寧ろその「地点」を「太極」──根源或いは起点として「おれ」は「天上」へと向かい、更に「電離層の高みづたひに／響き合ふものと響き合はう」とする。即ち地上に定点を据えつつも、それに束縛、拘束されることなく、「おれ」はそこから上昇し、かつ「天上」の「高み」の位相に於いて遠心的に拡散する運動性を担うのである。ここには、「秋の日ざし」そしてバッハの音楽に浸透され、それと一体化することをとおして、地上の「太極」からの上昇と遠心的拡散という運動性、流動性、更には遍在性を体現する「おれ」の様態が鮮やかに呈示されている。

「「ブランデンブルグ」」の詩的世界を開示する如上の表現は注目に値しよう。何故なら前引の書簡（一九四五・九・一二付、水野葉舟宛）に記されていた「大地と密接な関係を持ち、自己の生存を自己の責任とする営みの上に築かれる至高の文化こそ望ましいものと考へます。是非やりませう。」という決意からの逸脱乃至差異がそこに判然と認められるからである。「大地と密接な関係を持」つことを不可欠の要件として語る、山居生活開始直前の書簡の発言に対し、「大地」に「根を張」りつつも、そこから離脱し上昇する運動性に於いて詩「「ブランデンブルグ」」は成立している。換言すれば、この詩の生成を導いているのは、密着や定着、或いは帰属という「大地」との固定的な関係から解き放たれる動性に他ならない。既述の如く「「ブランデンブルグ」」に光太郎の詩に於ける「転轍」を認めることができるとすれば、その方向を、そうした言わば大地性からの離脱の運動性として捉えることが可能なのではあるまいか。そして大地性とは、実は光太郎の戦争詩の基底をなすものであったはずである。

三　戦争詩と大地性

周知のように高村光太郎は夥しい数の戦争詩を書き綴り、発表していた。「支那事変勃発以来皇軍昭南島入城に至るまでの間に書いた詩の中から三十七篇を選んでここに集めた。ただ此の大いなる日に生くる身の衷情と感激とを伝へたいと思ふばかりである。」との序文を掲げ、「秋風辞」を巻頭に据えた『大いなる日に』（道統社、一九四二・四）以下、その戦争詩集は『をぢさんの詩』（武蔵書房、一九四三・一一）、『記録』（龍星閣、一九四四・三）と続く。敗戦の日まで書き継がれることになる光太郎の戦争詩が天皇の神聖性に基づく国体への絶対的な信奉に強固に支えられたものであったことについては既に多くの指摘がなされているが、それらの戦争詩を戦後の光太郎に於ける詩の「転轍」という観点から捉える時、そこに見出されるのは大地性という詩の基底部に他ならない。

光太郎の戦争詩が孕むイデオロギーの内実について今改めて問うまでもなかろう。〈我等〉と〈彼等〉の敵対の構図の下に語り出される天皇制ナショナリズムや民族主義等は、第二次世界大戦期の日本に於いて発表された無数の所謂戦争詩・愛国詩としての典型的なメッセージを伝えている。寧ろここでは光太郎の戦争詩を織りなす表現の具体相に眼を向けてみることにしたい。

今われら微小の身をもつて／大君のおんため、国土のため、／直接、われらが力を尽し得るなり。／かかる純一の世はかがやかしいかな。／われらの身体髪膚ことごとく／公けの道につながり、／直ちに又同胞の身体髪膚となる。（「勤労報国」、『記録』所収）

彼等はそんなに低い、そんなに卑しい。／病院船は擬装だと睨む彼等の眼に／大和民族の清さ高さは御伽噺だ。／さういふ彼等の屠殺慾が／いま大和島根の岸辺に迫る。／手段を選ばぬ彼等野獣の本性が／いま神苑の地たる皇土を汚さうとする。／われら一億の品性この時光を放つて／純粋無雑の初源にかへる。（「必勝の品性」、初出未詳、一九四四・三・四筆）

まことに国土ここにあり、／悠久の天祖《てんそ》の息吹浄けく、／清女がたたへた春のあけぼの／昔ながらにわれらをつつむ。／連綿として君しろしめしたまひ、／畏みて民いそしみなごむわれらの国土。／この身すつべきかな、／世界の強敵この天地に迫る。（「春暁におもふ」、『婦人之友』一九四四・四）

右の詩句が告げるように、大地＝「国土」の広がりと連続性は「われら」という「国民」或いは「同胞」としての一体性、同一性の基盤をなす。本稿の言う大地性とは、そのように「われら」としての一体性や連帯の根拠を、その「われら」が生をうけ、定着し、帰属する「国土」たる大地的広がりに見出す思考と想像力の機構の謂いに他ならない。そして戦時下の日本に於いて、大地的広がりは「日本」から「アジヤ」、「大東亜の広袤」（「覆滅彼にあり」、『記録』所収）へ、又「同胞」の所在も「大和民族」から「アジヤ十億の民」（「ビルマ独立」、『記録』所収）そして「大東亜精神圏」（「友来る」、『記録』所収）へと水平的に拡張されることになる。更にそうした大地的な水平性は地図的視野を導くことにもなる。

稲の穂いちめんになびき／人満ちみちてあふれやまず／おのづからどつと堰を切る。／大陸の横圧力で隆起した日本彎が／今大陸を支へるのだ。／崑崙と樺太とにつながる地脈はここに尽き／うしろは懸崖の海溝だ。／退き難い特異の地形を天然は／氷河のむかしからもう築いた。／これがアジヤの最後を支へるもの／日本列島の地理第一課だ。（「地理の書」、『大いなる日に』所収）

地図的な眼差しは「マキン、タラワの武人達」（『少国民文化』一九四四・二）、「昭南島生誕二周年」（『文芸』一九四四・三）等にも窺われるが、そこに開かれる水平的、平面的視野、或いは大地や民族の同一性を水平的な大地の連続的な広がりとして一望の下に捉える視線は大地的な想像力の所産と言ってよいだろう。同時に、右の断片的な引用にも明らかなように大地性を基底とする水平的な広がりの裡には確固たる中心点が措定されている。言うまでもなく天皇の存在である。

われらが国土おのづから海上に浮び、／四辺の波遠くこの神苑をまもる。／うかがふもの近づきがたく、／神明の気山川《さんせん》をこめて／水清く砂白く松あをき別箇の天地、／古来等格を世に絶せり。／豊葦原瑞穂国と／遠く御祖《みおや》の宣《の》らしたまひし／常若《とこわか》にして弥栄《いやさか》の国、／青人草《あをひとぐさ》しげりやまず、／悠久の古《いにし》へを今に生き、／畏みて現人神《あらひとがみ》におはします／すめらみことに仕《つか》うまつる。（「神州護持」、『主婦之友』一九四四・一二）

彼らの富と蛮力とありて／暫くわれらが国土の表面を蹂躙するのみ。／彼らが蹂躙せりとなすもの／実は多くわれらが余贅《よぜい》剰疣《じょうゆう》の類にして／われら民族の実体は卻てその皮下にあり、／［…］／われら民族の自性《じせい》勃々として焦土にめざめ、／われらが祖先の息吹薫風の如く全土に満ちん。／今や一億の老若男女すでに組織せられ／御一人をめぐりて人垣をつくれり。（「薫風の如く」、『主婦之友』一九四五・七）

光太郎の戦争詩の構図は、こうした天皇の存在が水平的な大地的広がりの中核に据えられることによって求心的な性格を備えている。更に「悠久の古《いにし》へを今に生き」る「すめらみこと」（「神州護持」）、また「二千六百五年をつらぬいて／日本国君臣の道いよいよ明きらかに、／われら臣民はただ一身を大君にささげて」（「二千六百五年のむかし」、『少国民の友』一九四五・二）と語られる天皇制国家日本の国体への認識は次のような特異な表現を生み出してもいる。

われら民族の肉と血と魂とには／今と昔の分ちが無い。／二千六百年の昔は神代につながる古《いにしへ》にして／しかも昨日《きのふ》のやうにわれらに近い。／神倭伊波礼毘古命《かむやまといはれびこのみこと》われら一群に向はせられ、／八紘《あめのした》を掩ひて宇《いへ》とせんとのたまひて、／橿原宮《かしはらのみや》に天《あま》つ日嗣《ひつぎ》しろしめし給うた様が／今ありありと眼に見える。（「紀元二千六百年」、初出未詳、『記録』所収）

二千六百年のむかしは昨日《きのふ》のやうだ。／その時わたくしも大和に居た。／［…］／二千六百年の後、／今またわたくしは此処に居る。／今はどういふ時だ。／天皇《てんわう》はわれらの親《みおや》、／その指さしたまふところ、／天然の機《とき》おのづから迫り、／むかしに変らぬ久米の子等は海を超えて／今アジヤの広漠の地に戦ふ。（「紀元二千六百年にあたりて」、『大いなる日に』所収）

これらの詩句は明らかに時間性の脱落を告げていよう。天皇制の一貫性、不変性に於いて、「二千六百年」という時間の経過は空無化されるのである。そのような無時間的乃至は超歴史的な詩の空間がここに成立している。それは大地の不動性、固定性と、所謂万世一系の天皇の存在との重層化に於いて生成した特異な詩的世界の様態と言ってよいだろう。

以上のような大地性を、同時代の日本で発表されていた膨大な戦争詩の多くが共有する要素と見做すことも勿論可能である。但し光太郎の詩の場合、大地性という基盤が強固に作用することによって、或る特徴的な詩的空間の構図が認められる。

落下傘部隊！／落下傘部隊！／見よこの日忽然として碧落《へきらく》彼らの頭上に破れ／神州の精鋭随処に彼らの陣頭に下る／落下傘部隊！／落下傘部隊！／こはこれ大東亜理想圏の尖兵／十百千萬爆弾と銃剣と旺んなる喊声とをもて／見よ今白雲の間に雨ふり下るは／こはこれ大東亜の民草十有余億の頭上遥かに／雲表塵外の光明をもたらし来る者（三好達治「落下傘部隊！」、『捷報いたる』（スタイル社、一九四二・七）所収）

羶羯《せんけつ》すでにこの境《さかひ》になし／大東亜万里の海に／いま團々《だんだん》たる太陽は／神州の血もて濯ひきよめし／新生の門出《かどで》燦爛《さんらん》たる瀆《けが》れなき水平線にさしいづる……／彩霞《さいか》燃え空澄み潤ひ／新らしき年はかくて明けたり／行け神州の子ら／行きて汝が聖理想圏の／万里の空の四方《よも》を撑《ささ》へよ（同前「半宵に声あり」、『寒柝』（大阪創元社、一九四三・一二）所収）

大東亜共栄圏の／青空は僕らの空／日の丸のひるがへる空／日の丸を翼にそめた／荒鷲のとびかふ大空／何人の侵すをゆるさず／何人の汚すをゆるさず／大東亜共栄圏の／青空は僕らの空（同前「大東亜共栄圏の青空は僕らの空」、『干戈永言』（青磁社、一九四五・六））

むら雲を稜威《いつ》の道分《ちわ》きに道分《ちわ》け来て／南《みんなみ》のみ空に高く神集《かみつど》ひます神々《かみがみ》ら／常闇閉《とこやみとざ》し醜草《しこぐさ》のさやげる嶋を見そなはし／服《まつろ》はせ救はばやとぞ／ちはやぶる神のみ業《わざ》は／忽ちに現身《うつそみ》の砲弾《つつだま》なして／中《なか》つ空《そら》、光《ひかり》の渦《うづ》に身を投《たう》じ／これやこのみ空行く魚《な》か／九万尺《くまさか》の彗星《すゐせい》の道飛び通ひ／八十神《やそかみ》のものならなくに／負ひませる大き袋《ふくろ》は／愛《あい》、秩序《ちつじょ》、なさけ、平和《やはらぎ》／智慧《ちゑ》、みやび、力、まごころ、／人の世の光の種を／許多《ここだく》に運ばせたまふ（佐藤春夫「落下傘部隊禮讃」、『大東亜戦争』（龍吟社、一九四三・二）所収）

決戦第二年の元旦／皇軍の将士等／広袤たる戦線の随所／天涯海角／万里の異域にありて／異様《ことざま》なる風景のあひだに／国旗を樹てて天を仰ぎ／新陽のゆたかに昇るを望みて／先づ皇国の興隆を念じ／皇恩に報い奉らんの誓を新にし／父母の国を慕ひ児孫の国を思ひて／そぞろに白沙青松の濱《ひん》なる旭日をしのび／或《ある》は起つて愛国の吟をなし／或は黙して報国盡忠を祷り／みな国歌を奉唱して／思は十方より飛んで帝城の空に参ぜん。（同前「新陽賦」、『奉公詩集』（千歳書房、一九四四・三）所収）

降つてくる降つてくる舞ひおりてくる。／ぱつと吐かればぱつと吐かればぱつぱつと吐かれて。／降つてくる降つてくる舞ひおりてくる。／天空高く爆音響き。／天空低く爆音とどろき。／雲母雪片《きららせつぺん》のちらちらちら七色の無数のきらきらきらが舞ひおりてくる。／三機。五機。十機と編隊はつづき。／私の詩の伝単が舞ひおりてくる。／十万枚の撃チテシ止マンが舞ひおりてくる。／あぁぱつと吐かれた微塵の虹。／それがだんだん大きくなり。／紺地の絣模様になり。／降つてくる降つてくる舞ひおりてくる。（草野心平「大青天」、『大白道』（甲鳥書林、一九四四・四）所収）[5]

第二次世界大戦下に発表された膨大な数の戦争詩は、そのメッセージの趣旨に於いては基本的に殆ど差異は認められないと言ってよい。但しそこに多様な詩的世界の様相が描き出されていることも事実である。例えばここに掲げた三好達治、佐藤春夫そして草野心平の戦争詩には大地性を象る詩句は勿論見出されるにしても、同時に又右の断片的な詩句が呈示する空間に於いて焦点化される、空から舞い降る落下傘部隊や「伝単」の光景、「神州」「皇国」日本そして大東亜共栄圏の理想性を表象する光明に溢れた碧空のイメージなどを、百五十篇を越える光太郎の戦争詩の中に見出すことは出来ない。換言すればそうした仰視する視線の裡に捉えられる形象は、光太郎の詩には極度に乏しいのである。そこに、既述の強固な大地性によって一元的に規定された光太郎の戦争詩の空間的構図を確認することが可能であろう。その詩的空間は、大地に密着し或いは近接した水平的な広がりを基本的な構図として成立しているのである。そして注目すべきは、そのような光太郎の戦争詩の基底部をなした大地性が実は敗戦後の詩をも支え続けていたことに他ならない。戦争詩としてのイデオロギーは殆ど剥離しながらも、天皇の存在を中核とした大地的な発想や思考は終戦直後の詩の表現に存続するのである。天皇による玉音放送を受けて執筆された「一億の号泣」（「五体わななきてとどめあへず／玉音ひびき終りて又音なし／この時無声の号泣国土に起り／普天の一億ひとしく／宸極に向つてひれ伏せるを知る」、『朝日新聞』一九四五・八・一七）、また「犯すべからず」（「われら日本人は御一人《ごいちにん》をめぐつて／幾重にも人間の垣根をつくつてゐる。／この神聖に指触れんとする者万一あらば／われら日本人ひとり残らず枕を並べて／死に尽し仆れ果てるまでこれを守り奉る。／われら一億老若男女《ろうにやくなんによ》の／死屍累々をふみ越えなくては／この神域は干《をか》しがたい。」、初出未詳、一九四五・八・一八筆）、同年末執筆の「永遠の大道」（「畏くも　聖上すでに太平を開きたまふ。／国敗れたれども民族の根気地中に澎湃し、／民族の精神山林に厳たり。」、『潮流』一九四六・一）――これらの詩句には、戦争詩からの連続性としての大地的性格を判然と窺うことができる。前掲の水野葉舟宛書簡（一九四五・九・一二付）中の「大地」への密着を語る発言も同じ脈絡に於いて理解されよう。

　高村光太郎の戦中期及び終戦直後の詩について以上のように考える時、先に検討を加えた「「ブランデンブルグ」」が、それらの詩からの確実な変容を示していることは既に明らかなはずである。大地の上に定点を据えつつも、そこから上昇し、更に融通無碍な動きを担いながら遠心的に拡散するイメージによって開示されるその詩的空間は、大地性に就縛乃至は回収されることのない運動性を孕んだ詩の様態として、先行する詩からの「転轍」を紛れもなく告知している。「脱卻」の自覚を背景に、光太郎の詩は確かに新たな転換を果たしていたのである。

四　光太郎に於ける詩の「転轍」――「脱卻」の帰趨

　高村光太郎の詩に於ける「転轍」は、「「ブランデンブルグ」」以後、如何なる詩の表現やイメージの生成を可能としていたのか。

無限大のやうな宇宙の中で／一年一周をわれらは生きる。／年周回帰のこの遊星の上の人類は／まだ野蛮の域を脱しきれず／人権保障も遠い夢だが、（「試金石」、初出未詳、一九四七・一一・二一筆）

東洋をもう一度熔鉱炉にたたきこんで／東洋の性根が世界規格を突破するまで／むしろ渦状星雲の白熱熔点を堪へぬかう。／その精錬による東洋的新次元の美と秩序と思考とを持たう。／（中略）／東洋的新次元の発見は必ず来る。／未見の世界が世界に加はる。／東洋の美はやがて人類の上に雨と注ぎ、／東洋の詩は世界の人の精神の眼にきらめくだらう。（「東洋的新次元」、『知識人』一九四八・一一）

若しも智恵子がここに居たら、／奥州南部の山の中の一軒家が／たちまち真空管の機構となつて／無数の強いエレクトロンを飛ばすでせう。（「若しも智恵子が」、『婦人画報』一九四九・六）

むしろ地上を離れて／成層圏に入るべきです／土着の人民などは屑の屑です／パロマ天文台の数学と／錬金術師の妖火にいぶる玄の又玄とを／われわれは持ちます（「滑稽詩／Rilke Japonica etc.」、『展望』一九五〇・二）

横にながれて／言葉はパブリコスの境にうかぶ。／縦に羊角して／言葉は成層圏に結晶する。／おれは言葉を手に取つて／気圏の底を離れない。／[…]／寒暄路傍のただ言は／たちまち用を転じて体となり、／鉄とマンガンの元素にかへる。／銀河の穴からのぞいた宇宙の／鉄とマンガンと同列な／組成と質とがここにある。／おれは気圏の底を歩いて／言葉のばた屋をやらかさう。／そこら中のがらくたに／無機究極の極をさがさう。（「ばた屋」、『中央公論』一九五二・一〇）

何れも断片的な引用ながら右の一連の詩句には、上昇的な動きと遠心的な広がりを基軸とした多様な表現が認められる。換言すれば仰角的な眼差しで捉えられる「空」「天」、そしてそこで開かれる「世界」「宇宙」「人間」「人類」への視野によって詩的空間が支えられているのである。それは、先行する戦中及び終戦直後の光太郎の詩には見出すことの出来ない詩的空間の構図であると言ってよい。更に次のようなイメージも又注目に値する。

あのしやれた登山電車で智恵子と二人、／ヴエズヴイオの噴火口をのぞきにいつた。／夢といふものは香料のやうに微粒的で／智恵子は二十代の噴霧で濃厚に私を包んだ。（「噴霧的な夢」、『女性線』一九四八・一二）

智恵子はすでに元素にかへつた。／わたくしは心霊独存の理を信じない。／智恵子はしかも実存する。／智恵子はわたくしの肉に居る。／〔…〕／智恵子はただ嘻々としてとびはね、／わたくしの全存在をかけめぐる。／元素智恵子は今でもなほ／わたくしの肉に居てわたくしに笑ふ。（「元素智恵子」、『新女苑』一九五〇・一）

野放しの一人民には違ひないこの微生物の／太田村字山口のみじめな巣に／空風火水が今日は荒れる。／嵐に四元は解放せられ、／嵐はおれを四元にかへす。（「山荒れる」、『心』一九五〇・一）

ここに見られる「微粒」「噴霧」「元素」「四元」等の言葉は前引の「若しも智恵子が」「ばた屋」にも用いられているが、この時期の光太郎の詩の個性的なイメージを形成している[6]。それらは何れも微細極微で流動性そして遍在性を備える形象として、大地的な固定性や物質性の対極をなすイメージに他ならない。それらも又大地性の一元的規定からの離脱を契機に生成したイメージと見做すことが出来よう。「脱卻」を果たした光太郎に於ける詩の「転轍」は、以上のように種々のヴァリエーションを伴いつつ多様な形でその詩の世界に確かに刻み込まれている。

光太郎は自らの「脱卻」について次のように語り出している。

廓然無聖と達磨はいつた。／まことに爽やかな精神の脱卻だが、／別の世界でこの脱卻をおれも遂げる。／一切を脱卻すれば無価値にいたる。／めぐりめぐつて現世がそのまま／無価値の価値に立ちかへり、／四次元世界がそこにある。／［…］／六十五年の生涯に／絶えずかぶさつてゐたあのものから／たうとうおれは脱卻した。／どんな思念に食ひ入る時でも／無意識中に潜在してゐた／あの聖なるもののリビドが落ちた。／はじめて一人は一人となり、／天を仰げば天はひろく、／地のあるところ唯ユマニテのカオスが深い。

「「ブランデンブルグ」」の直前に執筆された「脱卻の歌」(『群像』一九四八・一)の一節である。戦後の光太郎に於ける天皇の神聖性からの「脱卻」の実感を告げ、そして詩の「転轍」の方向を示唆する(「天を仰げば天はひろく、／地のあるところ唯ユマニテのカオスが深い。」)詩篇であるが、ここに言う「四次元世界」は明らかに宮澤賢治を踏まえている。「コスモスの所有者宮澤賢治」(『宮澤賢治追悼』次郎社、一九三四・一)等、早い時期から賢治を評価していた光太郎は、一九四六年発表の「第四次元の願望」(『農民芸術』一九四六・五)の中でも、「いちばん大切なものを作るものが、一番あはれな境界にゐる」という農業に関する「常識」の「間違」を指摘しながら、こう記している。

宮澤賢治の説く所謂第四次元の芸術こそ此の間違を是正するものとして此処にその真意義を持つと私は確信する。第四次元などといつても、具体的にいつて、何も破天荒な、奇妙な、途轍もないことを意味してゐるのではない。天然四元と大地とに日夜出入する農そのものを、全く新しい意識によつて芸術として生活する事を意味する。

太田村の山小屋に移住して半年余の時点で認められたこの一文に於いて光太郎は、「宮澤賢治の説く所謂第四次元の芸術」に託して、独居自炊生活の裡に生まれるべき自らの芸術の理念を語り出しているかに見える。賢治の「第四次元の芸術」に対するこの時期の光太郎の共鳴と同調の姿勢が窺われるが、しかしながら「転轍」を果たした後の光太郎の詩と宮澤賢治の詩との間には決定的な懸隔が存していることも又覆い難い事実と言わなければならない。

そらの散乱反射《さんらんはんしゃ》のなかに
古ぼけて黒くえぐるもの
ひかりの微塵系列《みぢんけいれつ》の底に
きたなくしろく澱《よど》むもの

（宮澤賢治「岩手山」、『春と修羅』（関根書店、一九二四・四）所収）[7]

雪をかぶつた岩手山の肩が見える。／少し斜めに分厚くかしいで／これはまるで南部人種の胴体《トルソオ》だ。／君らの魂君らの肉体君らの性根が、／男でもあり女でもあり、／雪をかぶつてあそこに居る。／あれこそ君らの実体だ。／あの天空をまともにうけた肩のうねりに／まつたくきれいな朝日があたる。／下界はまだ暗くてみじめでうす汚いが、／おれははつきりこの眼でみる。／岩手県といふものの大きな図態が／のろいやうだが変に確かに／下の方から立ち直つて来てゐるのを。／岩手山があるかぎり、／南部人種は腐れない。／新年はチヤンスだ。／あの山のやうに君らはも一度天地に立て。（光太郎「岩手山の肩」、『新岩手日報』一九四八・一・一）

何れも岩手山を描き出した詩であるが、前者は『春と修羅』初版目次の記載に拠れば一九二二年六月二十七日の執筆になり、「岩手山の肩」は「「ブランデンブルグ」」に続き一九四七年十二月二十八日に認められた一篇である。両者の間の差異は極めて興味深いものと言うべきだろう。

賢治「岩手山」の或る種の難解さは、「そら」の様相との相関に於いて岩手山を形象化する特異な表現に胚胎しているが、その背後には、そうした表現を可能にする視点の移動が大きく関与している。前半二行では「散乱」し遍満する光に溢れる空を「古ぼけて黒くえぐる」山の姿が描かれる。「えぐる」という表現が呈示しているのは「そら」に突き立つ山容の映像であり、それは仰視する視線に支えられている。しかし光の微細な粒子が無数に連なるイメージを強調する後半部に於いては、そうした空の「底に」「澱むもの」として岩手山が見出されている。その映像は明らかに前半部とは対蹠的な俯瞰の眼差しによって捉えられているよう。その俯瞰する視線は、「宮沢家所蔵本」に於いて改稿された三行目「ひしめく微塵の深みの底に、」という詩句の中で一層強調されることになる。前半と後半をそれぞれ構成する表現の間の呼応と対偶の関係が、その対照性を際立たせるのである。即ち「岩手山」と題された四行詩に認められるのは、そうした自在な視点の転換、或いは切り換えによって成立する詩的世界に他ならない。それに対して光太郎の「岩手山の肩」は、そうした視線の変換とは全く無縁である。「雪をかぶつた岩手山の肩」、「あの天空をまともにうけた肩のうねりに／まつたくきれいな朝日があたる」その姿を、「おれ」は「下界」に身を置く位置から仰視し続ける。そうした固定的な位置に立つ中で「おれ」は、「下界」から「天空」に向かって聳える岩手山を「この眼」で捉えつつ、そこに「南部人種」を重ね合わせる。この詩が「あの山のやうに君らはも一度天地に立て。」との一行で閉じられるのはそれ故のことである。「岩手山の肩」に於いて「あすこ」の岩手山に視線を差し向ける「おれ」は、その視線の起点をなす定点的な位置を移動させることはない。

以上のような宮澤賢治の詩との異相に於いて明らかとなるのは、「転轍」後の光太郎の詩に於いて、詩の主体が身を置く大地上の定点自体が手放されることは決してなかったという事態に他ならない。先に考察を加えた「「ブランデンブルグ」」の中で、「おれは自己流謫のこの山に根を張つて／おれの錬金術を究尽する。／おれは半文明の都会と手を切つて／この辺陬を太極とする。」（第四連）と語られていたように、光太郎の詩は太田村字山口の大地の上に立脚点を据えつつ、それを「太極」とした上昇と遠心的拡散の運動性をとおして戦後の新たな展開を果たしていたのである。前引の詩「ばた屋」で「おれは言葉を手に取つて／気圏の底を離れない。」という詩句が反覆され、或いは「おれの詩は西欧ポエジイに属さない。／二つの円周は互に切線を描くが、／つひに完くは重らない。」「西欧ポエジイは親愛なる隣人だが、／おれの詩の運行は一本軌道がちがつてゐる。」という詩行を含む「おれの詩」（『心』一九四九・一）が執筆されるに至ったこと、更には詩集『典型』後半部に山小屋での日常の諸事に取材した短詩群が一括して収録されている（〈田園小詩〉）ことも、それぞれに大地との接点そのものは手放すことのなかった「転轍」の方向に根差す中でなされていたと見做されよう。そしてその大地との接点の保持は、戦後の光太郎の詩に或る制約、或いは偏向をもたらすものでもあったかも知れない。

> 風が偏倚して過ぎたあとでは／クレオソートを塗つたばかりの電柱や／逞しくも起伏（す）る暗黒山稜《あんこくさんりよう》や／（虚空は古めかしい月昊《げつこう》にみち）／研ぎ澄まされた天河石天盤の半月／すべてこんなに錯綜した雲やそらの景観が／すきとほつて巨大な過去になる／五日の月はさらに小さく副生し／意識のやうに移つて行くちぎれた蛋白彩の雲／月の尖端をかすめて過ぎれば／そのまん中の厚いところは黒いのです／（風と嘆息《たんそく》との中《なか》にあらゆる世界の因子《いんし》がある）／きららかにきらびやかにみだれて飛ぶ断雲と／星雲のやうにうごかない天盤附属の氷片の雲

宮澤賢治「風の偏倚」（『春と修羅』所収）冒頭の一節である。この詩では、不断に流動し吹きすぎる風が天上と地上の様相の変容を導く。既述の「岩手山」に於ける移動する視点が言わば風に託される中で、自在に変貌し、絶えず変移する世界がここに成立しているのである。作中の「私」はそうした世界の様相を、自らの心象を折り込みつつ書き取っていく。大地的な固定性や不動性、或いは物質性の対極にある風こそがこのような詩的世界の生成を可能にする「因子」、或いは原理として機能するのである。大地に根を下ろした定点自体は手放すことのなかった光太郎の戦後の詩に、こうした機能を体現する風が現れることはなかった。「風の偏倚」が呈示する異貌の詩的世界とは、光太郎の詩は徹底して無縁だったのである。寧ろ賢治詩の風に対置される戦後の光太郎の詩の原理は〈山林〉＝樹木に擬えることができるのではあるまいか。

私はいま山林にゐる。／生来の離群性はなほりさうもないが、／生活は却て解放された。／村落社会に根をおろして／世界と村落とをやがて結びつける気だ。（「暗愚小伝／山林」）

山林孤棲と人のいふ／小さな山小屋の囲炉裏に居て／ここを地上のメトロポオルとひとり思ふ。（「メトロポオル」、『新女苑』一九五〇・一）

村役場の五十畳敷に／新築祝の額を書く。／「大地麗《だいちうるはし》」、太い最低音部《バス》。／書いてみると急にあたりの山林が、／刈つたあとの萱原が、／まだ一二寸の麦畑のうねうねが、／遠い和賀仙人の山山が／目をさまして起きあがる。／半分晴れた天上から／今日は初雪の紛紛が／あそびあそびじやれてくる。／［…］／大地麗《だいちうるはし》と書いた私の最低音部《バス》に／世界が音程を合せるのだ。（「大地うるはし」、『婦人公論』一九五一・一）

大地に根を下ろし、天上に向かって樹幹を伸ばしつつ枝葉を旺盛に広げていく〈山林〉は、大地と天を媒介し、かつ天上の空間の無窮の広がりに接してもいる。前引の「「ブランデンブルグ」」第四連に於いて「おれは自己流謫のこの山に根を張つて／おれの錬金術を究尽する。／〔…〕／日本本州の東北隅／北緯三九度東経一四一度の地点から／電離層の高みづたひに／響き合ふものと響き合はう。」と語られた「転轍」後の詩の骨格を、そうした〈山林〉＝樹木の形状として捉えることが可能であるだろう。それは山居生活を営む光太郎の周囲を取り巻く自然の謂いであるとともに、その詩的世界を表象する形象でもある。それが、大地との接点を保ち続けた光太郎が行き着くに至った詩の様式であった。

光太郎の「脱却」に於いて戦争詩との脈絡を持つ大地との関係が遂に切断、捨象されることがなかったのは何故であったのかは定かではない。但しそれが、「自己流謫」（「「ブランデンブルグ」」）として七年間に及ぶ疎開の日々を生きた光太郎に於ける自己凝視の内実と深く関連していたであろうことは疑いを容れない。前掲の詩集『典型』「序」には、太田村字山口での山小屋生活を続ける中で「窮明」「追及」が試みられた「自己そのものの正体」について、「この特殊国の特殊な雰囲気の中にあつて、いかに自己が埋没され、いかに自己の魂がへし折られてゐたかを見た。そして私の愚鈍な、あいまいな、運命的歩みに、一つの愚劣の典型を見るに至つて魂の戦慄をおぼえずにゐられなかつた。」と記されていた。その「一つの愚劣の典型」としての「自己」を描き出した詩が表題作「典型」（『改造』一九五〇・四）であることは言うまでもない。

今日も愚直な雪がふり
小屋はつんぼのやうに黙り込む。

小屋にゐるのは一つの典型、
一つの愚劣の典型だ。

詩「典型」は、深い雪に埋もれ、音一つない沈黙に閉ざされた「小屋」の姿を描くところから始まる。そしてその小屋の中に一人身を置く「おのれ」を「愚劣の典型」として捉えている。右の四行は自己への批判の意識を強く響かせているが、しかしそれは単なる自己否定的な処断、断罪ではないことが、「まことをつくして唯一つの倫理に生きた／降りやまぬ雪のやうに愚直な生きもの。／今放たれて翼を伸ばし、／かなしいおのれの真実を見て」という詩句に至る十一行を費やして語り出される。即ち日本という「特殊国の／特殊の倫理」（五、六行目）に身を委ね、「内に」抱く「反逆」の精神を圧殺して、その「唯一つの倫理」を貫いて生きた結果としての「愚劣」さ――言わば「まことをつくして」意志的に「一つ」の姿勢を貫いた故に「愚劣」な生を生きざるを得なかった、そうした「かなしいおのれの真実」が見据えられている。換言すればその「愚直な生」は、避け難い自らの「運命的歩み」（『典型』「序」）に他ならなかった故に、紛れもない「おのれの真実」の姿として「かなし」みと痛ましさの裡に見出されていたのである。そしてそうした「おのれ」と「愚直な雪」が重ね合わされる。その「雪」は末尾の四行に周到に描き出されている。

典型を容れる山の小屋、
小屋を埋める愚直な雪、
雪は降らねばならぬやうに降り、

一切をかぶせて降りにふる。

「降らねばならぬやうに」、即ち降ることを自らの必然として降り続け、「降りにふる」「雪」——そこには一つの在り方を貫く他ない、愚かな程一徹な「愚直な雪」の姿がある。そうした雪が、「まことをつくして唯一つの倫理に生きた」「愚直な生きもの」としての「おのれ」の存在を象るイメージであることは言うまでもない。従って「まことをつくして唯一つの倫理に生きた／降りやまぬ雪のやうに愚直な生きもの。」という自己批判的な詩句の背後には、そうした生を生きる他なかった「おのれ」を、自己の必然を貫き「まことをつくし」た存在として「静かに」受容し、承認する眼差しも又確かに折り込まれていたのである。

詩「典型」の自己剔抉、自己凝視に窺われるように、光太郎に於ける「脱卻」は、単に天皇制という「特殊国の／特殊な倫理」の呪縛を脱することのみを意味していたのではなかった。「暗愚の典型」たる自己の生の苦い認知の中で、しかしそうした過去を截断するのではなく、寧ろ「運命的歩み」としてそれを受容する地点から開かれる新たな生の模索が、光太郎の「自己流謫」の時間であり、そして「脱卻」だったのである。既述の如く「転轍」を果たした後も光太郎の詩が大地との接点自体を手放すことがなく、寧ろそれを「太極」として上昇と遠心的拡散の運動性を獲得することによって新たな展開を示していたのは、恐らくそれ故のことであったと考えられる。七年間に及ぶ引き延ばされた疎開生活をとおして形成されたその詩の様式は、たとえ或る種の偏向や限界を孕み込んでいたとしても、光太郎に於ける「脱卻」の必然的な帰趨に他ならなかったのである。

【註】

1 各詩篇の執筆年次については『定本 高村光太郎全詩集』（筑摩書房）「詩篇解題」の注記に基づく。なお光太郎に関わる引用は、同書及び『高村光太郎全集』全22巻（筑摩書房）に拠る。

2 『典型』に於ける詩の配列は、宮崎稔宛書簡（一九五〇・四・一八付）中に「編集はやはり製作順がいいかと思つてゐます」とあるように、執筆年次順を原則としている。なお同書簡には、「一昨日久しぶりで草野心平君来訪、用事で盛岡へ一緒にゆき、昨日帰つて来ました。その時の話で、中央公論社か創元社から小生の戦後詩集を単行本として出版する気になりました。そしてその編者を貴下にやつてもらひたいと考へてゐます。今中央公論社に相談のテガミを送るところです。」と記されており、詩集『典型』の出版は四月十六日に来訪した草野心平との面談を直接的な契機として実現を見るに至ったことが確認できるが、但し同年二月に認められた宮崎宛の二通の書簡――「その後考へてゐるのですが、どうも時事通信社といふところに出版をまかせる事に気が進みません、貴下の事も考へますが、気持の無理はしたくありません、もつとよく考へてみますが、今度の話はどうなるか分りません」（二・二二付）、「詩集はそのうち機会を見て、いい出版社から出すつもりで、その時編者を貴下にお願ひしませう。」（二・二四付）――を踏まえるならば、一九五〇年二月の時点で光太郎は、未だ具体的ではないにせよ既に詩集の出版を計画していたと考えられる。従って詩「典型」（二・二七筆）はそうした詩集の編纂と上梓を念頭に置いて執筆されたと推測することが可能である。

3 詩「「ブランデンブルグ」」に関する先行論として、恩田逸夫「高村光太郎の「ブランデンブルグ」」（『明薬』80、一九七〇）、吉田精一「高村光太郎の mystification ―「ブランデンブルグ」―」（角田敏郎編『高村光太郎研究』（有精堂、一九七二・一）所収）、三好行雄「光太郎詩鑑賞」（『近代の抒情』（塙書房、一九九〇・九））等が挙げられる。

4 一九四七年十月十三日の日記の記述に「食後すぐ出かけて清六さん方にゆき、清六さんの案内にて郡農会にゆく。「レコードコンサート」、会衆三、四十人。電圧低きためか、レコードの音あまり良からず。久しぶりにブランデンブルグをきく。九時頃終り、かへる。」とあり、同二十三日付の宮崎丈二宛書簡にも「今年は母の廿三回忌なので此間花巻に久しぶりに出て、法要を営み、しばらく花巻に滞在。その間にレコードコンサートや映画などをたのしみました。バツハのブランデンブルグのレコードに実に打たれました。その美は天上のものでこんな高い、しかも親しい美があるものかと今更のやうに驚きました。」と記されている。

5 三好達治、佐藤春夫、草野心平の戦争詩の引用は、それぞれ『三好達治全集』第二巻（筑摩書房）、『定本佐藤春夫全集』第一巻（臨川書店）、『草野心平全集』第一巻（筑摩書房）に拠る。

6 角田敏郎は「無機世界への傾斜―高村光太郎の『典型』について―」（『大阪教育大学紀要』第19巻第I部門、一九七〇）に於いて、『典型』の特質として「無機世界・〈天上〉界への傾斜」を指摘している。

7 宮澤賢治の詩の引用は、『【新】校本宮澤賢治全集』第二巻（筑摩書房）に拠る。

6章 更科源蔵と『至上律』における地方文化

野口　哲也

6章　更科源蔵と『至上律』における地方文化

野口　哲也

本稿では、北海道を拠点に活動した詩人である更科源蔵と、彼が中心となった詩誌『至上律』に着目して、一九四〇年代の〈地方〉をめぐる詩的表象の一つの典型を辿ることにする。まずは、海外体験の直後から地方志向を持ちながら長らく中央に留まり続けた文化人が、思いがけない形で東北に移住することになった事例として、高村光太郎の認識に注目したい。

一　疎開をめぐる軋轢

花巻の宮澤邸で又々戦災にあひ、宮澤邸も全焼、小生も其後転々としてゐましたが、今は花巻病院長の私宅の離れに滞在、好遇をうけて居ります。そして近日のうちに大田村といふ近村の山間に小屋を建てて移り住み、開墾をしながら仕事に励む気で既に小屋も五分通り出来ました。すばらしい土地です。そこで一人で自炊生活をやります。その山間に高い文化を創建したいと思ってゐます。[1]

空襲で焼け出され岩手に疎開した光太郎は、戦後も大田村山口に残り、戦中の言動や戦争詩に対する厳しい批判に曝されながら、連作「暗愚小伝」[2]を発表するなど自己処罰の道を選ぶことになる。しかし、この引用文に示されるような疎開者の態度は本来、壺井繁治や小田切秀雄らによる戦争責任論とは違った次元で、より素朴な生活感情としての反発を招きかねない文化生活であったと仮に想像してみることもできる。光太郎の周囲が実際にそうであったかどうかは別にしても、戦中の文化人の疎開に関する典型的な反応として、たとえば山形の結城哀草果は、地方には物心両面で疎開者を受け入れるだけの余裕がないという不安を表明した上で、「消費することのみを知つて、生産する能力なき疎開者」は、地方の生活基盤や文化の純粋性を損なうだけでなく国益にも反すると言い切っている[3]。結論としては「今後疎開者と地方民との間に、生活や感情のうへにいくつもの難題が起るものとおもはれるが、文学者は鋭敏な感覚と温い理解力とをもつて、両者の疎通をはかり円満にゆくやうに仲に立つて努力して貰ひたい」という期待が述べられはするものの、文章の大半は都会の文化人に対する屈折した感情を吐露する内容で占められている。疎開する文学者に「まづ文学者であることを一応かなぐり捨てて、一個の農民に生れ替ること」を望んで「しばらく沈黙して地方の性格と、民情、風土等をしづかに凝視し勉強理解するに限る」と記す筆致には、やはり受け入れ側の率直な拒絶反応を読みとらないわけにはいかない。それはこの著者に限って突出した感情ではなく、戦争中や災害時に生じる疎開をめぐる軋轢、あるいは一般に地方に対する階層差のイメージを内包したエキゾティックなまなざしが現地に引き起こす感情や複雑な自他意識を表明したものとして、相当に広く共有されたものであっただろう。中央の文化に対する敬意混じりのルサンチマンは非常時に特に顕在化したのかもしれないが、やや過剰とも見える懸念はしかし、疎開者に対する地方人の眼差しを代弁しているかのようである。結城の文章は「かくして疎開文学者と疎開地との理解が本当に深まつて行くとき、そこに皇国文学の維新の鐘が鳴り渡るものとおもふ」と締め括られるが、地方文化を保存する意義を国策に結びつけながら表明したこの言説は、地方にこそその健康な精髄が存在するという、戦時下の日本文化論のあり方を示してもいる。

結城の表題が示す「疎開する文学者」の具体名は文中に一切示されないし、そもそも当時まだ駒込にアトリエを構えていた高村光太郎のことが念頭にあったとは考えられないが、空襲下で疎開が国策としても押し進められる中で、都市と農村が助け合って非常時をしのぐという建前の下に胚胎している亀裂が時に露呈することが報じられ、中央の文化人の動向がそれを助長する場合もあると見られていた状況に鑑みて[4]、敗戦後の高村光太郎が語る生活の決意ならびに文化再建への夢もまた複雑な感情の土壌の上にあったものと見なければなるまい。そのような意味で、戦中あるいは戦前と戦後における〈地方〉と〈文化〉をめぐる問題がもつ連続と断絶について考える視点として次に注目したいのが、冒頭に引用した疎開者の書簡を北海道で受け取った地方詩人の活動である。

二　地方との出会い、文化の生成

更科源蔵は北海道釧路地方の弟子屈村に開拓農民の子として生まれ、麻布獣医学校を中退し帰郷した後、一九二五年に金井新作・真壁仁・伊藤整とともに詩誌『抒情詩』に入選（尾崎喜八選）する。小学校の代用教員や酪農業、印刷業と並行して詩作を行ったが、戦前から戦後にかけて北海道を拠点に展開した地方詩人としての活動を通じて、尾崎と光太郎を終生の師と仰いだ。一九二七年七月に釧路で渡辺茂・葛西暢吉と同人誌『港街』を創刊し、伊藤整や真壁仁、尾崎らが参加していたが、翌年三月には尾崎宅で光太郎の知遇を得て『至上律』と改題し第五集（一九二八・七）～第一二集（一九二九・一一）までを刊行、一九三〇年には新たに『北緯五十度』を創刊する。一九四〇年には札幌に転居し北海道帝国大学新聞や『北方文芸』の編集に携わり、戦後は新たに『至上律』を復刊（第二次）し一九四七年から四九年まで八集を刊行していったんは途絶するものの、一九五一年一〇月より五三年八月まで季刊で第九〜一二集を復刊（第三次）している。第二次『至上律』を発行したのは札幌に移転していた青磁社であるが、そこでは真壁仁『青猪の歌』（一九四七）や吉田一穂『未来者』（一九四八）などの詩集を編集している。また一九五〇年から道立図書館嘱託として郷土史研究に取り組み、アイヌ文化研究者としても知られるようになる人物である。光太郎は『至上律』を中心とした更科の活動を支援し続けたわけだが、はじめてこの地方詩人に出会った時の印象を次のように表している。

彼は語る
地震で東京から逃げて来た人達に
何もできない高原をあてがつた者があるですなあ
ジヤガイモを十貫目まいたら
十貫目だけ取れたさうですなあ
草を刈るとあとが生えないといふ
薪にする木の一本もない土地で
幾家族も凍え死んださうですなあ
いい加減に開墾させて置いて
文句をつけて取りあげるさうですなあ

彼は語る
実地にはたらくのは、拓殖移住手引の
地図で見るより骨なのですなあ
彼等にひつかかるとやられるのですなあ[5]

いかにも朴訥とした口ぶりで北海道の原野生活を語る人柄が光太郎を惹きつけたと覚しいが、更科をモデルに詩を書いたことを伝える書簡には「自分の往年の北海道行の事を思ひ出し感慨に堪へませんでした」（一九二八・三・一八）と記している。周知のとおり、帰朝後の光太郎は日本の芸術界に絶望し、また琅玕洞の経営も行き詰まって北海道に新天地を見出そうとして程なく頓挫しているが、その野望は独自の「芸術の王国を建設」するために北海道の大地に「自分の命の糧」を求めたものであった[6]。更科が光太郎に残した印象と感慨は相当に強かったようで、同年夏には開墾に従事している更科に「如何にその仕事の根源的であり、末梢的でないかを深く思ってうらやましい程に感じます。北海道はますます私を引きます。一つの新しい文化を其処に建設する事の夢想さへ又よみがへって来ることを想像します」（一九二八・七・一八）と伝え、「山へヒッコムのでは無くて前進するのです。人生への一つの道を開墾するのです」（同九・二五）という調子で、自身の念願を更科に投影するように激励している。東京の夏に愛想を尽かし、「オゾンに富んだ空気に今世界は全く欠乏してゐます」（同九・二五）という北方への夢は、それが「地図で見るより骨なのです」と語った若き地方詩人に向けられている以上、決して気まぐれやうわべの世辞ではなく、相当に真剣なものであったはずである。光太郎としては「移動の実現は恐らくまだ三四年後の事になるでせう。或る生活上の段落が必要です」(同)とし、一方で更科も引き続き計画の実現に奔走していたようだが、「すみませんが此は新聞社の方へお断りして下さい、しかし小生の五十度文化の夢はまだすてません、智恵子の健康が恢復したら又考を立て直さうと思ってゐます」(一九三七・八・七)と先送りされることになる。ただしここで問題にしたいのは光太郎自身の北方移住の成否やその真意ではなく、更科源蔵という詩人に注がれる眼差しに、一種の芸術的な羨望とも言えるような内実が含まれていることである。

光太郎の命名によって出発した第一次『至上律』はまずヴェルハーレン特集を組んだ上で、全八集を通じて光太郎による訳詩を掲載し、更科も「この雑誌を中心とする傾向はヴルハアラン、ホヰットマン等の人道主義的なもの」[7]と捉えていた。光太郎は訳詩の原稿について「平常あなたの詩をよんでゐて其中にあるヹルハアラン的精神の共通を思ふと、あの原稿はあなたに贈るのが一番愉快なのです」(一九二八・六・二九)と言っているし、その冬にはエスペラントに関心を示した更科に何か良い書物を探して送りたいと伝える書簡に次のように記している(一九二九・二・一五)。

今年の北海道の厳寒の事は新聞で見てゐました。その吹雪をむしろ一度経験して置きたかったのですが、とうとう又機会を逸したやうです。人生の事は中々意の通りにゆかぬものです。[…]あなたの北海道の奥に於ける生活はあなたに無二の贈物をしてゐる事と信じます。リンコンがインデヤナの曠野で跣足で暮した頃の事を聯想します。因みにあなたはリンコンの伝をよまれた事でせうが、幾度よんでも私はその中から力を得ます。時代が違ひ思想が違ひあらゆる条件の違った者にも斯かる本源的特性は激烈に働きかけて来ます。かかる本源的特性無き人間生活は永久に無いと信じます。

つまり、光太郎は更科の詩からヴェルハーレンのヒューマニズムを読み取るだけでなく、その生活にリンカーンの開拓精神を、それもエスペラントで読まれるべきものとして発見し、自ら志向する本源的な芸術のあり方を重ねていたのである。移住の実現を遅滞し続ける光太郎の目には、更科という詩人が、生活と芸術（文化）を現実に一体化させた理想像として映っていた。

ここで光太郎が念頭に置いている更科の初期詩篇は『種薯』[8]に収められており、シャモ（内地人）の移入によって崩壊していくアイヌの生活やカムイ（神）の伝承が描かれている。巻頭に置かれた「チャチャはこう話して呉れた」をはじめ、そこに写しとられたアイヌの言葉は、北海道における方言すらも内地の言葉として相対化し、他方では世界（外国）を射程に収めているが、そこには更科自身の言葉への批評も含まれていると見るべきだろう。

アイヌのくンには　ほんとーのにんけんのくンにたよ
おーれたちみんなライしてしまつても
おれたちのかんかへてゐるよんなよのなかにならないけれぱ
シャーモもカイコクチンもほろぴるよ。[9]

山形で真壁仁が編集にあたっていた『犀』第九号（一九三一・二）には『種薯』への批評として高村光太

郎・北山癌三（草野心平）・萩原恭次郎・岡本潤・神保光太郎・高田博厚・中島葉那子・伊藤和・真壁の文章が寄せられているが、光太郎は「私如き都会に形だけでも市民生活をしてゐる者は、（私は世に謂ふ美術で飯を食ってゐる者である）まづ第一に、心の網目にいつ知らずにたまってゐる塵埃のやうなものを一気に払ひ落させられる。事実の現前に文句も出ない程やられる。」「事実の表層よりももっと奥のものの力が働きはじめる。彼も持ち、我も持つ共同の精神が立ち上る。」と記している。更科の北海道での生活に根ざした詩のありようは、光太郎にとって実現はおろか着手することさえままならない夢に他ならないのであって、単なる激励の修辞として光太郎の本意をさほど差し引いて考える必要もないように思われるが、少なくとも更科が自らの指針をここに期待されるような方向に定めたことは確実であろう。

そして、戦前の出会いによって生まれた〈地方〉への志向があたかも繰り返されたかのように見えるのが、戦後の第二次『至上律』をめぐる二人のやりとりである。更科と真壁による復刊を祝って光太郎は「これまでのやうに何でも東京からばかり出るのは面白くありません。五十度文明といふ考方もありますから是非北海道から日本の全文化を背負ふほどのものを創り出して下さい」（一九四七・一・六）、「此がうまく育てば札幌青磁社にしても日本文化に相当な貢献をする事になる」（同三・四）として、「暗愚小伝」とは別に「悔謝の詩」を寄稿すると伝えている[10]。この間、全集出版の申し出を保留するなど、青磁社には慎重な態度を保っているのに比べて、更科その人に対する信頼は揺るぎないものがある。冒頭に引用した、〈地方〉から日本文化を高く再建するという夢が、かつての北方移住計画と同じように再び更科源蔵と『至上律』にも託され、連帯しようとする構図が見て取れよう。

ところで、敗戦前後の地方人としての更科源蔵には、もう一つの重要な経歴がある。更科は一九四五年の六月から八月にかけて、戦災者の疎開受入のために東京へ派遣され、帰途の青函航路上で玉音放送を聞くという体験をしているのである。具体的には「北海道疎開者戦力化実施要綱」（一九四五・五・二一）、「北海道集団帰農者受入要綱」（同六・二三）に沿って東京へ派遣され、「拓北農兵隊」の送出に携わっている[11]。更科自身は七月一三日の第三次送出の後七月一五日に東京を出発する予定だったが、一四〜一五日の青函連絡船空襲のため延期になり、第五次の隊を八月七日に送り出してから一一〜一二日にかけて、友人の百田宗治を伴って出発した。この間の動きは当時の日記に詳しく、更科もやはり疎開者を受け入れる地方人としての鬱屈した感情を初日から赤裸々に書き留めている。

この話を二十日に言はれたとき戦う祖国の一線に近いところで働けるという日本人らしい亢奮と、歴史的な帝都の姿とそこで鉄火と戦う日本人の姿とを見たいという少し悪趣味も手伝って、あたりの人が心配するような危険などは少しも感じられなかった。それよりも戦災者を連れて来てどうするのだろうという不安の方が大きかった。黒澤酉蔵の個人的な政治的野心と、それを取り巻く連中の、音頭だけが大きく響いて来るが、実際に受け入れる農村の今年の天候や、したがって直に響く食糧事情それに戦災者がどんな決意を持って来るだろう。北海道は空襲がないから、食料があるから、そんな逃避的な気持で来たのではたまらない、特に黒澤一派の宣伝であればいいことばかりを言ってただ数の多いことを主としているにちがいない。それ等に対するむしろ正しく是正することの方に重要性があるように思う。（六・二三）

文中の黒澤酉蔵は北海道酪農公社社長で衆議院議員、戦後には公職追放となった人物である。引用箇所は派遣当日に函館へ向かう途中の記述だが、東京へ着いてからも国策としての帰農者受入や行政の対応への批判とともに、北海道に移住して農業に従事するつもりなどなく、一時的な食料確保のために避難する戦災者に対する不快感を書きつけており、前節で見た結城哀草果と同様に、地方人が疎開者に対して持つ率直な当惑を如実に示している。ただし更科の場合は疎開の実務担当者として文字どおりに直面せざるを得ないジレンマをより切実に感取していた。二か月間の日記には、自身も空襲に曝されながら、単に怒りを募らせるだけでは山積する任務をこなせないし、それを放置して逃げ出すことも許されないという切迫した立場にある日々の焦燥が連綿と綴られている。受入側（道庁・道民）と送出側（国・都県）との間で板挟みにされる疎開者たちの混乱を目の当たりにして「（都の方では）腹をわってのところは一人でも多く一刻も早くやっかい者をはじき出して一食でも多く東京へ食料を確保したいのだ。同時に道庁ではこのやっかい者を出来るだけ背負い込みたくない腹」でしかなく、「こっちとすれば春になってから新しい希望をもって明るい季節の北海道へ来なさいとすゝめるよりなくなる」（八・七）という遣り切れない思いを吐露してもいる。また、疎開者の帰農政策については「帰農といふよりも遊んでゐる人手で遊んでゐる土地を生かすことだ」と捉え、「初めから帰農といふと相当の覚悟を要するが、先づ自家食糧の自給を目的にしてやらすこと」で参加が容易になるので「初めはあまり専業農家を目的としない方がいい」（八・一〇）など、むしろ穏健な見解を綴ってもいる。ここから読みとれるのは単純な拒絶や反発というよりは、疎開にまつわる社会の非情さが露わになった非常時の都市／地方のリアルな状況に対する透徹した眼差しである。また更科の認識においては、都会市民に対して抱く反感が「地方の純粋性」（結城）に容易に翻ることがない。その視線の底には、自らも移住民二世として、歴史的には北海道におけるアイヌの運命と無関係な立場ではないという、初期詩篇から一貫したアイデンティティへの厳しい問いも失われていないと考えられよう。
鉄道が寸断され、移動も困難になってゆく東京の姿に「明治維新は江戸文化の崩壊であり、こんどの空襲は西洋模〔倣〕文化の崩壊であるのだ、この崩壊の中から本当に立派な火に焼けない鉄丸に砕けない文化が生れなければならないのだ」（六・三〇）と述懐した更科は、次のように書き付けている。

東京へ来て初めて一時間ほど銀座へ出て焼け残ったたった一軒の教文館という本屋に入り小川未明の童話集と聖武天皇と正〔倉〕院という外国向のヨネ・ノグチの本を買った。且つては通行人を威圧して建っていた、銀座の高層建築がすっかりのびてしまっている、のびた方がよほど精々していい、こんなのはなくてよかったのだ、無くてよいものをなくしたのだ、もう一度土台からしっかりと建なおす時が来ていたのだ、それを敵の手をかりて片付けてもらったのである、これは決して負けおしみではなく、日本が正しく伸るために当然受ける可き運命であった、これがなかったらむしろ内的破壊という〔収拾〕不能な立場になったであろう。（七・一七）

北海道も含めて全土に激しさを増していく空襲を模倣文化の崩壊と真正な文化の再生の機会と捉える視線は既に、半ば予期される敗戦を見据えている。焦土と化して崩壊してゆく東京の「文化」とは対比的に、足元の草花の逞しい生命力に目を留める筆致も日記全般を通して特徴的であるが、そうした詩人らしい更科の視線と態度が、「山間に高い文化を創建しやう」という疎開先の高村光太郎の展望とも呼応してゆくことになるのである。第一次『至上律』の時代に北方への再挑戦を叶えられなかった光太郎は、戦後もたびたび更科に北海道旅行へ誘われながら、結局は主に健康上の理由で実現しないのだが、もはやそのことは問題ではないかもしれない。かつて二人の関係の起点にあったのは奇しくも震災に伴う疎開の話題であり、地方への夢を抱く者と地方の現実を知る者とが対峙したのだったが、その出会いは一般に疎開に伴う感情の軋轢に引き裂かれてしまうような、不幸なものでは決してなかった。地方の現実の生活、あるいは疎開・移住というものの実態に対する透徹した認識を持つ理想的な詩人として、光太郎は更科への讃辞を惜しまなかったのだし、更科もまた光太郎の地方志向を真に主体的なものと受け止めていたはずである。当時の光太郎の胸に刻まれた感慨がその後の二人の紐帯を持続させていたことを踏まえるならば、敗戦前後の山間における決意の確かさと奥行きが改めて看取されるのではないだろうか。

三 『至上律』における地方表象

戦前の同人誌『港町』『至上律』を母体として復刊された第二次『至上律』は、主要な書き手も継承するかたちで、更科・真壁を中心に片山敏彦・丸山薫・中山省三郎・北川冬彦・大江満雄・亀井勝一郎・藤原定・神保光太郎を編集委員とし、札幌青磁社を発行元として再出発した。「紙があるのと印刷機械が焼れなかったというので、東京の出版社が札幌を印刷工場にするため、講談社、筑摩書房、鎌倉文庫、青磁社、創元社などが進出して来た」と更科も回想するように[12]、一九四〇年代は出版社の疎開も相次いだ。その状況は敗戦によって直ちに終わったわけではなく、全国紙でも「すでに地方に疎開した出版業者が直ちに再び帝都中心に復帰出来るかといへば従来の都市中心の文化政策の是正といふ意味からいつてもこのまま地方に居残り地方文化の啓発に努力するのが将来の任務とも考へられ」「日本文化の振興といった大きな立場から、徒らに帝都復権を望むのは考へものだ」[13]というように、引き続き地方の出版にも期待が寄せられていた。

戦後詩の方向性に関する議論、具体的には「否定の精神」や「矛盾の超克」といった命題を敗戦後の現代詩の中で模索し、同時に明治以降の近代詩史を再検討しながら自らの詩人としての位相を見定めようとする『至上律』における議論は別の機会に取りあげたことがある[14]。戦時下にファシズムと庶民意識の両面から侵されて崩壊した日本の近代的自我や人道主義の典型が高村光太郎であり、戦前の他のモダニズム詩人やプロレタリア詩人の挫折もそこに象徴的に示されているという吉本隆明の見立て[15]に従うならば、『至上律』という場は、一九四〇年代の詩史が孕む断絶と連続が、吉本が戦前の流れとして挙げた三つの方向から交差する結節点としてあるということになる。ここでは特に〈地方〉の問題に絞って詩誌の性格を見ていくことにしたい。

光太郎に見出され、支援を受け続けた更科と真壁は、基本的にはアナキズム系の農民詩人として広義のプロレタリア文学に位置づけられるが、戦後の『至上律』でもマルキシズムの公式主義に対する反発がたびたび示されており、戦前の『北緯五十度』の時代には、秋山清や小野十三郎ら『弾道』のアナキストとの間で論争に発展している[16]。また「至上律に歴程と四季の同人がいるからすでに発展的だと考えてもよい」[17]という自己評価が示すとおり、その執筆陣は戦前のモダニズム詩人の顔ぶれが目立つ。加えて、当初より「ぼくらはまづ詩人のあたたかい親和と団結とを希む」「詩人の小さなセクト主義は払拭したい」（真壁による第一集「後記」）と宣言している詩誌のありようは、実際に一つの方向を向いているとは言い難い面がある。村田裕和は、マルクス主義系とは対照的なアナキズム系雑誌の特色として、中央機関の影響が弱いこと、自律的自発的に地方で雑誌を刊行していること、各地の雑誌が相互に論争交流していることを挙げて、その〈地方〉性は〈脱中心的なネットワーク〉と言い換えられると述べている[18]。地方在住の詩人と疎開詩人の交流にとどまらず、各地の詩的状況を響き合わせた『至上律』に即して見ても、まさに「雑誌を通した交流は、全体を統御するような機関を必要とせずに、地方同士で多元的・多角的におこなわれていた」のであり、「地方の活動がすなわち「全体」なのであり、どこか抽象的な場所に「全体」があるのではない」という村田の指摘はこの場合にも首肯される。その中で、更科と真壁から広がっていた『至上律』を構成する人脈に焦点を当てるならば、『四季』(丸山薫)、『歴程』(草野心平)というモダニズムの二大潮流と高村光太郎(尾崎喜八)の自然観とヒューマニズムに共鳴する地方詩人という姿が浮かび上がるのであり、そこにこの詩誌の固有の性格もまた認められよう。

第一集から「詩人風土記」として関西(竹中郁)、四国(牧原猷記)、北陸(山本和夫)、東北(佐伯郁郎)、北海道(更科)と、全国の地方在住詩人によるレポートを掲載した『至上律』の性格を、単なる地方主義として一面的に捉えるのは適当ではない。佐伯の「東北詩人風土記」は、文学も人間の性格も風土に決定的に影響されるというテーヌの批評を紹介して「東北とは文化の低い凍原地帯といふのが、通り相場である」としながら、敗戦によって中央集権的な文化のあり方が一変した現在、「地方の文化水準が、日本全体として高まつてこそ、いふところの文化国家としての日本の新生がある」として各県の詩人を紹介していく。佐伯の述べる「あの鈍重ともみえ、重厚ともみえる中に、一本ギンと筋金の通ったような強靭さ」という「東北人の性格」は結局、「凍原地帯」というステレオタイプを大きく覆すものではない。しかし更科の「北海道詩人風土記」は、自らも関わった大正期の道内における文芸熱について「その原因は欧州大戦後の経済活況による、文化的な躍進によるものであるかどうか速断し得ないが、中央にも「日本詩人」「詩聖」「明星」などの運動が活発になった時代である」という認識を示している。その上で更科は「札幌には札幌を愛している詩人がいない、札幌を故郷に持った詩人がいない」として、文化都市として一般にもてはやされる札幌だが、実は他の地方に故郷を持っている人によって築かれたものだと述べている。ここでいう「地方」が道内の札幌以外の場所を指すにしても、道外からの移入者を指すにしても、北海道という広大な〈地方〉を特殊なものとして一元化せず、時に日本あるいは世界の縮図（提喩）として捉えているようにも見える認識は特徴的であり、同誌の編集委員が一堂に会した座談会（第三集）でも、方言の地方性に関する認識の幅において更科の立場は際立っている。現代詩における文語と口語の使用をめぐる問題について、日常語から乖離していった詩語の歴史を克服するという命題に立って概ね口語を是とする北川や真壁、丸山に対して、文語の意義についても一定の留保を認める片山や蒲池、藤原らが応じる議論の中で、更科は「アイヌの言葉は韻文を日常語に取り入れる」という指摘によって二元的な議論の構図に違和を差し挟んでいる。さらに、標準語に比べて方言には生活に即した豊かな表現性があると強調する真壁や神保に対し、更科が「北海道は色々な国の言葉が集って来てお互い標準語が一番通用するので、生活の中から生れてきてピタッと合っている山形とは事情が別」と切り返したのをうけて、丸山が「コスモポリタンの気持」から方言使用に反対を表明し、それに続いて片山や藤原による「言葉の持つ世界性」を見据えた発言が展開してゆく。更科は詩の韻律や当時の実存哲学に関して高い水準の理論的基盤を持っていたわけではないが、前節でも触れたような、アイヌの大地に移住した開拓農民の子としての自己意識に支えられた発言には一定の重みがある[19]。座談会という場の性格、またそのような「思考の異質からくる不協和音が親愛のうちに流れてゐる」（真壁・第三集後記）

ことを自負する詩誌の性格の中で、東北や北海道という〈地方〉性を単に是としない更科の資質は充分に開花していると見るべきだろう。そのような場で展開された多様な地方表象のありようを考えるにあたって、疎開者を含む地方在住の詩人の作品を幾つか紹介しておきたい。

帰郷先の岡山で農業に従事しながら詩作していた永瀬清子の「松」（第一集）は、公会堂を建てるために集って来る人々の姿と、伐りだされる松の匂いを「いたましい戦争のためでなくて／美しい国を創くるため」のものとして歌っている。また「植林五章」（第五集）は、自然の営みに参加し、そこに溶け込んでいく「私」を寂しそうに見つめる「貴方」にその快さを伝えようとする。まるで鰭を動かさずとも自在に泳ぐ魚のように樹の生命を熟知している人々を啓蒙しようという的外れな「文化人の務め」を批評する内容である。

上田出身の龍野咲人は一九四六年に北原白秋を頼って上京しながら、脊椎カリエスのため一年足らずで帰郷を余儀なくされた詩人である。「昏睡」（第二集）では「すゐとんぐらしの廃都」に病んで消耗した「僕」が逐われるようにして「信濃路の火の山」の麓に倒れて額に降る雪を受ける姿が描かれ、闇からの問いに「僕みづからの火」をもって答えるようにして睡り続けながら、大地の力に届くことへの願いが語られる。これに対応する第五集の「雉平にて」と題したエッセイでは、新しい体験を求めた灰燼の都で散文的現実に行き暮れて春はやって来なかったこと、しかしかつて信州での自分は抒情詩に酔って自己に閉ざされていたことを告白し、その上で白秋の門弟末座として「象徴」に詩の所在を求める決意が故郷の懐古園で語られている。

第八集には日塔貞子の遺稿「私の墓は」が収められている。山形県河北町の生まれで、丸山薫の疎開を導いた日塔聡と一九四七年に結婚し、結核性関節炎と闘いながら岩根沢・水沢でともに生活したが、四九年三月一四日に二八歳で没した。「私の墓は／なに気ない一つの石であるやうに」ではじまる五行五連のリフレインは、自らがつつましく古びて風化してゆくことを望んだ詩である。同集で第二次『至上律』は休刊となるが、二年後に復刊された第九集では日塔聡の「哀歌」とともに「日塔貞子遺稿集」として六篇の詩が掲げられている。

戦前から終戦直後まで郊外で文化的半農生活を送っていた尾崎喜八は一九四六年には八ヶ岳の麓に移住するが、「暦日抄」(第五集)では甲斐と信濃の国境近くの村外れで蹄鉄工の「手業《メチエ》」の面白さに見入っている詩人が「仕事の成果よりも／むしろ其の過程」にある深遠な妙味を了解する姿や、家畜小屋での夜明けの出産から受けた優しく深い感動をミレーの描いた牧歌的厳粛の美として歌い、そうした真実が忘れられていく現実を嘆いている。同集の吉田一穂の童話「むらのかぢや」は、村で使う鉄の道具を作る合間に季節の鳥たちに耳を傾ける寡黙な鍛冶職人の日常を描き、「こんな田舎ではしたものを作っているより大工場の親方に」と勧める村人とは対照的に欲を示さない自足ぶりを頌している。いずれも地方の農山村の生活の詩美というべきものだが、前節で見た光太郎(中央)の更科(地方)に対する羨望のまなざしにも通ずるところがあろう。

疎開先の軽井沢に一九四九年まで留まった室生犀星の「三年山中」(第一集)では、果てしない自然から学び尽くすことはできず、何も結論が出ないまま引き上げることにした「僕」が、その間に戦争で亡くなった友人に思いを馳せ、都に帰ったら庭には自然を描くのではなく、亡友の通う小径を作ろうとする。家族の召集を逃れて山中湖畔に疎開していた金子光晴の「牡丹」(第三集)は、たそがれの湖畔に散った一片の牡丹から、かつて世の中の燎乱と富貴を教えて人々を悶絶させた姿を省みつつ、その面影が萎れてゆく姿が見届けられる。尾崎や犀星、金子は戦後詩壇では既成詩人ということになるが、それぞれに戦争やその死者の影、そして戦後の自らの立ち位置といったものが受け止められているのであり、同時代の『荒地』に代表されるような若き詩人のエコールとは異なった戦後のあり方がそこに示されていると見ることができるのではないか。

丸山薫は日塔聡の導きで山形の岩根沢に疎開し代用教員を務めていたが、一九四六年九月には京都の臼井書房から『北国』を刊行している。かつての先鋭なモダニストらしからぬ平明な作風への変化を示すこの詩集には失望の声も多かったようだが、続く『仙境』の「あとがき」で丸山は次のように述べている。

私が山の中で詩を書いてゐるのを評して、都会の或る若い詩人が「彼はもう分教場の窓から淡雪でも眺めてゐる方がいいだらう」と言つた。はて、淡雪といふものはいつたい何処の国で降つたらう？ここは元来、糊でつぎ貼りしたやうな人間にはくらせない荒々しい自然の中である。雪は三メートルも積り、しかも人が決してその中を歩けないやうにしか吹雪かないのだ。[20]

中央のまなざしを厳しく批評し返す疎開者の言葉は、震災後に北海道から地方の実態を語り、光太郎の詩に写しとられた更科の姿にも重なるようでもある。丸山が直接に反駁しているのは『ゆうとぴあ』三号（一九四六・一二）に掲載された武田武彦による書評であり、正確な評言としては「愛する丸山薫よ、子供達と一緒に、オルガンの音を聞きながら、分教場の窓から、淡雪を眺めるもいいが、あの雪崩の中に飛び込み、死闘してゐる君の方が、僕たちには強い魅力がある」というものだったが、『四季』同人の竹中郁ですら「わたくしはこの詩集をもらったとき、丸山の気の弱りがこんな方向をとらせたのだと錯覚した」と振り返っている[21]。一方で神保光太郎は『至上律』第一集の書評で、海や都会という丸山の環境と全く異なる土地でもその資質が生かされており、『物象詩集』のような初期の緊密性と最近の物語風な緩徐調とが渾融していると評しながら、まだ「南方から来た一人の旅人の印象を都会的な感覚でまとめ上げた」という感が拭えず「もう一歩、あの環境都会ならぬ山棲居、あたたかな南方ならぬ雪深い北国のこころに突き入ってもらひたい」と述べている。丸山の詩における地方色に対する評価としては対照的とも言えるが、丸山の意図ないし本領はそのいずれとも異なるところにあっただろう。「残雪」（第一集）は、巨大な白熊が斜面を滑り落ちながら雪崩を起こす轟音と、春が来てもその山肌には草も生えないという情景が描かれ、都会のエキゾティシズムとも雪国のノスタルジアとも異なる独自の「雪」のイメージを表出している。「途上」（第四集）には、「私は何処を歩いているのだろう／私はもう雪の上にいない／北へ指す私の人生を歩いているのだ」として、踏み迷い、見失われた地点にこそ自らの在り処を見定め、そこで「二つ三つ　私は寒い咳をする」という姿が描かれる。「異土」（第六集）では、一瞬のうちに私を数百里も運び去る汽車の移動が、「凝と腰を下ろしたまま」「昨日につづく思案に囚われたまま」「紙のやうに放心し、睡り痴けたまま」の間の出来事として捉えられ、「距離とはいったいなんだらう」という問いに立ち至る。後半で「私はいま異った土地に居るが／じつはそれを忘れてゐる時の方が多い」という思惟を「ふと　味気なくそれに気付く」と結ぶ構成は「途上」とも共通している。日塔聡は疎開先の丸山が「自らの設定した距離を容易に縮めようとしなかった」「山村の風物の中にすっぽり埋没してほのぼの歌いあげたというような作品でもなかった」と述べている[22]。先に触れた座談会でも丸山は方言の使用を「甘え」として明確に斥けており、その距離感は極めて意識的なものであったと考えられる。『至上律』に公式的なものがあったとすれば、やはりそれは敗戦後の日本という時空間を近代詩の表現と哲学の問題として捉え、自己への厳しい問いとともにどのように立脚するかという命題だったと言えようが、丸山は固有の異郷意識をもってそれに答えようとしていたのではないか。

故郷とは異なる地方という観点では、真壁仁の「旅」（第五集）は、満州のチチハルで「私の風土は異郷への抵抗に疲れはじめ」、「湿った緑の感覚を衝いて」「もう一つの風土がそだっていった」として、黄砂と大蒜臭い汽車の中で新しい郷愁を見出す経験が語られる。真壁は「湿地と沙漠」（第四集）と題したエッセイで、北川冬彦から「近代の分裂精神を通過していない健康さ」を指摘されたのを受け、短歌的保守性の風土を否定して故郷への回帰感覚から脱皮するために、北川の乾いた文体による沙漠的世界に学ぶと述べている。大陸育ちの北川には湿潤な島の気象がかえって異邦の感覚であり、そこに北川の諷刺性があるというのだが、本作は北川の批判に応じた実践と言える。真壁の他にも奈良のモダニズム詩人である冬木康の「颶風」（第四集）には奉天の砂塵に圧倒される「私」が描かれるし、同じく奈良出身で上海に徴用された池田克己の「僕と花嫁は海を越えてきた」（第七集）でも、灰色の空と不透明な風景が夫婦に「世界」を強いる、あるいはそこに誘うものと捉えられ、その悪臭と破壊と塵埃の中で花嫁の姿をはじめて新鮮なものとして見出す。

以上のように、『至上律』における〈地方〉は単に故郷という反動的な風土として捉えられているわけではない。帰郷者として、あるいは疎開者として地方の生活そのものの美質を示す素朴な詩風も少なくないが、異郷としての地方を相対的視点と捉える方法意識が顕著である。加えて、世界文学への同時代的関心を示す論説が多数掲載されているのと対応するように、〈地方〉から〈世界〉への志向が導き出されていることも特徴的である。

四　〈地方〉と〈世界〉の行方

第二次『至上律』は一九四九年六月、『ポエジイ』と改題して第八集を発行した後、一九五一年一〇月の第三次復刊まで休刊することになる。第七集の後記に「次集から東京青磁社に発行所を移し、さらに強力に刊行を続けることになっている」と告知され、第八集の後記には次のように記されている（いずれも真壁による）。

第二集から頁制限のため最初の企画も変更を余儀なくされ、編集意図を充分に生かすことができずにおるうち、諸般の事情は本誌に脱皮と飛躍の必要をせまってきた。第八集はそこで、本誌が第二期活動に転進しようという深い決意から編まれたものであることを見ていただけるとおもう。／誌名を改めて〈ポエジイ〉としたのもそのためで他意はない。［…］新たに深尾須磨子氏を迎え、編集委員会の機構を強化した。編集委員会の会議を三月以降毎月持って、本誌の企画を中心に現代詩の諸問題についての研究討議を行っている。改題の問題も読者諸賢の意向を土台にして委員会で決定した。

光太郎も更科宛書簡（一九四九・五・一〇）に「『至上律』は今までの努力で一応の役目は果したやうに思へます。後年回顧すればその意味がはっきり分る事でせう。「ポエジー」となって又進展したらおもしろいでせう。機運といふものの進みには中々意味があるし又興味ふかいものがあります。」と記しており、次集以降も心機一転して刊行を継続する意志も準備もあったと考えられるが、出版社および読者の意向を含意した「諸般の事情」や「機運」というものが『至上律』の進路に決定的な選択を迫ったらしいことは推察される。それは「エリオット研究特集」と銘打った第八集の編成そのものに如実に表れており、端的に言えば『荒地』という詩誌に対する位置取りということになろう。前年のノーベル賞作家として企図されたエリオットへの注目は、やはり同じようにヘッセを特集した第一集から一貫していた同時代の世界文学への志向を反映したものということも可能だが、西脇順三郎、深瀬基寛、矢本貞幹、木下常太郎という特集の執筆陣は明らかに『荒地』に接近しており、編集意図の刷新ということも見て取れる。真壁は「ことわるまでもなく本誌は同人誌ではない」とした上で、エリオットの特集意図として「戦後のわれわれは、伝統と創造の問題に関して学ぶところ多いだろう。迎合と没溺のためにではなく、寧ろ批判的に日本的主体をうちたてるためにこの問題を提供したい」と述べている。それまでにも『至上律』が『荒地』の動向に目配りをしていることは所々に読み取れるし、第七集ではキルケゴールを本格的に取りあげて藤原定や船山信一が実存主義について論じているが、そうした布石の上に立つ第八集の改題には『荒地』の投げかける問題を正面から受け止めようとした覚悟が示されていよう。

巻末の論考で木下は「如何なる信条が光を求めて悩み闘う現代人を救うに足る本質的要素を持っているか」と問うて東洋的伝統主義・西欧的近代主義・マルキシズムのいずれをも排し、西欧的伝統主義に立つエリオットの文学を「十八世紀、十九世紀を風靡してその後ヨーロッパ各国の地方的伝統となった浪漫主義的自然主義的方法に対立するヨーロッパ的普遍的正統的古典的方法」であると解説する。「ヨーロッパの一地方的一国家的伝統にではなく、歴史的正統的普遍的ヨーロッパ的の古典的意識につながろうとする傾向」は二十世紀イギリス文学の特徴であり、「地方的な日本文学の伝統観念と東洋的文化伝統から脱却」してこの新しい文学を理解することが必要だと述べ、『荒地』による若い詩人が、すり切れ色あせた文学伝統に疲れている日本の現代詩にどんな革新をもたらすか、興味深く注意できる」と結んでいる[23]。『荒地』における〈地方〉という概念の受け止め方は概ね共通しており、その出発点にあった既成詩人に対する反発を示した中桐雅夫は、「僕らが戦争詩を書かなかったのは、その戦争が好ましくなかったからだけではない。日本という国、あるいは日本という民族が持っておりおそらく今日も棄てていないと思われるパロオキャリズムが気にいらなかったのである。」として、「愛国の仮面にかくれた抜きがたい地方根性、極端な国家主義」「傲慢な地方的辺境性」への嫌悪感を表明している[24]。鮎川信夫も、戦中の北園克衛に対する高橋宗近の批判を引用しながら「地方的特殊性を無視した多国語的混乱と文化的コスモポリタニズム」と「地方的特殊性に拘泥した国粋的頑迷と保守的伝統主義」の間にできた決定的な溝によって文化が引き裂かれると述べている[25]。中桐はトーマス・マンによる「ドイツ国民全般に対する糾弾の文章」を紹介しながらドイツ＝日本の地方的な全体主義を糾弾しているのだが、『至上律』第八集の真壁仁「詩人の平和擁護」もマン[26]に言及して、ドイツの非政治的な「文化」概念が「民族」の観念や戦争イデオロギーの中核となった事情を、日本人の伝統的な抒情様式の暴力と類比している。

このようにして〈地方〉概念が歴史的な批判の俎上に乗せられた文脈と、幾つかの状況や機運によって第二次『至上律』が休刊となった事態を重ね合わせるならば、それはいわば根本的な自己否定に近い形で『荒地』の問いかける実存的課題と本格的に対峙したことで、詩誌としてのアイデンティティが見失われてしまったことの帰結であるかのように見えるかもしれない。しかし、戦前から育まれていた地方詩人のネットワークとしての性格は、それ以降も主要な方向性や論点を手放したわけではなかった。一九五一年一〇月に復刊した第三次『至上律』は再び出版社の経営を離れて会員制をとり、札幌の至上律社を発行元として第九

〜一二集を刊行した。季刊で二年目からは稿料を払えるようにしたいという企図は実現に至らなかったが、最後にここでの『荒地』との関係や〈地方〉に関するトピックに触れておくことにしたい。

第一〇集には「明治・大正・昭和を通じ、所謂中央を離れた地方にあって、風土の臭いの強い郷土の文物の中に生き抜いた詩人達が、現在郷土の若い世代にどんな影響を残しているか」として地方詩人によるレポート（群馬・高知・青森・茨城）が掲載されている。第一集の「詩人風土記」を思わせる構成だが、船水清による「幸次郎とその風土」は特に注目される。三富朽葉との交友からポール・ブールジェの伝統主義やモーリス・バレスの地方主義思想に共鳴した福士幸次郎が震災後に帰郷して「地方文化社」を創設して文化啓蒙に当たり、晩年は民俗学研究に打ち込んだ功績を挙げ、大正期の地方文化運動の薫陶を受けた世代が現在の青森で活動を続けていると報告している。バレスの個人主義から全体主義への思想遍歴は戦前から戦中の時局下で国民を「民族心」で結びつけるために積極的に参照されたが[27]、戦後の『至上律』において福士幸次郎は重要な詩人と位置づけられており、その評価に『荒地』との相違点も明らかになるように思われる。

宍戸儀一は「成立と崩壊と」（第一〇集）で萩原朔太郎と福士幸次郎の対照から近代浪漫主義詩史の歪みを捉えようとしているが、自身が福士に影響を受けた詩人として、「詩史の再編成」（第一集）で既に白秋以後の近代詩人の神秘的観念性を批判し、朔太郎や光太郎もそこから抜け出ていないとして、三富朽葉と福士幸次郎を機軸に詩史の再編成を目論んでいたのだった。宍戸は福士が詩作をやめた後も「日本詩の癌となっている平安調語による安易な五七、七五調のプロソヂイを排撃して日本自由詩の理論としての精密な音数律論を確立した」ことを評価するが、近代詩史の再検討という『至上律』のトピックの中でも韻律論は一貫して重要視されている。たとえば蒲池歓一（蒔田廉）は視覚に傾斜している現代詩に対し「幼稚な外国文学の模倣や不用意な改革は危険」だとして、詩である以上は韻律を重んずるべきだとして唐詩や宋詩からそのヒントを提示しているほか、長光太の一連の論考が「日本の言葉に韻律の傾向がない」という「非科学的な迷信」に対して従来の定型詩論とは異なる独自の韻律論を試み、更科や光太郎の韻律の分析へと展開している[28]。

また長江道太郎は、三好豊一郎の「夜」に散文的視野から詩的地平へ超えようとする抽象がないとしていた自身の見方を翻してその詩的論理と言語感覚を評価する一方で、『荒地詩集』の「詩に駆り立てるのはむしろ詩でないものである」という散文的雄弁に不満を表明している[29]。長江は「韻律」や『音楽』といった語を用いてはいないが、視覚優位の日常感覚にもとづくリアリティは相対的で散文的限界があるとし、「物の真実にふれ、あたらしいリアリティの世界像を描く」ためには思考と感覚の発展、ポエジーの飛躍が必要なのだと述べている。実はこうした構想は第二次『至上律』が当初から一貫していた現代詩についての論理的把握であって、日塔聡「カトリック詩人の一つの例証―野村英夫小論―」（第八集）は同集でエリオットのカトリシズムが論じられる中、そしてまた妻である貞子の遺稿が掲載される傍らで、夭逝した四季派詩人の形而上学を論じている。日塔は行動的無神論から絶望感に墜ちてゆく近代的思惟の苦悩が二十世紀的宿命と言えるが、カトリック詩人として野村が神的秩序への上昇に導かれる象徴的気圏には、歴史的苦悩と社会的堕落に対する闘争が見られないという。しかしそれも不安と絶望の人間存在から脱出する一つの行為として、現代の不安と絶望すなわち二十世紀の歴史性の中で理解せねばならないし、そこに日本詩の現状における積極的な意義が認められると述べている。『荒地』に直接言及した論ではないが、やはり現代詩における散文的な論理に対抗しようとする意図が見て取れよう。藤原定は第七集で「無動機の動機としての否定精神」という自家撞着に陥った現代詩に救いが見出されないとして中野重治や中川隆永の朔太郎観を批判していたが、第一二集では同じ立場から、実存主義に影響を受けた若い世代が一つの過渡である不安を定着させ固定観念とするところに現代の一つの大きな問題がある」として、「われわれが現代の不安にただ呪縛されるのは、弱さにすぎず、敗北にすぎないと私は思う」と結んでいる[30]。

〈地方〉をめぐる論点に戻るならば、真壁の「〝道程〟考」（第一一集）は光太郎の北海道移住計画がパンの会の終焉、都会から自然への意識の変化とともに企てられていたことに触れ、それが「デカダンスへの自己批判」「愛欲の泥濘での惑溺」からの救出という意味を持っていた点で石井柏亭の「郷土色彩《ローカルカラー》」に真っ向から対立する世界志向があるとして、「人間解放を芸術表現を通して貫こうとするヒューマニズム」と合わせて評価している。高村光太郎という象徴的な存在の他にも既成詩人を指導者として持つ『至上律』という地方詩誌は、吉本が言うような意味で戦後詩のひとつの「典型」に他ならず、その位相は決してマイナーなものではない。戦中に出征していた若手詩人を「空白（ブランク）」の世代と見做す発言は、北村太郎や鮎川信夫が直接に反発した座談会の他にも、実は『至上律』の執筆陣によって幾つかなされている[31]。そのことが『荒地』の詩人たちにとっては受け入れがたく、決定的に的外れなものであったにせよ、今日の我々が世代間の断絶を強調する構えに囚われすぎるならば両者の真意を見誤ることになるかもしれない。更科源蔵をはじめ『至上律』に集った既成詩人や地方詩人も敗戦という現実を自らの体験として捉えようと詩の上で模索していたのであり[32]、その表現は一九四〇年代における地方と中央、日本と世界という境界線がどのような様相を呈していたかを示す一つの象徴的な断面でもあったのだ。

【註】

1　更科源蔵宛書簡（一九四五・九・二四）。以下、高村光太郎の引用は『高村光太郎全集』全二十二巻（筑摩書房）による。

2　『展望』（一九四七・六）

3　結城哀草果「疎開する文学者に」（『文藝春秋』一九四四・五）

4　一例として『読売新聞』（一九四五・七・二三）には「水に流せぬか〝疎開地のいざこざ〟戦友愛で結ばう 農村と都会の食違ひ あら探しは止めて戦ひ抜く協力」という見出しで、「農村人の言ひ分」として「都会人の一番悪い点は朝寝坊だ」「口を開ければやれ文化がどうの、農村の生活は不規律だのと小馬鹿にした言葉を当然のごとくはいてゐる」という声を、「疎開者の言ひ分」として「これは文化人の話だが現在の農村には科学性がない、いはゆる生活の秩序がない、これは都会人とくに月給生活者から見ればテキパキしてゐない」という声を紹介している。終戦後も疎開先から安易に帰京すべきではないという論調や政策のために、疎開者にとっての板挟み状態はしばらく続くことになる。

5　一九二八年三月一二日作、『銅鑼』（一九二八・五）に発表。草稿では「彼は語る」の部分が「更科源蔵は語る」となっている。

6　山脇信徳宛書簡（一九一一・四・八）、南薫造宛書簡（一九一一・四・九）など。

7　更科源蔵『弟子屈町史』（弟子屈町、一九四九・一〇）

8　『種薯』（一九三〇・一二）は山形市の小松活版所で印刷され北緯五十度社（北海道釧路国屈斜路村古潭）より発行されたが、本稿では復刻版（風書房、一九七三・九）を用いた。更科の年譜的事項や真壁との関係については小野寺克己編『原野彷徨　更科源蔵書誌』（私家版、一九九〇・七）および杉沼永一編著『詩人更科源蔵と山形』（山形ビブリアの会、一九九三・三）に詳しい。

9　「ライ」はアイヌ語で「死ぬ」の意。なお次節で取りあげる第二次『至上律』では、更科は「新しい叙事詩」として「散文の世界から下りて来たやうな童話でなしに、詩の世界から上つて行くやうな童話」の創作を「ポンオキキリムイ物語」と題して試みている（第五集、一九四八・八）。悪魔と対話するポンオキキリムイは知里幸恵の『アイヌ神謡集』（郷土研究社、一九二三・八）にも登場する神の子である。第三次『至上律』（第九集、一九五一・一〇）には、幸恵の弟で金田一京助に師事したアイヌ言語学者の知里眞志保によって未発表のアイヌ神謡が報告されている（「樺太アイヌの神謡「ホーリフナ」―ヤイレスプ自演の詞曲―」）。

10　「沈思せよ蔣先生」（『中央公論』一九四二・一二）に呼応する詩として「蔣先生に慙謝す」が『至上律』第三集（一九四八・二）

に掲載された。
11 青柳文吉「解題」（『更科源蔵　滞京日記』財団法人北海道文学館、二〇〇四・七）。以下、更科の日記からの引用は同書による。
12 更科源蔵『札幌放浪記』（まんてん社、一九七二・一一）
13 「〈日本出版会の野沢指導部長にきく〉出版界の今後 再発足はまず雑誌から 一般書籍も復活へ明るい見透し」（『読売新聞』一九四五・八・二五）
14 拙稿「戦後詩のなかの『至上律』」（『武蔵野大学武蔵野文学館紀要』第六号、二〇一六・三）
15 吉本隆明「高村光太郎ノート（戦争期について）」（『現代詩』一九五五・七）
16 松永伍一『日本農民詩史』中巻（二）（法政大学出版局、一九六九・二）
17 大江満雄「月の覚えがき」（『至上律』第五集、一九四八・八）
18 村田裕和「アナキズム詩の地方ネットワーク　『クロポトキンを中心にした芸術の研究』における〈相互扶助〉」（『語学文学』五三、二〇一四・一二）
19 そのような更科の自己意識は、詩編で言えば連作「絶望の季節」（第六集）や「渡鳥」（第八集）、「暗い道」（第十集）や「コタン失明」（第十一集）に共通するような、大地をひたすら手探りしながら歩いてゆく闇の生、空から地面へ墜落し、あるいは水底に沈んでゆく盲目の生といったイメージに示されている。
20 丸山薫『仙郷』（青磁社、一九四八・三）。この詩集を編集した更科は、高村光太郎のもとに立ち寄ってから山形に持参している。
21 竹中郁「解説」（『丸山薫全集』第一巻、角川書店、一九七六・一〇）
22 日塔聡「丸山薫断層」（『四季』終刊号、一九七五・五）、なお同号は丸山追悼号である。藤澤太郎「岩根沢文学誌稿―山形県のある詩人疎開地における文学的コミュニティの形成と展開」（『桜美林論考人文研究』三、二〇一二・三）は丸山と日塔の周辺のネットワークを詳述しているが、「丸山の従来からの詩精神と継続した厳しさ・批評性を含む詩編」として『至上律』第四集の「北を夢む」を挙げている。
23 木下常太郎「T・S・エリオットと日本の現代詩」（第八集、一九四九・六）
24 中桐雅夫「lost generation の告白」（『荒地』第一巻第二号、一九四七・一〇）
25 鮎川信夫「われわれの心にとって詩とは何であるか」（『詩と詩論』第二集、一九五四・七）。鮎川は「『死の灰詩集』の本質」

上・下（『東京新聞』一九五五・五・一五、一六）では岡本潤や大江満雄らの詩が「自我とか個人的経験を抹殺することによって、大きな全体に自己を解消させ、自己決定の責任を安直に回避」しようとしていると批判し、その点は戦時中の愛国詩、戦争讃美詩を貫通する詩意識と同質だとしている。

26　トオマス・マン、大山定一訳「文化と社会主義」（『展望』一九四八・一二）

27　田中琢三「戦時下の日本におけるモーリス・バレスの受容について」（『お茶の水女子大学人文科学研究』一二、二〇一六・三）

28　蒲池歓一「天明の自由詩と宋代の定型詩」（第九集、一九五一・一〇）、「唐詩に於ける近代性に就て」（第一二集、一九五三・八）。長光太「聴覚的形象の可能―動律・音律・旋律・調子・諧調及び速度・休止―」（第五集、一九四八・八）、「近代詩の音紋―旋律と動律と韻律の相関性」（第七集、一九四九・二）、「暗愚小伝」動律考」（第九集、一九五一・一〇）、「暗愚小伝」動律考Ⅱ」（第一〇集、一九五二・一）。

29　長江道太郎「近代詩の言語感覚」（第六集、一九四八・一二）、「散文の反逆―ゼット氏への書翰―」（第一〇集、一九五二・一）。

30　藤原定「否定の精神について―後期の萩原朔太郎」（第七集、一九四九・二）、「今日の不安と詩精神」（第一二集、一九五三・八）。否定の精神や実存的不安を形而上学的な飛躍への過程と捉え、それへの固着を批判する藤原の詩学は「不安の文学―今日の文学論のひとつの仮定としての」（『文学』一九三三・六）まで遡る。

31　北川冬彦・笹沢美明・近藤東・安彦敦雄・浅井十三郎・杉浦伊作「現代詩の系譜と其の展望」（『現代詩』一九四七・一）の他に、北川冬彦・神保光太郎・近藤東・寺田弘・浅井十三郎・山崎肇・杉浦伊作「詩壇考現学」（『現代詩』一九四六・六）でも神保が、「現代詩の方向」（『至上律』第三集、一九四八・二）では片山敏彦が神保、北川とともにその旨の発言をしている。

32　神谷忠孝「更科源蔵の位置」（注11前掲書所収）は更科の「追悼歌」（一九六二・一一）を挙げて「親しい友人の死を追悼したものだが、単なる追悼詩ではなく、友の姿に自分の過去を投影している」と評し、「愛国詩を書いた自分をどのように詩に投影しているか」という戦後詩としての問題があると述べている。

コラム2　石井桃子と「やま」の生活
――宮城県鶯沢での開墾の日々

河内　聡子

宮城県栗原市鶯沢には、かつて地元の人々から「ノンちゃん牧場」と親しみを込めて呼ばれた緑豊かな土地がある。そこは、児童文学の古典とも言える『ノンちゃん雲に乗る』の作者である石井桃子（一九〇七～二〇〇八）が、終戦の年にあたる一九四五年からおよそ五年にわたって移り住み、開墾、農業にいそしみ、牧場を開いた場所である。石井桃子といえば、『くまのプーさん』や『ピーターラビット』、『うさこちゃん』など、海外児童文学を翻訳して日本に紹介し、また岩波書店の「少年文庫」の企画編集を行ったことなどで知られる。翻訳家、作家、あるいは編集者として日本の児童文学に大きな足跡を残す石井の、東北における開墾生活とはいかなるものであったのだろうか。

石井が鶯沢に新たな生活を求めて来たのは、一九四五年八月一一日のことであった。それまでは、大学の英文科を出て、山本有三のもとで子ども向け書籍の編纂に携わっていたものの、時局の変化とともに必ずしも意に沿わない仕事にも関わらざるをえなくなっていた。このような状況で、「ウソでかためた世界がいやになり」[1]、また「自分の無能さに途方にくれ」[2]ていた折、たまたま訪れた軍需工場で出会ったのが、後に開墾生活を共にすることとなる狩野ときわであった。秋田で女学校の教師をしていた狩野の故郷が宮城県岩ヶ瀬（現栗原市）であり、親戚の伝を頼って得た土地が鶯沢であった。「下ばえがボウボウ生いしげり、南に向った丘の中途にたおれかけの萱ぶきの家が一軒」[3]という荒れ果てた土地ではあったが、石井はそこを訪れた当日を次のように回想している。

「ああ、百合が咲いてる、百合が咲いてる！」と、畔の上をはねて歩いたのを私はおぼえている。けれど、狩野さんのいうところによると、私は、その日、何十日ぶりかで笑ったのだそうだ。[4]

理想の土地を得て、記念すべき鍬入れの日は八月一五日であった。午前中から鋸引きの仕事に精を出していたが、正午になり「ありがたい御放送」のために近隣の住民とともにラジオの前に集った。玉音放送が終わり、「しばらく呆然として、自分たちにもわけのわからない涙をうかべていた」[5]が、予定を変えることはなく、荒れた土地に最初の鍬を打ち込み、二〇本の木を切り、三坪もの土を耕した。その日は快晴であり、「力いっぱい、鋸をひいている上で、空がまっ青だった。美しいものは、ちっとも失われていない、と思った」という。その年の一二月には、より小高い土地に小屋を作って移り住み、本格的な自給自足生活に入る。「八月十五日につぐ私たちの記念日」となるその日については次のように記述されている。

その夜は、この世のものとも思えない美しい月夜になった。雪の白、木々の黒い影、三人で小屋の前にじっと立っていると、小さい小さいアトムになって、チリチリと雪のなかに消えてゆきそうな気がした。[6]

石井は、開墾生活の日々を「美しい」という言葉を多用して表現する。知人への手紙にも、「骨身をけづるやうな労働のあげくの収穫ほど美しく、コクのあるものはありません」、「稲の粒々は、宝石よりも美事でした」[7]と綴っている。反面、「苦しくも楽しかった年はない」[8]と、農作業や農村生活の過酷さを吐露しながらも、繰り返し「美しい」と述べるのは、豊かな自然の中で汗と土にまみれながら労働に明け暮れる日常を、積極的に肯定することに他ならなかった。「里の花も鳥も、かあいらしく、友たちのように見えた」[9]という村での生活の最中、東京へ行く機会に婦人大会に出た際、演説に対する感想に、石井は「都会では、なんというわざとらしいことがおこなわれているのでしょう。鳥の声をきき、けものといっしょに暮らして来た者には、みんなうそにきこえます」[10]と書いて出したという。そして帰った村には、「ほんとうの生活があるような気が、私にはするのである」[11]と述べている。この「ほんとう」という言葉も、開墾生活を語る上で頻出するものであるが、石井にとって鶯沢での労働の日々は、「ウソでかためた世界」を「ほんとう」にするための営みであり、疲弊した生命を回復する意味をも持ったのだろう。

一九五〇年に、農業だけでは生計が立ちゆかないためと、岩波書店からの強い求めに応じて、拠点を東京に移すようになるが、鶯沢へは行き来を続け、執筆・編集と、農業を並行する日々の中で、農村生活に着想を得た作品として、『やまのこどもたち』（一九五六）、『山のトムさん』（一九五七）、『やまのたけちゃん』（一九五八）を立て続けに発表する。これらは「やまの三部作」ともされ、まさに「やま」を舞台とした物語であるが、実際の鶯沢の住居はなだらかな丘の上に立ち、「私が『山』とよんでいるところは、山でもなんでもない」[12]。鶯沢は「やま」という抽象化されたイメージとして表現され、そこでは自然の中で花木や動物と戯れる子どもたち（『やまのこどもたち』、『やまのたけちゃん』）や、東北弁で会話する猫（『山のトムさん』）などが登場し、その世界観は、『くまのプーさん』や『ピーターラビット』といった、石井が翻訳した物語たちとどこか重なるものがある。

石井は、七〇歳を過ぎてからも鶯沢へ足を運んだとされるが、晩年はむしろ「鶯沢のことは、私の心の傷です。あまり思い出したくないの」[13]と、戦後の自身の来し方を語ることを避けたという。このことを、石井を長年にわたり取材した尾崎真理子は、開墾生活は「戦争中に犯した『罪』を贖うために行われたのではなかったのか」[14]と推測するが、果たして本意はどうだったのだろうか。

「ノンちゃん牧場」と呼ばれた土地は、いまはもう田畑を一部残すのみという。しかし、石井が鶯沢の豊かな自然の中で得た、「美しさ」や「ほんとうの生活」といった、積極的に肯定しうる生命の実感を、丁寧に選びとられた言葉に托して、多くの子どもたちに伝えたことは間違いない。そしてそれは、これからも長く受け継がれる物語として、記憶されていくだろう。

【註】

1 「藤田圭雄宛書簡（一九四六年一〇月一六日付）」（尾崎真理子『ひみつの王国—評伝石井桃子』新潮社、二〇一四）

2 「汗とおふろとこやし」（石井桃子『家と庭と犬とねこ』河出書房新社、二〇一三／初出『婦人朝日』一九五〇・七）

3 同前。

4 同前。

5 「『ノンちゃん牧場』中間報告」（石井桃子『家と庭と犬とねこ』河出書房新社、二〇一三／初出『文藝春秋』一九五七・八）

6 注2に同じ。

7 注1に同じ。

8 注5に同じ。

9 「都会といなか」（石井桃子『家と庭と犬とねこ』河出書房新社、二〇一三／初出『婦人画報』一九五四・三）

10 同前。

11 同前。

12 「みちのくにある私の牧場別荘」（石井桃子『家と庭と犬とねこ』河出書房新社、二〇一三／初出『旅』一九六〇・一一）

13 尾崎真理子『ひみつの王国—評伝石井桃子』（新潮社、二〇一四）

14 同前。

7章

皇族の東北訪問とその表象

——宮城県公文書館所蔵史料にみるイメージの生成

茂木謙之介

7章　皇族の東北訪問とその表象
——宮城県公文書館所蔵史料にみるイメージの生成

茂木謙之介

一　はじめに

本章では、戦前戦後、なかでも一九四〇年代の天皇（制）イメージの生成について、皇族の東北地方への訪問「御成」[1]に焦点を当て、行政機関の公文書の分析を通して明らかにする。

近代天皇（制）イメージについては、従来表象研究の文脈で蓄積がなされてきた。例えば〈御真影〉の成立について分析を行った多木浩二の研究[2]、所謂〈視覚的支配〉に注目し行幸啓に注目したタカシ・フジタニの研究[3]、フジタニを批判的に継承した原武史の研究[4]、ジェンダー研究の見地から皇后の分析を行った若桑みどり[5]、家族写真の展開と連続性に注目した北原恵の研究[6]、戦前期のメディアにおける天皇表象を扱った右田裕規の研究[7]などが挙げられる。これらは支配の〈装置〉としての天皇（制）諸表象が〈支配装置〉として果たした政治的機能を明らかにしてきた点において極めて重要なものである。一方で、それらでは天皇・皇后・皇太子を特権化してきたこと、そして戦前戦後の連続性を十分に解明出来ていないという共通した問題をもつ。本章では戦前戦後の皇族に注目し、かかる課題の解決をはかる。

また従来の天皇（制）表象研究に欠落した視点として、行政文化としての天皇（制）というものがある。

天皇・皇族が人びとの前に姿をさらし、様々の表象が生成する契機として天皇・皇后・皇太子の地方訪問、所謂行幸啓はあるが、それらは天皇（制）にかかわる宮内省・内務省・陸海軍省といった中央官庁、そしてそれを受け入れる都府県などの地方の行政機関が介在することによって実行に移されていた。行幸啓に関する先行研究としては前掲の原のものがあるが、そこでは主に新聞メディアの検討にとどまり、受け入れる地域側の検討には至っていない。特に天皇（制）に関するイメージは、特に戦前期において様々の出版規制のもとに生成していたことについては論を俟たないが、人びとが様々の天皇（制）イメージに触れるとき、その背景には少なからず行政機関が介在していたことを考えると、地域社会における天皇（制）表象の生成を明らかにするには当該機関が作成した公文書の検討が要請されることは明白である。

これらの問題意識を踏まえて、本章では戦前戦後の宮城県域をフィールドとし、同地を複数回訪問している昭和天皇の弟宮である秩父宮雍仁、高松宮宣仁、三笠宮崇仁の三人の訪問とそこにおける表象生成を問う。宮城県域は〈表〉にもある通り、戦前戦後を通して複数回の皇族の訪問を経験しているとともに、御用邸があるなど皇室と格別に深い関係性をもつ場所ではなく、地域と天皇（制）を考えるに際して適当な場所である。また、戦前戦後を通した時期の公文書が現在もなお保全されており、史料的な充実も積極的に評価出来る。

後藤致人の指摘するように[8]、当時「直宮」と呼ばれた昭和天皇の弟宮たちは、宮中内の序列においても、国民的な知名度においても、皇室内で極めて高く、サンプルとして適当である。

皇族の地方訪問に言及した先行研究としては、小田部雄次、古川隆久、後藤致人らの諸研究があるが[9]、それらは具体的な訪問の様相を捉えきれていないのみならず、後藤の研究を除いて明治期以降から昭和戦前

〈表〉昭和戦前戦後宮城県域における皇族の地方訪問一覧

年代	皇族名	目的	訪問場所
1930	秩父宮／妃	松島遊覧	松島海岸、五大堂、瑞巌寺、観瀾亭、雄島、大高森、塩釜魚市場
1935.7	秩父宮	視察	王城寺原演習場、東北帝国大学金属材料研究所
1935.8	高松宮	金華山訪問	金華山神社、石巻港
1936.12	秩父宮／妃	地方視察	工芸指導所、東北帝国大学電気通信研究所、宮城県工業試験場、宮城県庁
1937.6	三笠宮	軍事演習視察	王城寺ヶ原演習場
1947.9	三笠宮	水害視察	県庁、志田村、古川警察署、大崎村、一栗村、遠田地方事務所、涌谷町、佐沼町、宝江村、石森町、上沼村、登米地方事務所、新田村、畑岡村、若柳町、石越村、栗原地方事務所
1948.6	高松宮	産業視察、学業視察、体育大会臨席	片倉製糸白石工場、白石職業補導所、白石郷土工芸研究所、大河原日本熱化工業株式会社大河原工場、角田女子高等学校、丸森町伊具養蚕高校、蚕業試験場、農業試験場、同胞援護会原町授産場、評定河原、知事公館、東北大学電気通信研究所、県庁、県種畜牧場、鳴子町、鳴子平、鳴子町沢口漆器工場
1948.9-10	三笠宮	水害視察	県庁、品井沼、古川町、築館町、沢辺村、大岡村、石越村、畑岡村、若柳町
1949.5	高松宮	福祉施設視察、記者会見	東北新生園

戦中期までに議論が集中しており、戦後には目が向けられていない傾向にある[10]。なお後藤の研究も戦後については国民体育大会との関わりが中心となり、恒常的な地方訪問の研究としては不足する側面を持つ。また、戦後の皇族の活動について総合的な検討を試みている河西秀哉は、高松宮が地方訪問を積極的に行ったことを指摘し、その様相として天皇の代理、高松宮独自の公的役割、私的活動に分け、それらが象徴天皇制の伝播に役立ったと指摘している[11]。しかし、河西の検討では戦前期の訪問との比較の観点が欠落しているほか、地域行政の持つ役割については検討が未済の状況である。

一方で、戦後における行幸啓の先行研究として特に注目すべきなのは瀬畑源による諸研究である[12]。瀬畑は坂本孝治郎らの研究を踏まえ[13]、戦後のなかでも特に昭和天皇による戦後巡幸に注目し、巡幸に対する宮内省（府、庁）の権限が縮小していくこととともに、戦後直後の天皇による戦争被害者への慰問としての行幸が、祝祭的な空間の創出へとつながっていくこと、そして宮内庁の権限が縮小する過程で国民統合や反共政策などの政治利用へとシフトしていくことを指摘している。瀬畑の研究は実証的な手続きを踏まえた重厚なものである一方、県行政機関の参与について、検討の必要が指摘されているにとどまり、また戦後の天皇による行幸の頻度に比して極めて回数の多い皇族の「御成」について目が向けられていないなど[14]、更なる検討が要請されている。

以下、主に公文書の検討から、戦前戦後における皇族の地方訪問とは如何なるものであったか、そしてそこにおける表象生成が如何になされていったのかを皇族と地域の人びとが直接的に接触する機会である拝謁と奉迎送に特に注目して考察する。具体的に第一節では一九四〇年代の前提として戦前期の、第二節では戦後の占領期の地方訪問と、行政機関による表象生成の過程をそれぞれ検討する。

二　戦前戦中期皇族地方訪問の性格と県行政機関による表象の生成

本節では戦前期の皇族「御成」の性格とそこにおける県行政機関の働きを検討し、そのなかで展開する皇族表象の生成に光を当てたい。ここでは昭和戦前期の直宮による宮城県「御成」の五事例のうち、戦前期の代表として一九三〇年の事例と、戦中期の事例として戦時体制が構築されつつあった一九三六年の事例について分析を試みる。

一九三〇年九月　秩父宮・同妃「御成」

まず検討を加えたいのは一九三〇（昭和五）年九月一二日から行われた秩父宮と同妃勢津子の「御成」である。秩父宮と同妃はそれに先立つ一九二八年に結婚しており、秩父宮自身は昭和天皇の「皇弟」として認識されていた。この「御成」は主に松島近辺の遊覧が目的で、盛岡から帰京の折に松島、塩釜経由で仙台に入るものであった[15]。宮城県公文書館史料では『宮殿下御成関係書類　昭和二～五年』（宮城県公文書館所蔵史料三―〇〇八五、以下『昭和二～五年』と表記）にこの「御成」に関して「秩父宮同妃殿下御成関係」として簿冊の半分近くのページを費やしている。

まず、検討したいのは県行政機関がこの「御成」をどのように準備し、受容したのかである。

この「御成」は、宮城県からの打診によって始まる（『昭和二～五年』）。九月四日に盛岡に県職員を派遣し、秩父宮に面会した後、秩父宮家事務官の前田利男と打ち合わせを行い、日程について話し合っている。この時点で松島の概略図と松島パークホテル、日程案の三通の文書を県側が提示していることから、宿泊所が県の提案によって決定されていること、日程の決定について県行政機関側の参与があることが確認出来る（『昭和二〜五年』）。また、宿泊所に関しては県知事宛に松島パークホテル支配人から事後に礼状が届いており、そこでは「当ホテルへ御用命の光栄を賜り弊館の名誉限り無」い、とした上で「種々閣下の御支援に因」るとしており（『昭和二〜五年』）、ここからも宿泊所の決定に県行政機関が関与していることが読み取れる。

また、県は事務分掌を行って「御成」を受容する体勢を構築している（『昭和二〜五年』）。実務担当の庶務係、設備係とともに奉迎送係と新聞班係を設置し、奉迎送係は「学校生徒及ビ青年団員等ノ奉迎送ニ関スルコト」および「奉祝ニ関スルコト」といった「御成」における動員を担当し、新設の新聞班係は「御動静発表ニ関ルコト」「御撮影ニ関スルコト」を仕事内容としている。

九月一〇日には事務打ち合わせを行い、宮家の前田からは大高森登山の折に杖を用意することや手荷物の運送に関すること、松島―塩釜間の船中における飲み物を用意すること等非常に細密な内容および拝謁や奉迎送に関しても要請があり、これらはほぼそのまま県により実行された。

つづいて、特に報道、拝謁と奉迎送に対する宮家と県行政機関の立場について検討を行いたい。

まず報道に関して、宮家側は七月一七日に宮城県知事宛の「新聞記者、写真撮影者取締ニ関スル件」で新聞記者と写真撮影者の取締りについて宮家側の希望を述べている（『昭和二〜五年』）。新聞記者については宿泊所への立入禁止、宮の動静については県を経由して伝達することを求め、写真撮影者については県に専任の担当者を置いてそれに監督させること、撮影場所の指定、日常生活や完全な微行、即ち私的旅行の場合の写真の禁止などを求めている。ここからは、報道管制とともに公的な存在としての宮の在り様を強調しつつ、不敬にわたる撮影をされてはならない存在として宮を位置づけようとする宮家側の意図が見て取れよう[16]。

県の対応を見てみると、宮家側の意図に応ずる部分として『協議事項』に新聞班係の決定事項として、動静の報道については宮家側の要求どおりにすること、撮影箇所は警備係と連絡を取り決定すること、新聞社の派遣員を調査することが挙げられている（『昭和二〜五年』）。

次に奉迎送と拝謁に関して見てみたい。

九月六日の前田事務官から県知事への書簡では「三、奉迎送者の件」として「奉迎送者へ両殿下の御召自動車が先頭なることを予め知らせられ」たいとし、また学生の敬礼は「御召車通過前に敬礼、直れをして、御通過のせつはよく奉拝せしむる事」を求めている（『昭和二〜五年』）。また拝謁に関しては今回の「御成」を「盛岡市へ御滞在中の処御帰途御遊覧のために一寸宮城県に立寄遊ばされたるのみ」とし、「拝謁といふ御儀式は無い事に改度候」としている。

また九月一〇日に前田事務官と県職員との打合事項に奉迎送および拝謁に関して宮家側からの要請がある（『昭和二〜五年』）。奉迎送に関して「各官公衙ノ長官其ノ他相当資格ヲ有スル奉送者ニ対シテハ御召車ノ伝哩ニ依リ適当ニ場所ヲ限定シテ其ノ奉送場所ヲ与ヘ混雑ナカラシムルコト」としている。また拝謁に関しては「一般ニ許サレサルコト」としつつも、「仙台駅御着ノ場合ハ可成」としている。

つづいて県の奉迎送に関する参与について見てみたい。

県担当者内の「協議事項」からは奉迎送係が宮家側の奉迎送に関する要請を受け入れつつ、「学校［…］生徒児童及青年団員ノ奉迎送ニ関シテハ関係者ト協議ノ上奉迎送ノ順序ヲ決定」することおよび『夜間奉祝催物トシテ提灯行列ヲ行フ場合ハ其ノ実施方法ニ付関係者ト協議ヲナシ指揮監督ヲナス事」を決定している

（『昭和二〜五年』）ことがわかる。

その決定を受けて作成された「秩父宮同妃殿下松島御成奉迎送打合事項」からは奉迎送係が奉迎送の場所と人員、時間について係一人一人が分担、管理していたこと、今までの「御成」に同じく奉迎送の規定を遵守させようとしていることが見て取れる（『昭和二〜五年』）。特に提灯行列に関しては参加学校、集合・行進・解散時間、順路、指揮者等に関して細かに設定しており、また新たに非公式の「御通過駅及沿道奉迎送」についても規定がなされており、沿道学校長に対して非公式の奉迎を行う際の通牒を行っているなど、県が奉迎送に関して細部にわたって参与していることがわかる。

一九三六年一二月　秩父宮・同妃「御成」

次に検討を試みたいのは一九三六年一二月に行われた秩父宮および同妃の「御成」である。この「御成」は前年に弘前の陸軍歩兵第三十一連隊の大隊長に任じられていた同宮が参謀本部への転補によって帰京する折に仙台に立ち寄ったものである[17]。

「御成」の内容は秩父宮および同妃の地方視察であり、わずか二日の「御成」にもかかわらず、宮城県公文書館に所蔵されている史料はこの「御成」のみで一つの簿冊（『昭和一一年一二月　秩父宮同妃両殿下御成関係書類』宮城県公文書館所蔵史料三―〇二二〇、以下『昭和一一年秩父宮』）を形成している。

この「御成」は同年一二月二日に秩父宮家の前田事務官から県庁に入った一本の電話に始まる（『昭和一一年秩父宮』）。そこには「十二月八日午後八時四十二分　御一泊／十二月九日午後〇時四十五分　急行ニテ御発（略）／御旅館決定ノ上図面御送付ノコト／十二月九日　午前八時頃ヨリ工芸指導所／其ノ場所ニ於テ東北振興事業ニ付特ニ力ヲ致シアルモノ御視察／拝謁ハ前例ニヨリ仙台駅ニテ九日御出発ニ列トスルコト／御召ノ自動車ヲ用意スルコト」とあり、はじめの打診の段階から既に「御成」大枠のみならず、ある程度具体的に時間割や「御成」の行き先、台覧品、拝謁の場所などが決められている。また、「御成」実施のわずか六日前に通知されるなど、宮家にとって準備の簡便なイベントとしての「御成」の姿が浮き彫りとなる。

これに対し県は同二日、知事官房から出された文書で早々に事務分掌を行っている（『昭和一一年秩父宮』）。ここでは庶務係、設備係、奉迎送係、台覧品係、御警護係、衛生係を設置し、それぞれ庶務係は人事課が、設備係は管理課と道路課、会計課が、奉迎送係は教育課、台覧品係は経済部各課、御警護係は警察部が、衛生係は衛生課が分掌し、それぞれの部長課長クラスがその係の責任者となっており、県が既存のシステムを変更する形で事務分掌を行い、「御成」の実行に当たっていた。

そして一二月三日、前田から荷山宮城県知事宛に出された『秩父宮第五〇号』において書面で正式に「御成」の旨が伝えられ（『昭和一一年秩父宮』）、この正式の通達を受けて県は四日に県の人事課長、秘書課長を事務打ち合わせのため弘前に出張させ、前田と打ち合わせを行った（『昭和一一年秩父宮』）。ここでは自動車や「御成」の供奉人員、拝謁の場所、拝謁者、宿泊所における部屋の和洋の選択等について県から質問を持参し、それに宮家側が回答をなすという形式となっている。ここからは県側がある程度の腹案を作成し、それをたたき台として宮家側と折衝を行い、宮家側の意向に沿う形で「御成」の具体化に向けて準備を進めたことが見て取れよう。

準備に関連して、当日の奉迎送、拝謁に関してその人員をどのように決めていたかについては、同一簿冊に収められた「伏見宮殿下御成（八年八月）」と「東久邇第二師団長宮御成（八年八月）」という史料から推測することが出来る(『昭和一一年秩父宮』)。これらの史料ではそれぞれ「一、市内各官衙長　一、仙台市長　一、県庁各部長」「一、官衙長　一、伊達伯　一、仙台石巻市長　一、貴衆両院議員　一、県会議長(以下略)」とリストアップされており、この秩父宮「御成」に関して、最新の「御成」の前例を参考にして県側が奉迎送、拝謁の人員を決定していたことが見て取れよう。一二月一〇日の『東京朝日新聞』朝刊の記事では五三人の拝謁者がいたにもかかわらず、当時地域の振興に関わっていた東北振興会社の関係者が一人も居らず、不満が出ていることに言及し「この単独拝謁者詮衡は専ら県庁知事官房が当りその決定は少数係員の独断」であり、「閑院宮殿下御成りの際にも(略)独断専行」と批判した。また同記事で東北振興会社側は「七日になつても何等の通知もないので変に思つて此方から催促しましたらその翌九日にやつと吉野総裁宛に通知がありました併し総裁は既に旅行に出発された後であり代理は許さずと明記してあつた程で第一前の日に通知をよこすとは酷い」と述べている。ここからは前事例でも見られたような、県内からの要請に対して〈濾過装置〉として機能する県の在り様が見て取れるとともに、「御成」というイベントが非常に短期間で進行するものであったということを確認出来る。

また、献上に関して見てみると、この事例では大日本鉱泉株式会社から炭酸水について、愛国婦人会から八つ橋織と「ますみノ露」という冊子について、それぞれ「献上願」が県知事宛に出されており、県はそれに加えて県からの献上品として毛織物のホームスパンと葡萄液をそれぞれ「伝献願」「献上願」として秩父宮付宮内事務官に提出している(『昭和一一年秩父宮』)。ここからは県内からの要請について、それと宮家側をつなぐ仲介者としての働きを県がなしていることが読み取れる。

「御成」当日、一二月八日付けで宮城県知事から秩父宮家、宮内大臣、内務大臣宛に電報が出されている。

ここでは「秩父宮雍仁親王同妃両殿下本日午後八時四十二分仙台ニ御安着遊ハサル」とし、また九日には仙台を両宮が出発した電報を打っている。ここからも宮家側と県側が緊密に連絡を取り合っていたことが見て取れる。

次に拝謁、奉迎送に関して検討を試みたい。

拝謁について、一九三六年一二月五日に宮城県人事課から秩父宮御殿に対して出された「伺」では「拝謁(単独、列立共)ヲ賜ハルヘキ者別紙ノ通名簿調製ノ上奉呈」するとしており(『昭和一一年秩父宮』)、ここからは拝謁に関して、県が拝謁候補者をリストアップし、それに対して宮家側が許可を与えるという過程が確認出来る。ここでは県知事をはじめとし、官・軍・政、ほか各市民団体の代表等地元の名士が駅での拝謁者として列挙されており、この提出された「伺」の控えには出欠の確認に使われたらしく「出」「欠」の文字が付されており、ここからは県が仙台駅内での拝謁に関して管理を行っていたこと、つまりはその場における支配的な役割を果たしていたことが読み取れる。

また一二月五日に知事官房から拝謁者に対して「秩父宮同妃両殿下御成ノ件通知」が出され、県庁において拝謁がなされる趣とともに「県庁御着二十分前迄御参集相煩度」とし、奉迎送並びに拝謁は「服装ハ男子「フロックコート」又ハ「モーニング」制服アルモノハ制服女子ハ白襟紋服ノコト」「御着当日御泊所ヘノ伺候ハ午後九時半頃迄ニ終了」「遅クモ《ママ》御着発二十分前迄駅ニ御参集相煩度」と通牒しており(『昭和一一年秩父宮』)、これらからは拝謁に関して県側が服装と時間を規律していることを見て取ることが出来ると言えよう。

奉迎送について、一九三六年一二月五日に宮城県人事課から秩父宮御殿に対して出された「伺」では仙台駅のホームで奉迎送を行う人びとについて、「奉送迎要図別紙ノ通相定」とし、県が主体となって奉迎送を行う人びとを序列化し、統制する意向を示している（『昭和一一年秩父宮』）。また同文書には仙台駅前における奉迎送について、各市民団体、学生、在郷軍人等の列形成についても図を作成して管理統制し、また同日県知事から出された「秩父宮同妃両殿下御成ノ件通知」では県内の奉迎送者に対し、拝謁と同じく服装の統一、時間の規律を要請している（『昭和一一年秩父宮』）。

では、同「御成」において、県はどのような皇族表象を生成していたのか。「昭和十一年十二月秩父宮同妃殿下を迎へ奉りて」という文書では、県知事が秩父宮に関して「殿下には東北の民草をいたはらさせられ殊に東北振興問題に付ては深き御理解と厚き御同情とを以て御仁慈を垂れさせ賜ひつつあり」とし、「御成」に期待することとして「殊に本県勢の状況を親しく御視察を願い奉り深く県民の上に注がせられる大御心を列し奉りたいと存じます」と述べている（『昭和一一年秩父宮』）。

そして「御成」の際に県知事から秩父宮同妃に言上された「昭和一一年一二月秩父宮同妃両殿下　御成ノ際ノ言上資料」では、県内の人口、面積、産業などの県勢について説明が行われ、宮城県の中心産業が農業であることを説明した上で、一九三四年、一九三五年の凶作に触れ、東北の疲弊が叫ばれるなか、所謂「東北振興」の計画が持ち上がり、この「御成」を機に「市民一般大ニ力ヲ東北振興ノコトニ致シ一日モ速ニ東北ヲシテ其ノ永年ノ窮乏ヨリ脱却セシメ一層皇国ノ興隆ニ寄与」することを述べている（『昭和一一年秩父宮』）。ここからはこの「御成」を地域振興の契機としようという県の意思が、ひいては地域振興の推進者として設定された秩父宮像が読み取れよう。

これら県側の示した秩父宮観は地域社会に恩恵を与える権威の主体であると同時に地域振興の推進者という姿であり、またここではその秩父宮に接触し、その威光に触れるイベントとして県行政機関が「御成」を位置づけていたのである。

三　戦後期皇族地方訪問の性格と県行政機関による表象の生成

本節では戦後皇族による「御成」の性格と、そこにおける県行政機関の働きを、前節において検討を加えた戦前戦中期の同地における皇族「御成」、および昭和天皇による戦後行幸と比較する形でその固有性を括り出し、戦後一九四〇年代における「御成」とは一体如何なるイベントであったのかを明らかにしたい。

一九四七年九月　三笠宮「御成」

まず分析を試みたいのは、一九四七年九月二八日から三〇日にかけて行われた、三笠宮による宮城県「御成」である。瀬畑の研究によるならば一九四六年一〇月から一九四七年一二月の中期巡幸の時期にあたっており、宮内省が巡幸の遂行について中心的な役割を果たすなかで、行幸が祝祭的な雰囲気を帯びてくる時期であるとされる[18]。

三笠宮は、カスリーン台風の被害状況視察のため、天皇の代理として東北地方の各地を訪問した。当該事例はその嚆矢に当たるものである。本件に関する史料は極めて少なく、かつ時系列も不明のものや断片的なものも多くあるが、『昭和二三年御成関係書類』（宮城県公文書館所蔵史料三―二〇三六、以下『昭和二三年』）から当該事例の全体像をつかんでみたい。

日付は未詳ながら、当該史料群のなかで最も初期に発給されたものと考えられるのが厚生省社会局長から宮城県知事宛に発給された文書である。ここでは以下のような言述がなされている。

思召しに依つて、三笠宮殿下、水害状況御視察の為、御差遣さるに付ては九月二十八日二十二時松戸御発、二十九日八時十四分仙台駅御着、状況御聴取のゝち、志田郡、遠田郡御視察、涌谷町御宿泊、三十日登米郡、栗原郡御視察一ノ関御宿泊の予定　随行徳永事務官他二名（『昭和二三年』）

まず、この「御成」について、その中心的なアクターとして厚生省があること、そしてその三笠宮による訪問が、天皇の「思召し」による水害の被害状況の「御視察」であることに注目しておきたい。

これとほぼ同時期に発給されたと推察される宮城県庁発給の文書には「天皇陛下　思召しを以て今次水害地罹災民御慰問併せて被害状況御視察の為　三笠宮崇仁親王殿下を御差遣」という文言が確認出来る（『昭和二三年』）。厚生省から発給されたテクストと、この史料とを見比べたとき気づかされるのは、前者における「御成」の目的が「水害状況御視察」であるのに対し、後者のそれが「御慰問併せて被害状況御視察」に設定されていることである。即ち県行政機関の文書においては、目的に「慰問」が付加されているのである。

「慰問」という目的を考えたときに注目すべきなのは宮城県がＧＨＱの宮城県軍政部に提出したと考えられる文書"ITINERANT SCHEDULE OF H.R.H MIKASANNOMIYA TAKAHITO FOR HIS CONSOLATION VISIT TO FLOOD-STRICKEN AREAS THIS PREFECTURE"である（『昭和二三年』）。本文の内容は既述の政府主導で決定した日程をそのまま英訳したものであるが、着目したいのは三笠宮による「御成」が"HIS CONSOLATION VISIT"とされている点である。ここでは政府の文書における「御視察」の要素が欠落し、

"CONSOLATION" 即ち「慰問」の要素のみが取り出されているのである。県軍政部に対し「御成」について確認を行っていたということ自体も興味深いが、政府から県行政機関、県行政機関から県軍政部へと文書のやり取りがなされていく過程において、県行政機関がその「御成」の目的を「慰問」へとアクセントをずらしていることは注目に値する。単に政府主導という形では括りこむことの出来ない書き換えがなされていることが看取されよう。いわば戦中期の「御成」と連続するような、国家主導のもとで県行政機関による自由裁量が少ない状況下において、「御成」における自由裁量を志向するという県行政による一種の抵抗を読むことが出来るのである。

当該事例において他に確認出来ることとしては、奉迎送と移動に際しての車列の決定、三笠宮の奉迎送後の電報案がある。

奉迎送では、県議会議長、衆参議員、高等裁判所長、高等検察庁検事長、地方裁判所長地方検察庁検事長、東北大学総長、鉄道局長、逓信局長、財務局長、地方商工局長、地方専売局長、地方経済安定局長、東北海運局長、東北土木出張所長、農林省仙台農地事務局長、仙台地方物価事務局長、終戦連絡仙台事務局長、仙台食糧事務所長、県農業会長、県水産会長、県林業会長、県商工会議所会頭、仙台・塩竈・石巻市長、白石・大河原・角田・岩沼・古川・涌谷・築館・佐沼・飯野川・志田川各町長、仙台中央放送局長、河北新報社長、朝日・読売・毎日・共同通信・日本経済仙台支局長、夕刊とうほく（仙台支局長カ）、人民新報社長、労働組合同盟県連合会委員長、県地方労働総合協議会委員長、日本農民連合県支部書記長、宮城県第一中学校長、仙台市立第六中学校長、上杉山通小学校長、県連合青年団長がその名を連ねている。地域における政治、経済、行政、教育、メディアといった戦前期の「御成」に確認出来るような人びとが選ばれている一方で、そこに名を連ねなくなった人びとや新たに加えられた人びとがいることに気づかされるだろう。まず、戦前戦中期の奉迎送者から外れた人びととしては、宗教関連団体および軍事関連団体、そして女性団体を挙げることが出来る。宗教関連団体と軍事関連団体の不在についてはGHQによる神道指令に代表される占領期の政教分離政策と、軍隊の解体に求めることが出来ようし、戦前戦中期の女性団体も愛国婦人会が中心であったことを考えると戦中期における解体と改組にその要因を求めることが出来るだろう。次に新たに加えられた人びととしては、労働組合関連団体を挙げることが出来る。瀬畑は天皇の戦後巡幸において共産党関連の人びとも地域を訪れる天皇に共感を覚え、それを歓迎していたことを指摘しているが[19]、ここでは県行政機関が介在することによって、労働組合関係者が「動員」されていることが看取される。自発的な天皇への肯定感の惹起というよりも、そのような状況の生成に地域行政機関が関わっていたことを確認出来るといえよう。

三笠宮移動の際の車列の構成については、〈図一〉に掲げた通りである。先頭が公安関係者、二番目に皇族と知事が配置され、以下政府関係者、議員、報道関係者がつづくという構成が採用されており、戦前戦中期のそれとほぼ同一の構成が採用されていることが看取される〈図二〉。いわば、この鹵簿の構成を見るだけならば戦前戦中期と戦後期の「御成」のビジュアルは極めて似通ったものが展開していたと言える。

そして、三笠宮の奉迎送後の電報案では三笠宮の発着の際にそれぞれその旨を報告する文言が記録されているが、注目すべきなのはその宛先である。戦前戦中期では特に宮家のみにその連絡を取っていたが、戦後のこの事例では、宮家の外に宮内府、内務大臣、厚生大臣に向けて同時に同一の文言での電報を打っている。まさに戦後における「御成」が、戦中期の軍部を中心とした国家機関による統制を受けた「御成」と連続性を持っていることがここからも看取される。

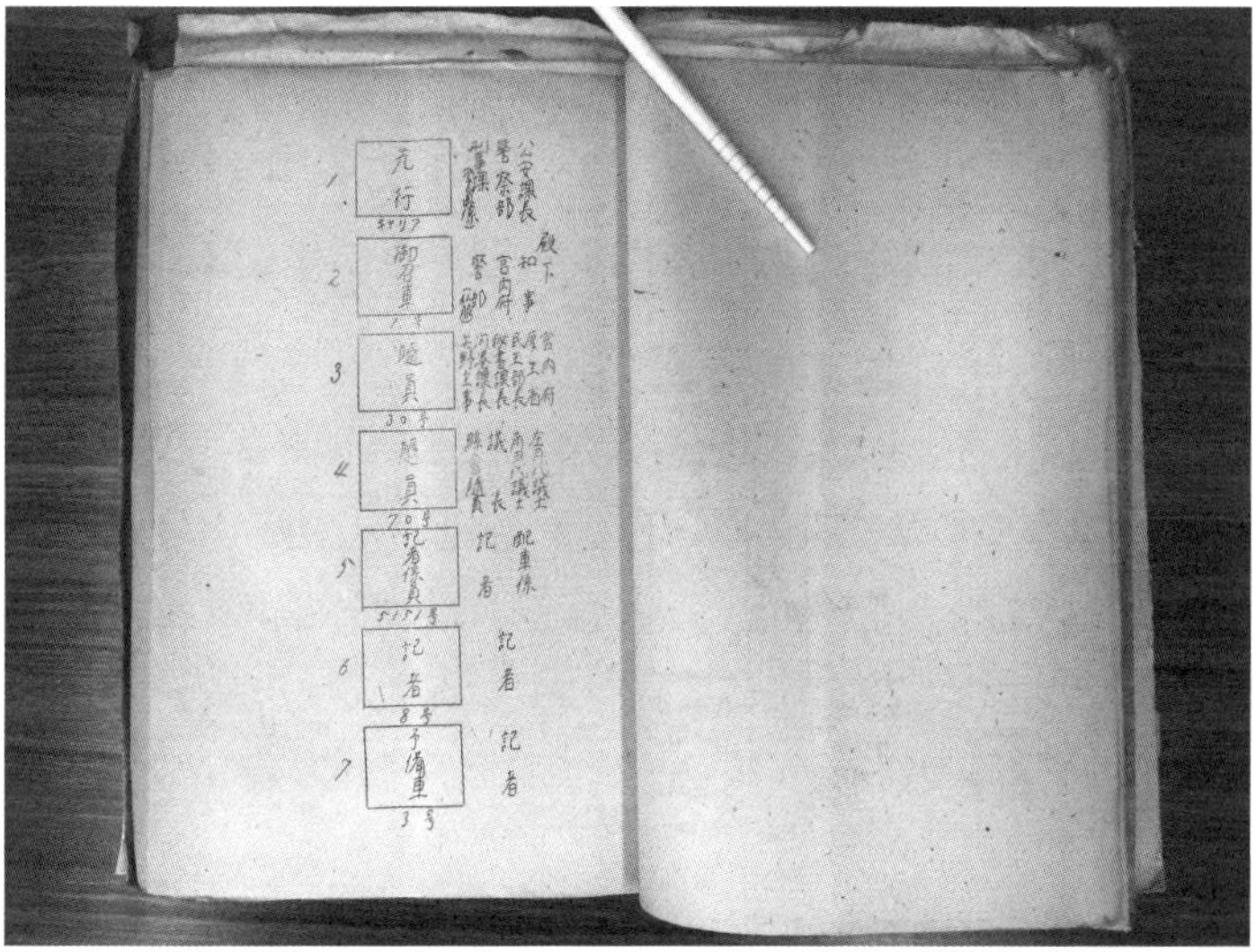

〈図 1〉「自動車序列の件」『昭和 23 年　御成関係書類』
（宮城県公文書館所蔵史料 3-2036）

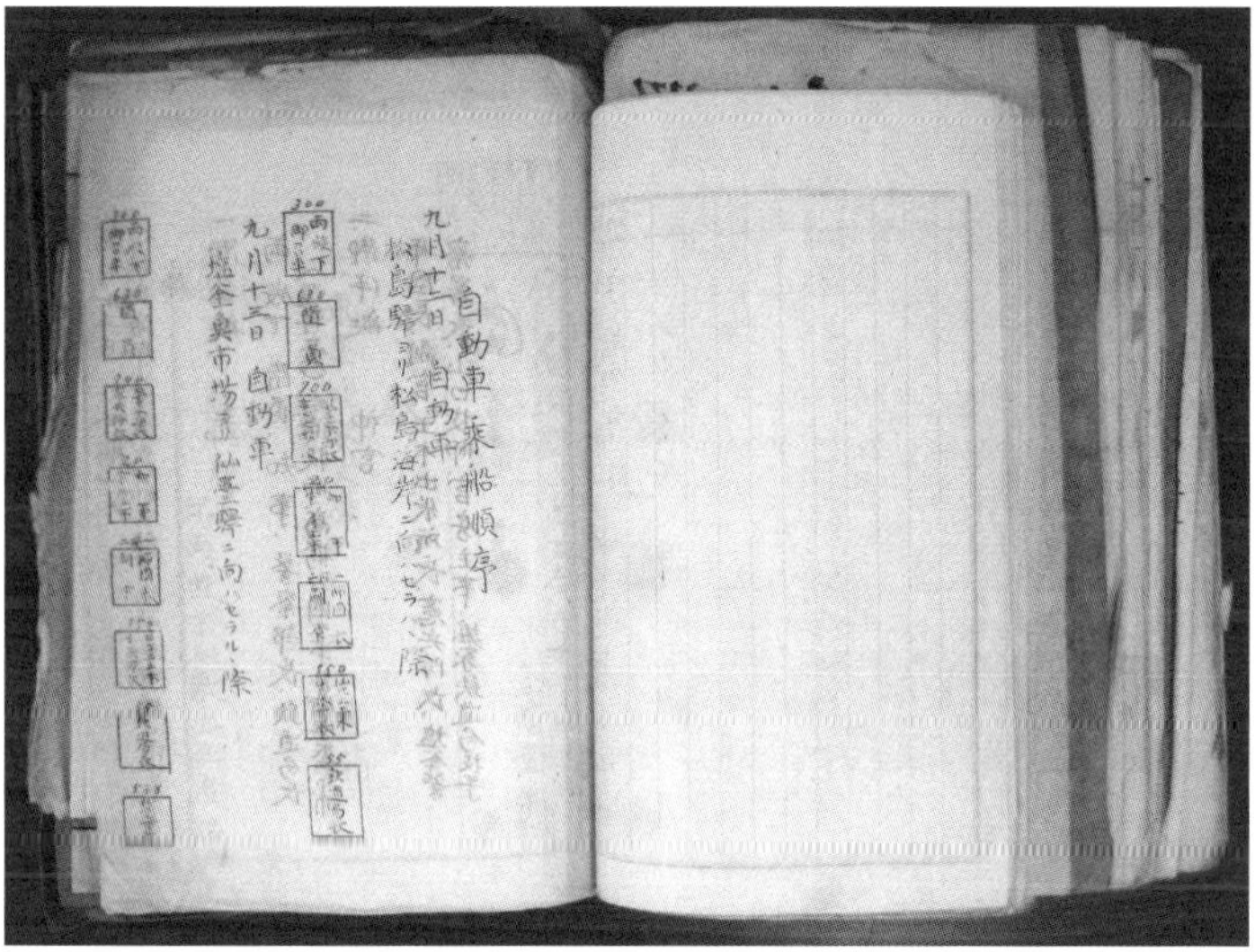

〈図 2〉「自動車乗船順序」『自昭和九年至同十年　宮殿下御成関係書類』
（宮城県公文書館所蔵史料 3-0146）

一九四八年六月　高松宮「御成」

次に、一九四八年六月に実施された高松宮「御成」を見てみたい。高松宮は、片倉製糸白石工場をはじめ、宮城県内の産業視察、体育大会臨席、および学業視察を行った。この案件では特に「御名代」等の天皇の代理としての様相は前景化せず、戦後の皇族の「御成」の好例と言えよう。

この事例においても瀬畑の指摘するような[20]、戦後行幸の特徴と位置づけられる宮内府主導の側面は看取することは出来ず、政府の主導的側面を取り出すことのみが可能である。

当該事例において確認出来ることとしては県行政機関における分掌と諸団体との連絡・管理である。六月七日の段階で「事務分担別紙の通り」として、日程、視察箇所、自動車に関する事項を秘書課長に、拝謁、奉迎送、会食に関する事項を人事課長に、清掃準備、調度品の調達に関する事項を会計課長に、報道員の誘導接待に関する事項を地方課長に、衛生に関する事項を医務課長にそれぞれ分担させ、庁内における組織を改編することなく、最も職掌に近い役職に振り分けている（『昭和二三年　御成関係書類』宮城県公文書館所蔵史料三―二〇三六、以下『昭和二三年』）。戦前期の「御成」への対応を見た際に庁内組織の改編を伴ったことを考えると、戦後におけるそれがより簡素化しながらも受け継がれていたことが看取出来る。

諸団体との連絡・管理としては、まず同胞援護会岩手県支部との連絡を看取出来る。高松宮はこの「御成」の後、そのまま岩手県を訪問し、同地においても視察と同胞援護会開催のイベントへの臨御を行っている。同胞援護会岩手県支部からは「総裁宮殿下御日程」として日程表が提出され（『昭和二三年』）、宮城県における日程作成の参考資料となっている。

次に、訪問する各施設における説明者と説明内容の選定が挙げられる。六月一一日付の「御視察箇所御説明者」では、各訪問場所における説明者が記載され（『昭和二三年』）、六月一四日付の「高松宮宣仁親王殿下御視察御箇所概況書」では、その訪問地における説明内容が予め用意され（『昭和二三年』）、いわば県行政機関による「管理」を受けている。なお、この「概況書」では当該施設の沿革と現状、そこで行われている事柄についての説明がなされているが、それらは全て同一簿冊内に「参考」としてまとめられた各訪問箇所から提出を受けた「事業概況書」の集積であり、一例を挙げるならば片倉工業株式会社白石製糸所提出の「事業概況書」は六月一五日付で提出されているなど、「御成」の直前に提出された諸テクストをまとめ直す形で県行政機関が皇族に対する地域の言説の整序を行っていたことが示されていると言えよう。これらからはまさに戦前戦中期「御成」における〈濾過装置〉としての県行政機関の存在との相同性を看取することが出来る。

つづいて「御成」に付随するイベントとして、奉迎送、賜謁、陪食、献上品をめぐる動向を見ておきたい。まず、奉迎送と賜謁については県行政機関の管理する奉迎送、賜謁はその範囲を縮小させていることが看取される。「高松宮宣仁親王殿下県庁御立寄りに際し御出迎ひについて伺」では「県庁員の送迎を左記の通り致したいと思ひます」として、全県庁職員を集めて玄関口での奉迎送を行うほか、県庁屋上にて「御会釈」として高松宮との対面を行っている。いわば奉迎送に関して、県庁という限られた空間にのみ県行政機関の介在が図られていくのである。

つづいて陪食であるが、六月一五日付の「青根温泉における御会食者名簿」および六月一六日付の「知事公館における御会食者名簿」を見ると、前者では知事をはじめ、県議会議長や地域の町村長、地方事務局長、警察署長などが、後者では県知事、副知事、出納長、仙台地方商工局長などの地方行政組織関係者、仙台市長、東北大学総長、県会議員、市議会議員、新聞紙局長等のメディア関係者、赤十字病院長、同胞援護会代表、発明協会宮城県副支部長、済生会代表などが挙がっており、宿泊場所での会食である関係上、それぞれの土地に関わりの深い地域の政治、経済、行政、公安、メディア関係の人びとが糾合されていることがわかる。同胞援護会や発明協会、済生会などは、高松宮と関わりの深い団体であり、それらの支部関係者も当該会食の参加者となっていることが確認されるだろう。所謂地域の名士たちが集まるイベントであると同時に、皇族と関わりの深い団体と地域の関わりをもとに前景化させるものとして戦後「御成」における陪食があったことが示される。

そして、献上品については、地域からの献上品を郡市レベルでの取りまとめたのち、県行政機関のレベルで再度取りまとめており、ここでも戦前戦中期「御成」における〈濾過装置〉としての県行政機関の存在との近似性を看取することが出来る。一方で、取りまとめと管理を除いては特段のふるい落としなどは確認することが出来ず、戦前戦中期よりも緩やかな規範として戦後における献上品の選別があったことが推測される。

この事例に関する検討の最後として、車列の決定過程と、宮の離県後の連絡について確認しておきたい。前事例では、車列が戦前の「御成」と同一のものであったこと、そして宮家のみならず諸中央官庁に向けて宮の動向について電報を打っていることを指摘したが、当該事例では、その変化をも析出することが出来る。

それは宮の来離県に際しての連絡である。かかる連絡としては「御安着」と「岩手県に向かはせらる」という二通の文面案が残されており、それらはともに高松宮家宛となっている。これは前節で確認したように、戦前戦中期における「御成」と同様のアクションであり、先ほどの三笠宮の事例との差として析出することが可能であろう。政府主導の前事例とは異なり、あくまで県行政機関と宮家という当時宮内府との関係が疎になりつつあった機関[21]との二者間が当事者としてある出来事として、換言するならば戦前戦中期の「御成」の延長線上にこの戦後の「御成」は成立していたのである。

一九四八年九〜一〇月　三笠宮「御成」

最後に一九四八年九月二九日から一〇月一日にかけての三笠宮による「御成」について見ていきたい。

同事例は同年のアイオン台風の被害状況を、三笠宮が天皇の代理として視察するというものであり、前年のカスリーン台風の被害状況視察からほぼ一年後に行われた。

基本的に一九四七年の事例と同様、政府主導の傾向は同じであるものの、同時に一九四七年に確認されたような、「御成」意図の書き換えという、県からの積極的な行動をこの「御成」にも見ることが出来る。秘書課長からの連絡事項には「天皇陛下の御名代として三笠宮殿下／宮城、岩手の両県の被害状況御視察の為、御来県」とあったのに対し、決定した日程案に添付された文章では「天皇陛下　思召をもつて今次水害地被災民御慰問併せて被害状況御視察のため／三笠宮崇仁親王殿下を御差遣あらせられました」とあり（『昭和二三年』）、前事例と同じく、皇族による被災地の「視察」という政府の〈意図〉に「慰問」という地域からの要請が入れ込まれているのである。

この「慰問」という「御成」の目的は、その文言が差し挟まれてきた過程から判断しても県行政の意図の反映と考えることが出来、災害によって傷を負った地域が皇族からの〈癒し〉を要請していること、その顕現として皇族の「御成」を位置づけていることが指摘出来ようが、それはどのような背景から生成していったのか。これについて考える上で重要なテクストとして考えられるのが、「御成」当日に三笠宮に対して読み上げられた県知事による「言上書」および地域においてなされた「言上」の記録を挙げたい。

三笠宮の来訪直後、県庁において副知事による「言上書」の読み上げが行われたが、そこには「アイオン台風による水害状況について」として、被害状況が説明されている（『昭和二三年』）。当該「言上書」が被害を受けた郡町村による被害の報告や「御成」を迎えての反応を取りまとめて作成されたテクストだということである。まさに〈濾過装置〉として戦前期から連続する地域行政の在り様が看取されるものとなっている。また各訪問箇所においては、地域の首長等による説明が行われたが、その説明内容についても予め県行政機関による確認が行われており、「御成」を一元的に管理する組織として県行政機関があったことを改めて確認出来る。

「アイオン台風による水害状況について」と題された、県知事による三笠宮への「言上書」は「謹んで本県の水害状況について言上申上げます。／この度本県の水害に対しまして昨年に引続き陛下の御名代として御成りを頂き、親しく水害現地を御見舞下さいますことは県民にとつて誠に感銘深いものがあり感激に堪えないところでございます」とはじまり、被害状況の詳細や対策の概況を述べたのち、「今回の宮殿下の罹災者の御慰問並びに水害地の御見舞は災害から立ち直ろうとする県民にとりまして計り知れない御激励を御与え下さいましたことにつきまして、衷心より御礼を申上げる次第でございます」と閉じられる（『昭和二三年』）。

一読して明快なように、ここでは当初の政府による「御成」の目的であった「御視察」のニュアンスすら欠落し、「御慰問」とともに「御見舞」と書き換えられている。公文書による通知以上に、県行政機関の公式見解として「慰問」と「見舞」としての「御成」という意味付けがなされているのであり、主導する政府の意向とは決して一致することなく、地域行政機関にとっての「御成」の位置づけとして、〈癒し〉としての皇族訪問の在り様を強固に語り出しているのである。この皇族イメージには戦前戦中期における地域に福音を齎す皇族というイメージとの類縁性を看取することが出来るだろう。まさに戦前戦中期の皇族イメージを、地域行政の公文書レベルで見出すことが出来る。

この「言上書」についてはそれが読まれたコンテクストについても注目する必要があるだろう。当該文書は訪問のはじめに県庁を訪れた三笠宮に対して報告を行うという状況で読まれており、「御成」の冒頭に置いて県行政機関の〈意思〉として当該「御成」の意義を、その遂行者としての三笠宮に宣言しているのである。いわば県行政機関が独断的に「御成」を斯様に位置づけているにとどまらず、その提示されたコンテクストによって、テクストが皇族の行為を規定し直していると言えよう。これらの規定からは災害によって被害を受けた土地に〈癒し〉を齎すという戦前期から連続する皇族像を看取することが出来るとともに、「視察」という、いわば監察する主体としての、内政に参与する主体としての皇族像が不可視化されていく、換言するならば脱政治化された皇族像が地域行政のレベルで提示されていることが看取されるだろう。

しかし、このような地域行政の「御成」観や「御成」をめぐる〈意図〉が、この「御成」において十全に反映されたとは言いがたい側面も指摘しておく必要があるだろう。

「御成」後に県行政機関に報告書として提示された「伊藤所長の言上及奉答」を見てみたい（『昭和二三年』）。宮城黒川地方事務所長伊藤安雄による三笠宮への説明は以下のように提示され、県行政機関による「慰問」としての「御成」の位置づけを踏襲するものとなっている。

殿下におかせられましては御多端の折にもかゝはらづこの避僻の地に御運びくださいまして親しく水害の実情を御視察遊ばされ御慰問下さいますことは地元民といたしましては只唯ありがたく感涙にむせぶところでございます

県行政機関の下部組織においてかかる認識が徹底されていることが看取されるだろうが、注目したいのはその言上に対する三笠宮の「御下問」である。

御下問　病人は出ないか
奉　答　幸いに病人は出ておりません
御下問　水に負けない作物はないか
奉　答　今のところ考へられません、この地帯は矢張り稲作地帯として存続せしめる様な土木的方策をこうづべきであると考へます

一読して明快なように所謂統治者としての発話の話型を忠実に踏襲した紋切型の反復が確認されるのである。地域行政機関によって「御慰問」という〈癒し〉を希求するディスクールが展開するなかで、皇族は政府の設定する「御視察」という位置づけと親和的な反応を提示していると言える。いわば政府による「御成」の位置づけと、地域行政によるそれの位置づけとの間のみならず、皇族本人による「御成」の位置づけとの間にもまた齟齬を見出すことが出来るのである。このことは同時に、皇族の意思が如何なるものであれ、

それとは独立するかたちで地域行政による「御成」の位置づけがあったことをも意味している。地域行政によって位置づけられた「御成」は、地域からの皇族イメージを反映するものであり、同時にそれは地域における皇族イメージが如何なる欲望の地平を持っていたのかをも明らかにするものと言えるだろう。

四　終わりに

以上、本章では「御成」に関して県行政機関の文書を分析してきた。

まず戦前期の「御成」における特徴の一つ目は、県行政機関における自由裁量の大きさにある。行幸啓が宮内省、内務省をはじめとする国家機関によって多くの面において規制が加えられていたのに対し、「御成」に関しては国家機関と県行政機関双方において行幸啓に準じる扱いであり、「御成」の内容に関しても県行政機関の裁量や地域社会の要望といったものが認められやすくなっていた。しかし、これも昭和戦中期に入るとその様相を変化させる。この時期の宮城県における行幸啓を見出すことが出来ないため、単純な比較は難しいかもしれないが、それまでの「御成」と比較して、明らかに軍事的要素が強調され、同時に国側宮家側からの規制も増え、県の参与が減少している。これは満州事変以降の戦時体制の進展という時代背景が影響していたと考えられる。

もう一点は、「御成」が特に宮家にとって、容易に運用可能なイベントとして捉えられているということである。「御成」の日程がその具体的な実行機関である県行政機関に伝えられるのは「御成」実施の一〜二週間前程度ということを考えると、「御成」は非常に短い準備期間で実行可能のものとして看做され、それに県行政機関が対応しているのである。

つづいて具体的な県行政機関の動きをまとめたい。まず、県の「御成」受容についてである。県は宮家側からの要請、通牒を受けてそれの意向を奉じる形で「御成」の準備を進め、その過程において県内における指導的役割を果たした。それの前提にあるのは宮家側との緊密な連絡体制であり、昭和戦前期には宮家側との双方向の意思疎通を経て、県の意思意向も反映しつつ「御成」の具体化の役割を果たし、県内からの自発的なイベントも確認される。だが、その傾向は満州事変以降は既に宮家側によって決定された内容に関してそれの実行役としての動きをなすものへと変化する。

また県は県内への指示、通達、動員を行うとともに県内からの要請等に関してそれを宮家側に伝える仲介者としての役割を果たしていた。同時に県内からの申請、要請に関して何らかの規制を加える〈濾過装置〉としての役割をも果たし、「御成」の実行のために機能していたということが出来る。

また、県行政機関の皇族観としては地域振興の推進者、軍事的指導者、そして地域に栄誉を付与する存在としての在り様が見て取れる。

地域振興の推進者という直宮像については、原の議論で皇太子に関して「地方改良運動の推進者」と位置づけられたり[22]、古川によって「皇室ブランド」の持ち主であって経済振興の契機[23]と位置づけられたりしている皇族についての議論における結節点になりうるものと言うことが出来る。

また、「軍事的指導者」としての側面については時代が下るごとにその様相を強めていると言える。これは直宮が成人を迎え、軍事演習等に関連しての「御成」が増えたことも影響しているのかもしれないが、時代背景と対応している部分も看過出来ない。

そして栄誉を与える存在としての直宮の在り様に注目するならば、そこでは不敬にあたることを回避しようとする県の動きとともに天皇に近似した権威的存在としての認識が確認され、それが語られるときに皇族は地域に「光栄」や「名誉」を与える存在として描き出されることが看取された。

そして、このような皇族が地域社会に来臨し、地域社会に栄誉を与える機会として「御成」は捉えられ、いわば行幸啓に準ずる重要なイベントとして描き出されていたことが見て取れる。

つづいて戦後の「御成」に関して、県行政機関の活動についてもいくつかの特徴を括りだすことが出来た。まず戦後初期の「御成」が、戦中期の「御成」の様相を引き継ぎ、国家機関の強い影響下にあったことが看取された。これは同時代の行幸啓と極めて様相の近似したものであり、「御成」の遂行をめぐる諸問題も、同時代の行幸啓が抱えた問題と同根のものであると考えることが出来るが、そのようななかでもなお県行政機関の要望を通していく側面が確認出来るほか、その実施をめぐる様々のせめぎ合いを看取することが出来た。

このように戦前戦中期の「御成」と連続する側面としては、「御成」の実施に際して、現地における実質的な運営を行う主体が県行政機関であるという点、地域からの要望に対してそれを吸い上げ、選別を行うという〈濾過装置〉としての役割を県行政機関が果たす点、そして県行政機関における地域に福音を齎すという皇族イメージが同一である点などを挙げることが出来る。

一方で、これらの全事例について言えることだが、学校生徒の動員などに代表されるような戦前戦中期の「御成」における大量動員がこの戦後における「御成」ではなされておらず、服装についても全て「平服」とされているなど、身体規律の側面が不在である点や、国家機関による介入が少なくなっていくなど、戦前戦中期「御成」との明快な切断も読むことも出来る。

以上の事例の検討からは、傷ついた地域を慰撫し、〈福音〉を齎す皇族、地域振興の主体、地域とのつながりを持つ存在としての皇族像が県行政機関における皇族イメージとして成立していることが看取され、それらは県行政機関が実施に参与するという「御成」のイメージとも併せて、戦前の県行政機関における皇族イメージと「御成」イメージを強く引き継ぐものであったということが出来るだろう。

同時に、以上の検討からは戦前・戦中・戦後にわたる行政機関による東北に関する自己認識とその表象のあり方もまた明らかになってきたと言える。皇族たちを迎えるに際して、例えば一九三六年の事例では、積極的な振興を必要とするような「永年ノ窮乏」にある土地としてのイメージが、また一九四八年の事例では、水害という状況も相俟って、「避僻の地」というイメージがそれぞれ生成されていた。〈癒し手〉として希求された皇族という〈中央〉の存在は、戦前から戦後にかけての「傷ついた土地」としての〈東北〉の自己認識を強固に提示するものとなっていたのである。

ここで重要なのは、この提示されたイメージが、河西英通の既に指摘するような〈遅れ〉を内在させた土地としての〈東北〉イメージに極めて近似しているということである。まさに近代国民国家のもとで定着した〈東北〉の紋切型は、国民国家維持の装置としての地方行政機関によって再生産され、強化されていったと言えるのではないか。それを〈中央〉を代表する存在として目された皇族の表象は顕にするものでもあったのだ。

【註】

1　天皇・皇后・皇太子の地方訪問についてはすでに「行幸啓」という名称が学術的にも定着しているが、皇族の地方訪問に関しては確定したそれがないため、本章では同時代用語としての「御成」を用いる。
2　多木浩二『天皇の肖像』（岩波書店、一九八八）
3　タカシ・フジタニ『天皇のページェント〔近代日本の歴史的民俗誌から〕』（日本放送協会、一九九四）
4　原武史『可視化された帝国　近代日本の行幸啓』（みすず書房、二〇〇一）ほか
5　若桑みどり『皇后の肖像　昭憲皇太后の表象と女性の国民化』（筑摩書房、二〇〇一）
6　北原恵「表象の政治学 正月新聞に見る〈天皇ご一家〉像の形成と表象」（『現代思想』第二九巻六号、二〇〇一）ほか
7　右田裕規「戦前期「大衆天皇制」の形成過程―近代天皇制における民間マスメディアの機能の再評価―」（『ソシオロジ』七四巻二号、二〇〇二）ほか
8　後藤致人『昭和天皇と近現代日本』（吉川弘文館、二〇〇三）
9　小田部雄次『皇族』（中公新書、二〇〇九）、古川隆久『皇紀・万博・オリンピック　皇室ブランドと経済発展』（中公新書、一九九八）、後藤前掲二〇〇三
10　かかる問題意識は河西秀哉「近現代天皇研究の現在」（『歴史評論』七五二号、二〇一二年一二月）も指摘するように、現在の近現代天皇（制）研究における大きな課題の一つである。なお、同様の問題意識に基づきなされた研究として、茂木謙之介『表象としての皇族』（吉川弘文館、二〇一七）および河西秀哉『近代天皇制から象徴天皇制へ』（吉田書店、二〇一八）がある。
11　河西秀哉「戦後皇族論」（河西秀哉編『戦後史の中の象徴天皇制』吉田書店、二〇一三）
12　瀬畑源「昭和天皇「戦後巡幸」の再検討―一九四五年十一月「終戦奉告行幸」を中心として」（『日本史研究』五七三号、二〇一〇a）、同「昭和天皇「戦後巡幸」における天皇報道の論理―地方新聞の報道を手がかりとして」（『同時代史研究』第三号、二〇一〇b）、同「象徴天皇制における行幸」（河西秀哉編『戦後史の中の象徴天皇制』吉田書店、二〇一三）
13　坂本孝治郎『象徴天皇がやってくる――戦後巡幸・国民体育大会・護国神社』（平凡社、一九八八）
14　例えば本稿で検討を行う、一九四五～一九五三年の宮城県に限って言えば、天皇の行幸が一回だったのに対し、皇族の訪問は男性皇族に限って言えば五回も行われている。

15 『河北新報』一九三〇年九月八日朝刊二面
16 かかる同時代の皇族表象に対する国家意思に関しては前掲茂木二〇一七第一章を参照。
17 『河北新報』一九三六年一二月九日朝刊二面
18 前掲瀬畑二〇一三
19 前掲瀬畑二〇一三
20 前掲瀬畑二〇一三
21 前掲瀬畑二〇一三
22 前掲原二〇〇一
23 前掲古川一九九八
24 河西英通『東北 作られた異境』(中公新書、二〇〇〇)

8章 「北日本」という文化圏

——雑誌『北日本文化』をめぐって

大原　祐治

8章 「北日本」という文化圏
――雑誌『北日本文化』をめぐって

大原　祐治

一　はじめに

敗戦直後の一九四六年、「北日本」における文化発信を謳って創刊された雑誌があった。その名は『北日本文化』、発行元は新潟市にあった北日本文化協会という団体である。

この雑誌は、どのような読者に向けて何を伝えようするものだったのか、そして何が実現され、何が読者たちに共有されていたのか。本稿では、刊行の形態や誌面内容に関する考察を通して、この雑誌が体現しようとしていた、一つの文化圏としての「北日本」のありようをトレースしてみたい。

二　新潟の戦中／戦後

雑誌『北日本文化』が創刊された一九四六年とは、全国各地で数多くのローカル・メディアが創刊された時期である。小規模のものでは、各地の青年会や文化運動を展開していた有志団体によるガリ版刷りの雑誌から、大規模なものでは各地の地方新聞社が刊行する文芸雑誌や総合雑誌まで、その全容はおよそ把握不可能なほどの広がりを持っていた。『北日本文化』の発行地である新潟もまた、例外ではない。
文化の発信地として、当時の新潟はどのような場だったのか。以下に引用する中野重治の言葉は、北陸地方からの文化発信の様相と、その中での新潟の位置づけを説明したものとして、興味深い内容を含む。

［…］東京ではまじめな本屋のいくつかが紙のないためにつぶれ出している。北陸の方でたくさんの雑誌が出、またあたらしくまとまつた文学雑誌の出ることを多少のうらやましさをまじえつつ私は祝福する。
［…］
この大きな県（引用者注、新潟県のこと）がひとつの国をつくり、そこにやはり独自の文学がすでにうまれている以上、（引用者注、「北陸文学会」に新潟県がふくまれていないのは）これは自然なことであらう[1]。

引用したのは、金沢の地方新聞社である北國新聞社が敗戦直後に創刊した雑誌『文華』に中野が寄せた文章である。中野は、自らも関与する「北陸文学会」からの文化発信について語るに際して、新潟を「北陸」の中に含めないが、それは新潟が「独自の文学」の確立している、いわば別扱いのエリアとして認識されているからである。今日でも、新潟は「北陸」に含まれるのか否か、ということは見解が分かれるところではあるが、金沢の側から見て、文化発信に関して新潟の方に一日の長があるというような見方は必ずしも自明のことではないように思われる。
しかし、戦時下にまで遡って捉え直すなら、中野の意見は一理あるものだった。実は、戦時下の新潟は「全国中これをもつて最初とするであろう」と自負する『新潟県文芸年鑑』[2]なる書物が刊行されるなど、地方文化運動が盛んに展開された場所だったのである[3]。

「大政翼賛会県支部協賛」と付記されて刊行されたこの年鑑には、「編纂顧問」と称して青野季吉、小川未明、坂口安吾といった、東京の文壇で活動する文学者たちの名前が連ねられているが、編集作業における実際の中心人物は、「編纂委員」として名を連ねる新潟在住の文学者たちである。そして、そのコンテンツは、編纂委員によって選ばれた一般公募作品を掲載し、併せて選評および県下の文学状況に関する概観記事を載せる、というものであった。

年鑑そのものは必ずしも大規模なものではなかったし、また継続的に刊行されたものでもなかったようであるが（管見の限り刊行は昭和十七年度版に限られる）、戦時下における年鑑刊行という事実は、少なくともこのようなものを戦時下に、要請に応じてすぐさま刊行することが出来る程度のネットワークが新潟県内に存在していたということを裏付けるものであるだろう。

『新潟市史』[4]でも説明されているように、戦時下の新潟では「地方の支部に文化担当者を置き、地方文化人に団体の結成を促し、大政翼賛会の外郭団体にする」という方針に従って、「新潟県内の著名な文化人が参加して新潟県文化会が結成され」、「大政翼賛会新潟県支部が定めた具体案に基づいて活動を始め」た。そして、その延長線上で「新潟県文化会文学部」が「発表の場が少なくなっていた県内の文学愛好者の原稿を集めて『新潟県文芸年鑑』を刊行した」のである。新潟が「ひとつの国をつくり、そこにやはり独自の文学がすでにうまれている」という中野の認識は、戦中期から形成されていた、このような新潟の文学状況を指すものだと言ってよいだろう。

こうした状況の延長線上で、戦後の新潟でも地元に根ざした文芸誌が刊行されていた。例えば、一九四六年五月創刊の雑誌『新潟文学』[5]は、新潟という〈地方〉の中に「埋もれてゐる秀抜な才能を持つ白面の士」を発掘し、世に送り出すことを目指すのだと宣言しているが、その創刊号の特集は、戦前からサトウハチロー門下で修業を積み、戦後は新潟を拠点に郷土文化運動を盛り上げよう目論見ながら、志半ばにして一九四六年三月に三十六歳で病没した小杉謙后という文学者の追悼だった。北河賢三が指摘するように[6]、戦後の地方文化はしばしば、戦時下における地方翼賛文化運動によって形成された組織や人脈を土台として展開されたのである。

一方、このような動向とは一線を画した雑誌も戦後の新潟で創刊されている。地方新聞社・新潟日報社が刊行した雑誌『月刊にひがた』である。この雑誌の詳細についてはすでに別稿にて論じたので[7]、ここではその概略について確認することとする。

新潟日報社は、戦時下における新聞統合(一県一紙化)によって『新潟日日新聞』『新潟県中央新聞』『上越新聞』の三紙が統合されて誕生した地方新聞社であり、その社長は新潟出身の作家・坂口安吾の兄である坂口献吉である[8]。なお、献吉・安吾兄弟の父である坂口仁一郎は衆議院議員としても活動した新潟新聞社(新潟日報社の源流の一つ)の社長であり、漢詩人・阪口五峰としての顔を持つ、地元新潟の名士である。

この新潟日報社が、戦後の再出発にあたって、新聞本体のみならず月刊誌を創刊する。こうした動きそのものは、各地の地方新聞において見られるものであるが(高知新聞社刊『四国春秋』、秋田魁新報社刊『月刊さきがけ』など)、『月刊にひがた』の場合が興味深いのは、その創刊にいたる経緯を窺わせる資料が残っていることである。

敗戦直後の一九四五年秋、安吾は兄・献吉に宛てて以下のように書き送っている。

［…］この機会に、新聞社で、雑誌をだしてはどうでしょう。私の考では二種類、一は高級雑誌で千部ぐらい刷って売れれば、半分売れて大体損はない。新聞でやると広告がとり易いから、損というものは先ずないと思います。二は週刊朝日風の大衆雑誌で、実はこの方がむつかしい。というのは高級雑誌は越後出身や在住の文化人でグループ的な運用ができ易いですが、大衆雑誌となると、先ず第一に地方性が持ちにくいです。といって、地方文化というもので大衆雑誌の形をつくるということは却々できにくい。（一九四五年九月三〇日付、坂口献吉宛書簡）[9]

実際に総合雑誌として創刊された『月刊にひがた』は、いわば安吾の提案にあった「一」と「二」の要素を兼ねたメディアとなった。在籍する編集部員のコネクションを駆使して、鎌倉文庫周辺その他、全国区の書き手たちの原稿を集める一方、新潟在住の知識人（学校教員など）の原稿も多数集め、さらには、地元読者による投稿原稿を随時掲載しつつ地方性・地域性を前面に出した特集企画を行う。その結果、「常に中央一流人士の寄稿を仰ぎ、一面県民の持つ文化力を結集して郷土文化の建設」を行いながら、「政治に経済に社会問題に活発な言論を展開し、併せて文芸、娯楽等を収めて県民生活のよき伴侶」となる「新潟県下最高の文化標準」[10]を体現する雑誌が実現することとなった。

もちろん、「地方」にあってこれほどのメディアを立ち上げるには相応の資金が必要となる。しかし、先に引用した書簡で安吾が記したように、地方新聞社には「地方の広告をとりうる強身《ママ》」があった。「月刊にひがた」はまさにその利点を生かして、地元・新潟の読者たちに支持されるメディアとして成長していった（一九四九年四月に終刊となるまで、全四一号が刊行された）。

三　「北日本」をつなぐメディア

一方、同時期の新潟では、週刊新聞『サンデー新潟』を創刊した新興新聞社からも、特色ある雑誌が創刊された。すなわち、本稿で取り上げる『北日本文化』である。『月刊にひがた』が「新潟県下最高の文化標準」のコンテンツを揃えた総合誌として、「中央」の書き手からの寄稿を募ったのとは対照的に、「北日本文化」には、著名な書き手の名前が登場することはない。むしろ、この雑誌に並ぶのは無名の書き手たちによる投稿原稿ばかりである。いわばこの雑誌は、書くこと（表現すること）の欲望を抱く読者たちによって支えられた投稿雑誌なのである。

創刊号の巻末に掲載された「原稿募集規定」によれば、投稿は「A小説戯曲／B随筆小品／C詩謡／D短歌／E俳句」というジャンル区分と字数が明確に規定されており、投稿時には会員番号を明記することも指示されていた。すなわち、この雑誌は、自らも投稿を試みる講読会員の共同体によって支えられることが想定されており、その意味では内向きに閉じられたメディアであるように見える。

とはいえ、以下に確認するように、この雑誌は読者の広がりという観点から捉えるならば、決して閉鎖的なメディアとは言えない。タイトルで「北日本」を標榜するこのメディアは、地域／地方の枠組みに留まらない規模の空間的広がりを持った共同体を形成するものであったことが窺えるのである。

『北日本文化』創刊号（一九四六・一）には巻頭に二編の評論が掲載された他、随筆七編、小説二編、詩謡一八編、短歌一〇四首、俳句一二三句と、多数の投稿作品が掲載されている。このことは、この雑誌が創刊に先立って、創刊および投稿募集に関する情報の告知を十分に行っていたことを窺わせるが、ここで注目すべきは、投稿本数の多さだけではない。むしろ、この雑誌の特徴は、投稿者の居住エリアがかなり広範にわたることにこそある。

新潟市を拠点とする新興新聞社が運営するローカルメディアでありながら、寄稿者の氏名に付記された住所は、創刊号の段階においてすでに、新潟県内のみならず岩手県・秋田県・山形県という広がりを見せている。そして以後、北海道・富山県・青森県・長野県といったエリアからの投稿も数多く見出されるようになるのである。なぜこのような現象が生ずるのか。その理由は、創刊号の「編輯後記」に見られる次のような記述に明らかである。

○本号の寄稿地域は新潟、山形、秋田、岩手を主なるものとしてゐるが、此れは十月中に各地新聞社と連絡が出来た地方であつて、十一月には北海道、青森、宮城、福島、長野、富山と各地方新聞紙上を通じて芳志ある会員の参加を希つた。その結果、二月号よりは名実ともに「北日本」の顔触れが揃ふ楽しさにあり、充実した毎号を贈る準備が整つた次第、末長く会員諸彦の御協力を切に御願ひするものである。

つまり、この雑誌は予め広範な地域の人々に向けて、各地の地方新聞を介して創刊を告知し投稿を募る広告を展開していたのであり、その広告対象エリアの広がりこそは、編集サイドの考える「北日本」なるものの内実に他ならない。北海道+東北六県+新潟県+長野県+富山県の一道九県にわたるその広がりは、一般的に用いられる「東北」という括りとも「北陸」という括りとも異なるものであり、確かに「北日本」と呼ぶしかないような独特な広がりであると言えるだろう。

先に言及した『月刊にひがた』がそうであったように、いわゆる地方雑誌は、おそらく最も安定した経済的資本と人的ネットワークに恵まれた地方新聞社系のものであっても、基本的には都道府県単位の枠組み内で刊行されていた（戦時下の地方新聞が一県一紙の体制へと統合整理されたことを考えれば当然のことである）。このことを思えば、都道府県という行政区分の枠を越え、さらには北海道／東北／北陸といった一般的な地方区分の枠組みさえ越えてしまう『北日本文化』の刊行形態は独特である。それはいわば、地方という縦割りにされた区分を横につなぐ試みであったと言えるだろう。

なお、広告が掲載された新聞名および掲載日は以下の通りである。

『新潟日報』（新潟県）一九四五年一〇月七日
『山形新聞』（山形県）一九四五年一〇月一一日
『新岩手日報』（岩手県）一九四五年一〇月一四日
『信濃毎日新聞』（長野県）一九四五年一一月一日
『秋田魁新報』（秋田県）一九四五年一一月三日
『東奥日報』（青森県）一九四五年一一月九日
『河北新報』（宮城県）一九四五年一一月一三日
『福島民報』（福島県）一九四五年一一月一八日
『北海道新聞』（北海道）一九四五年一一月二一日
（※富山県に関しては『北日本新聞』に広告が掲載されたものと推測されるが確認できなかった。）

広告の内容は、レイアウトの違いを除けばどれもほぼ同内容であった。以下に挙げるのは、『河北新報』および『北海道新聞』に掲載された広告の文面である。

○新日本の若人に贈る明朗な心の糧○
○文芸文化娯楽満載の愉しい機関誌○（発行日・十二月十日）
月刊「北日本文化」新年号
原稿募集　A小説　B戯曲　C随筆　D詩謡　E短歌　F俳句
締切　二月号　十一月末日　三月号　十二月末日
（優秀作品掲載分には相当稿料を呈す・初心者投稿歓迎）
○購読会費○三ヶ月弐円五十銭・半年五円・壱年拾円○
（発行紙数に限度あり、購読希望の方は即刻お申込下さい）
照会は郵券二十銭送れ（振替新潟二五七番）
新潟市医学町壱の六九
北日本文化協会
主宰　櫻田正良
（『河北新報』一九四五・一一・一三）

○新日本の若人に贈る明朗な心の糧　○郷土出身の文〓
○文芸文化娯楽満載の機関誌　　○〝櫻田正良〟主宰
月刊「北日本文化」新年号
原稿募集　A小説　B戯曲　C随筆　D詩謡　E短歌　F俳句
購読会費　三箇月・二円五十銭
半年五円・通年十円
（締切十一月末日・優秀作品には相当稿料を呈す・一〓〓〓〓〓）
北海道勇払郡鵡川村西町
北日本文化協会北海道支局
支局長　佐藤嗣夫
（『北海道新聞』一九四五・一一・一二　※〓は判読不能箇所）

『河北新報』掲載の広告文面は、他県紙のものとほぼ同様である。一方、『北海道新聞』掲載の広告内容は、創刊前の段階から北海道にだけ支局が置かれていたということを窺わせる点で興味深い。ことの詳細は不明であるが、所在地の勇払郡鵡川村が製紙業の盛んな苫小牧にほど近い場所であることから推測すれば、この支局の存在は、敗戦直後における用紙不足の時代の中で、北日本文化協会が何らかの形で用紙を安定的に確保するルートを押さえていたことを意味するのかもしれない（創刊号の「編輯後記」では、原稿用紙を「会員にのみ代理部扱ひで実費頒布する」旨の告知もなされている）。

実際、この雑誌は、一九四六年一月の創刊後、一九四九年五月に他誌と統合・改題されるまで、一度も休刊することも合併号を出すこともなく、毎月一回の刊行ペースを守り続けていく。これは、用紙難の時代の雑誌としては相当に稀有なことであったと言える。

四　読者／投稿者のコミュニティ形成

主宰者である櫻田正良の回想によれば、北日本文化協会の発足は一九四五年の秋のことであるが、当初のメンバーは櫻田と、彼が「東京から招」いた関戸敏雄の「ふたりだけ」だったという[11]。この二人に関する情報は詳らかではないが、戸川吉隆によれば、もともと櫻田は日刊工業新聞社の出版課長、関戸は同課長補佐の職にあった人物である[12]。

のちに本人が語るところによれば[13]、櫻田は「幼時から少年時代を北海道の札幌で過し、十七歳の秋、上京」した後は東京で生活していたが、「三十代」を迎えた戦後、新潟に拠点を持つに至る[14]。新潟にどのようなゆかりがあったのか定かではないが、この地で一念発起し、東京における経験を生かして北日本文化協会を立ち上げたようである。つまり、『北日本文化』という雑誌は、刊行地である新潟に戦前・戦中から存在した固有のコネクションとは無縁の出版ジャーナリズム経験者によって立ち上げられたのであり、だからこそ、「北日本」という広がりをもった独自のメディアを構築することに成功したのだと言えるだろう。

実際、櫻田が「編輯後記」（一九四六・二）で記すところによれば、創刊直後の購読会員数は「北日本全域に亘り三千五百」にのぼる。会員向けに限定販売していた原稿用紙も「第一回分を数日で売切つてしまひ」、急遽「第二回分を増刷」する手配を整えたという。こうした記述からは、『北日本文学』というメディアが、「北日本」各地に点在する読者たち——それも、自ら表現し、その言葉を身近な地元の人間以外にも届けてみたい欲望を持った人々——に確かに届いていることを物語る。

文学に関する櫻田の履歴を裏付ける資料は管見の限り見当たらないが、投稿を募集した諸ジャンルのうち、小説・戯曲については一貫して自ら投稿原稿を読み、採否の選択を行った上で選評も執筆している。一方、その他のジャンルについては、漸次、専門家に選者の任を委ねている。すなわち、俳句は地元・新潟で刊行されていた句誌『濤』を主宰する俳人・山田新一に、詩は一九四六年途中から編集部に入社した前田正文に、随筆は同じく一九四六年途中入社の高橋平次郎に、短歌は苅絹銀太郎[15]に、それぞれ選考が委ねられるようになっていった。

さらに、創刊三年目の一九四八年には、短歌、詩、随筆の各ジャンルで投稿者として活躍していた「野尻孤愁」こと土田英一（福島県群岡村在住の教員）が、それまでの職を辞して編集部に入社し、短歌欄を担当するという事例も出現している（『北日本文化』一九四八・七における編集部からの告知）[16]。

このような事例からも明らかなように、「北日本文化」という雑誌は、決して狭い地元の中だけに閉ざされた低質なメディアではないし、また主宰者である櫻田の個人雑誌という性質のものでもない。一定の水準を維持し続けながら、「北日本」に住まう人々にとってのコミュニティとして機能し続けたメディアだったのである。

このことは、編集サイドによって随時設けられていった、いくつかの回路によって担保されるものでもあったことが確認できる。まず、編集部は創刊当初、北日本文化協会が一方で刊行している週刊新聞『サンデー新潟』との連動性を持たせていた。すなわち、月二回は「サンデー新潟」の臨時増刊号として「北日本文化ニュース」を刊行し、本誌読者による読後感や新入会員の報告などを掲載することで、読者コミュニティの活性化が試みられていたのである。

この試みは半年ほどで中止されるが、代わって『北日本文化』本誌の方では一九四六年一〇月号より「読者通信」欄が設けられることとなる。この欄には、各地の読者から掲載作品に対して寄せられた感想・批評が掲載されるとともに、原稿料（現金または図書券）を受け取った投稿者からの礼状までもが掲載されたこの欄を通じて、読者＝投稿者たちは、作品が誌面に載るということが、確かに原稿料を受け取ることにつながる重みを持ち、「北日本」全域にわたる読者の批評にさらされることでもあるということを体感したことだろう（常連投稿者が、他の常連投稿者の作品を批評する場面もしばしば見受けられた）。

また、同号では「会友の作品推薦」制度の設定も告知されている。これは同一のジャンルにおいて三回以上入選した投稿者を「会友」と認定し、誌面において別扱いをするというものであり、投稿者の切磋琢磨を刺激する仕組みであった。一方、各地の読者が寄り集まって「文芸懇談会」と称する合評会を行うことも奨励し、求めがあれば編集部スタッフが出張参加するとともに、そのような合評会がいつどこで開催されたのかという記録を誌面にリストアップする、という試みも継続的に行われ、各地に読者コミュニティとしての「支部」が結成された。さらには、「読者倍増運動」と称して、どこの誰が何名の新規会員を勧誘したのかというリストを掲載していた時期さえある。

こうした読者たちのコミュニティ形成は、編集部によって二度にわたって企画された「小説座談会」（これまで誌面に掲載された作品をめぐって、常連投稿者たちが互いに批評を述べあうという企画）をもって、一つのピークをなすこととなる。

第一回（一九四八年一月号掲載）こそ、永田佐一（富山県氷見町）・風間碌一（新潟県大津村）・斯波慧子（新発田市）・丸山彬（新潟県葛塚町）の四名に編集部スタッフを加えたこぢんまりしたものだったが、第二回（一九四九年一〜三月号連載）になると、前回も参加の風間・永田の二名に加えて、天野磯雄（福島県西山村）・小林豊介（新潟市）・三枝龍一（新潟市）・櫻木たけし（新潟新津町）・塩谷昌一（柏崎市）・竹内一男（居住地不明）・土屋齊（富山県福光町）・地主秋夫（鶴岡市、のち東京都［早稲田大学仏文在籍］）・傳田耿士（居住地不明）・永森雅之（富山市）・中島浅太郎（新潟県本田村）・吹谷正夫（秋田市）の十四名が集まる大々的なイベントとなっている。開催地が編集部のあった新潟市内ということもあって参加者は新潟近郊在住者が多いが、はるばる富山、福島、秋田の各県から参加した者もいる（遠方の参加者が座談会の途中に遅れて到着する様子まで記録されている）。

ふだんは誌上で名前を知るばかりで、お互いの年齢も本職も知らない投稿者たちは、初対面であるにもかかわらず意気投合しながら、自身がこの雑誌に出会った経緯を語り合う。ごく初期からの投稿者は、先に確認したような地元の地方新聞に掲載された『北日本文化』創刊を告知する広告に目を留め、一念発起して文章表現を始めたのだと語る。一方、少し遅れて参入した投稿者たちは、書店で見かけた『北日本文化』の装幀および内容の充実振りに目を引かれ、自らも参加したいと決意したのだと語る。

さらに、彼らはこれまでに掲載された作品の中で特に記憶に残っているものについて、率直な意見を交換していく。そして、そのような議論の様子が、誌面を介して「北日本」各地でこの雑誌を講読する他の読者＝投稿者たちに届けられるのだ。

こうした読者たちのあいだで共有される「北日本」という文化圏は、あくまで職業作家ならぬ素人たちのゆるやかな交流の場にとどまるものではある。しかし、それは狭い地元の中にとどまるものではなく、また、行政区画によって縦割りにされてしまうものでもない。他の方法では出会うはずのなかった「北日本」の人々が、この雑誌を介して出会うのである。その数は、編集部の言を信ずれば「約七千」にも及んだという（一九四七年八月号「編輯後記」）。『北日本文化』というこのユニークなメディアは、敗戦直後の一時期、いくつかのエリア（地元／地域／地方）を横につなぎつつ、直接顔と名前が見える（あるいは見えるように実感しうる）距離感の中で、購読者たちによる文化的な交流を確かに支えていたのである。

五 「北日本」の生活を書く／読む

実際に『北日本文化』誌上にはどのような作品が掲載されていたのか。最後に、第一回目の座談会（一九四八・一）に参加した書き手の作品をいくつか概観しながら、「北日本文化」というメディアにおいて読者／投稿者たちが何を共有していたのか、ということについて考えてみたい。

はるばる富山県氷見町から座談会に参加していた永田佐一は、創刊直後から投稿を続けている古株である。創刊第三号目（一九四六年三月）に掲載された「らしゃめん抄」という小説は読者たちの記憶に強く印象づけられたようで、二回の座談会の両方で参加者から言及されている[17]。実際、どの作品でも安定した書きぶりを見せている書き手なのだが、ここでは一九四七年六月号に掲載された「嵐の中」という小説について取り上げることとしたい。

主人公の「彼」は、十九の春に上京してガス会社に就職、さらに転職した紡績会社で労務課長として活躍したのを評価され、陸軍省の嘱託として全国各地の労務状況を査察してまわるようになるが、戦争末期、空襲が激化するに至って、妻子と共に能登半島の漁師町にある実家へ疎開して戦後を迎えた。しかし、「彼」の老母と妻の時枝とのあいだは折り合いが悪く、両者の間で衝突が繰り返された挙げ句、「彼」と時枝がひどい夫婦げんかをするに至り、時枝は「彼」の実家を飛び出し、二里ほど離れた自身の実家へ帰ってしまう。

一方、時枝の実家の中でも別の衝突が起きている。帝大哲学科を卒業後、クリスチャンの女性と結婚した時枝の弟・愼一は、結婚に賛成しない実家を離れ、転勤に伴って名古屋、大阪、京都、岐阜、長野、金沢といった地方都市を転々としていたが、やはり空襲を避けて妻子と共に実家に疎開した結果、仲の悪い長姉（時枝の上の姉）とひどく衝突していた。

結局、亡父の法事を口実に時枝を迎えに行った「彼」は、自身の実家の中で生じているこじれた人間関係に辟易した時枝の口から、思いがけず婚家へ「帰るわ」という言葉を聞くこととなり、「一緒に肩を並べて」歩き始める……というところで物語は終わる。たわいもない物語だと言ってしまえばそれまでだが、ここには実は、『北日本文学』の読者たちに共感をもって受け止められるような主題があったのでなかろうか。

この小説を構成しているのは、東京（都会）か地方（田舎）という二元論ではない。そうではなく、この小説に描かれているのは、一つの土地に根を下ろすことなく生活してきた「彼」とその妻・時枝、および時枝の弟・愼一とその妻という二組の夫婦が、長らく離れていた実家への疎開を余儀なくされながらも、そこにずっと定住してきた血縁者たちとの関係をうまく構築することができない、という物語である。つまりここには、地元に定住する者と定住しない（してこなかった）者との間に生ずる温度差という問題が提示されているのであり、これは以下に見ていくように、『北日本文化』掲載作にしばしば見出される構造である。

つづいて、同じ一九四七年六月号に掲載された風間碌一「おゆきの眼」という小説について確認してみよう。新潟県大津村在住の風間もまた、一九四六年九月号以降繰り返し誌面に登場する古株であり、なかでも「おゆきの眼」は二回の座談会で繰り返し「名作」だったと語られている作品である[18]。

物語は、長らく眼を患い、そのことを苦にしているおゆきという若い女性が川に身投げをして救助されたところから始まる。通報を受けた三浦巡査は、自殺しようとしたことを隠したい様子のおゆきの意を汲み、彼女が懐に入れていた遺書を密かに預かる。しかし、事態を理解していないおゆきの母は、おゆきと三浦が密通していたのではないか、という村人たちの根も葉もない噂に惑わされて、三浦のもとに乗り込んでくる。あまりにひどい誤解に立腹する三浦だが、妻に諭され、おゆきの遺書を母親に読んで聞かせる。そこに書かれていたのは、経済状況の悪さに加え迷信を信じる母親のせいでまともな治療を受けることができないまま視力を失っていく、おゆきの絶望であった。

物語がここで終わってしまうため、いささか物足りなさが残るが、ここに描かれているのもまた、外部から赴任してきてこの村で仕事をする（そして、いつかはここを去って行くはずの）巡査夫婦と、おそらくはほとんど村から出たこともなく、無根拠な迷信や噂話を信じ切っている村人たちとのすれ違いである。おゆきの悲劇は、このようなすれ違いの狭間で生じたものだが、三浦巡査やその妻は、おゆきに対して根本的な救いをもたらすことはできない。

第一回座談会の参加者中で唯一の女性であった斯波慧子の場合はどうか。新潟県新発田町在住の彼女もまた創刊当初からの常連投稿者で、一九四六年三月号以来、毎月のように投稿していたことがうかがえる人物である[19]。

斯波の投稿は随筆が中心だが、何度か小説を発表したこともあり、第一回の座談会では一九四七年七月号掲載の「狂へる構図」という小説が話題になっている[20]。

ヒロインの「私」と二つ年上の「彼」は、メキシコで幼年時代から青年時代までを過ごした移民二世の幼なじみである。二人は父母の祖国である日本に思いを馳せながら成長するが、「彼」の父親が交通事故で死んだことをきっかけに、両家族は親のふるさとである「北国のS町」に移住する。将来を誓い合った二人だが、「私」が日本の北国暮らしに順応できたのに対し、「彼」の方はうち沈んだ様子を見せ、やがて唐突にヨーロッパへと旅立ってしまう。

その後、「私」の元に届いた手紙には、「彼」が「精神病系統」の「いまはしい宿命に呪はれた家系」にあることが記されていた。「私」はどうか「家系」のことは気にしないようにという返信を送り、「彼」からも少し落ち着きを取り戻した様子の第二信が届く。しかし、安心も束の間、「彼」の手紙は次第に失調し始め、約一年二ヶ月後には「精神病者という名前を背負つて」帰国し、結局は自殺してしまうこととなる。

座談会で斯波が語るところによれば、この小説のモデルは海外で暮らす自身の叔母から聞いた話だというが、問題はモデルの有無ではない。注目しておきたいのは、ここでも物語の主軸が、定住する場所を失った移民二世が、新しい移住先（＝親のふるさと）に居場所を確保できるのかどうか、という点にあったことである。

以上、座談会にも参加した常連投稿者たちの作品を概観したが、これらの作品に共通するのは「定住と移住」とも言うべき主題であろう。

『北日本文化』を手に取る読者たちにとって、こうした主題は自らの生活と直結する切実なものとしてあったはずである。戦争の時代だった一九四〇年代前半、戦中の「疎開」や戦後の「引き揚げ」によって、人々は大規模な移動を経験した。不可避の移動に伴って新たな生活拠点を探さなくてはならなかった者もいれば、そのような新規参入者を受け入れなくてはならない側に立つ者もいたはずであり、両者の間にはしばしば対立状況も生まれたことだろう。右に例示した小説の中には、このような時代の空気が確実に流れ込んでいるというべきだろう。

『北日本文化』という雑誌は、「北日本」の各地で生活する人々が抱いている問題とそれにまつわる感情を、文学というメディアを介して、家族や身近な地元の人々ではない、離れた土地に暮らす見知らぬ読者たちと交換しあう回路を提供していたのではないだろうか。

六 終わりに

戦争の時代を経験することによって、狭い地元／地方の枠組みに収まらないような移動のダイノミズムを人々が経験した時代状況の中で、東京＝中央ではない地域に根を下ろした文芸ジャーナリズムに何ができるのか？——このように考えたときに、主宰者・櫻田正良は『北日本文化』というユニークなメディアの構想を得たのではなかっただろうか。

すでに確認してきたように、当の櫻田自身が移動を重ねた挙げ句、もともとは特にゆかりもなかった新潟に根を下ろし、新興メディアを立ち上げた人物であった。櫻田が興した北日本文化協会は、雑誌『北日本文化』および週刊紙『サンデー新潟』以外にも、俳句雑誌『濤』（主宰は『北日本文化』俳句欄選者の山田親一）

および短歌雑誌『北日本短歌』を刊行し、『北日本文学』と題した別冊[21]を刊行するなど、活発な活動を展開している。一九四九年五月以降は、それまで複数刊行していた雑誌を別冊『北日本文学』一つに統合・改題することを余儀なくされていくが[22]、雑誌の刊行はこの後も長く続いていった（『北日本文学』はその後、休刊と復刊を挟みながら、少なくとも一九六三年まで刊行が継続されたことを確認できる）。週刊紙『サンデー新潟』も後に『新潟新聞』と改題され、長く刊行が継続された[23]。『北日本文化』および北日本文化協会の軌跡は、地方文化とは何か、それはどこで、誰から誰へと手渡され、共有されていくものなのか、ということを考える上で、興味深い事例であると言えるだろう。

＊　＊

地域／地方と雑誌文化との関わりについての研究はまだまだ途半ばの感が強い。資料の多くが散逸し、残存するものも紙質の悪さゆえに劣化が進む一方であるが、こうした資料に着目することで可視化される戦後史があるのは確かである。

本稿が、地方雑誌の流通・受容から見る戦後史再検討に向けたささやかな一歩となっていれば幸いである。

［付記］本研究はＪＳＰＳ科研費16H03386の助成を受けている。

【註】

1　なかの・しげはる「北陸の文学」（『文華』一九四七・一一）

2　新潟県文化会編『昭和十七年度　新潟県文芸年鑑　第一冊』（詩と詩人社、一九四二・九）。なお、編纂顧問および編纂委員として以下のような名前が挙げられている。
編纂顧問（順不同）
青野季吉　小川未明　眞島勝郎　坂口安吾　相馬泰三　高野素十　中田みづほ　西方稲吉　及川周
濱口今夜　鈴木多聞　佐藤暁華　佐野良太　小林銀汀　田中海灯
編纂委員
岡村津三郎　小林清一郎　中村海八郎　齋藤一路　湊八枝　浅井十三郎

3　戦時下における地方文化運動については、大串潤児『「銃後」の民衆経験　地域における翼賛運動』（岩波書店、二〇一六・五）を参照。

4　『新潟市史』通史編4近代［下］（新潟市、一九九七・三）

5　創刊号の「編輯後記」（白井利夫）には次のような文言が見受けられる。「日本全国のことはわからない。しかし私たちは「新潟文学」と云ふこの小さな国の中に埋もれてゐる秀抜な素質を持つ白面の士に対して責任がある。このことは本誌が又その使命である。深い意味での郷土性の探求と云ふ事と無関係ではない」。

6　北河賢三『戦後の出発　文化運動・青年団・戦争未亡人』（青木書店、二〇〇〇・一一）

7　拙稿「復刻版『月刊にひがた』解題」（三人社、二〇一六・一〇）

8　献吉については、森沢真理『地方紙と戦争　新潟日報第二代社長「坂口献吉日記」に見る』（新潟日報事業社、二〇一四・一〇）を参照。

9　引用は『坂口安吾全集』第一六巻（筑摩書房、二〇〇〇・四）による。

10　「創刊挨拶」（『月刊にひがた』一九四六・一）

11　櫻田正良「文化随想　牡丹雪降る」（『北日本文化』一九四六・四）

12　戸川吉隆「「サンデー新潟」について」（『けやき』一九八四・一二）。なお、日刊工業新聞社出版局は戦時下、『科学技術年鑑』などの他、『国民科学グラフ』『週刊大東亜資源』といった国策色の強い雑誌を刊行していたが、櫻田がどのような出版物に関わる業務に従事していたのかは不明である。

13　櫻田正良「新春随想　風雪の正月を迎えて」（『北日本文化』一九四九・一）

14 『日本新聞雑誌便覧』一九六九年版（日本新聞雑誌調査会、一九六九・四）の記述によれば、櫻田は一九一四年生まれ、北海道出身となっており、本人の回想と一致する。

15 詳細は不明だが、編集部内のいずれかの人物が変名で選評を書いていたものと考えられる。

16 プランゲ文庫資料のデータベース（20世紀メディア情報データベース）によれば、土田は「関口恒」という別名で雑誌『碧落』（久松潜一や山岸徳平なども寄稿していた鎌倉の歌誌）にも参加し、短歌の実作や歌評などを寄稿していたことが確認できる。

17 内容は幕末期の「らしゃめん」（洋妾）による問わず語りだが、占領下の現在、日本人女性たちが進駐軍兵士の「慰安」のために動員されていることへの批評意識が最後に付け加えられている。

18 一九四七年一二月号の「協会だより」欄によれば、この作品は「新潟放送局劇研究部で脚色、櫻田主宰演出」によって、ラジオ放送もなされた。

19 当初は島津絢子という別の筆名や、本名の市島ゆき江名義でも投稿していたが、一九四六年一一月号の「読者通信」欄で、以後「斯波慧子」名義に統一する旨を宣言している。結婚生活や出産・育児について綴った随筆がしばしば誌面に掲載され、「読後寸感」欄からは、固定読者を獲得していたことが窺われる。

20 一九四八年一月号の「協会だより」によれば、この小説も新潟放送局にてラジオ放送されたようである。

21 当初は季刊の別冊として企画されたようだが、実際の刊行は一九四六年八月刊の第一集、一九四七年二月の第二集に留まった。その後、一九四九年四月に改めて月刊の別冊として第一巻第一号が創刊される。

22 櫻田正良「統合改題の辞」（『北日本文学』一九四九・五）。経営上の問題から、『北日本文化』の別冊月刊誌として前月に創刊されたばかりの『北日本文学』に他誌を統合するという苦渋の判断が綴られている。巻号に関しては『北日本文化』のものが引き継がれた（一九四九年五月号が第四巻第五号となった）。

23 新潟県図書館には『新潟新聞』（『サンデー新潟』改題）の一九九二年刊行分までが所蔵されている。なお、北日本文化協会および櫻田正良に関する資料の所在については同図書館にご教示いただいた。ここに付記して感謝申し上げる。

あとがき

高橋秀太郎

本論集では、一九四五（昭和20）年の敗戦／占領という経験に前後する一九四〇年代の日本文学において、東北及び北日本がどのように表象されたのかを明らかにすることを目指した。

戦争を契機として、日本とアジアを人々が激しく移動し、またそれを強制された一九四〇年代においては、東北も例外なくその渦中にあった。疎開などを契機に多くの人々が東北に移住し、逆に東北からも日本・アジア各地に多くの人々が動いた。東北への移住者の中には著名な文学者も多く含まれ、戦争末期には文化そのものが地方に疎開していたとまで言われた時代であった。

移動の時代のなかの東北／北日本表象を、文学という視点からとらえるために、本論集では二つの論じ方をしている。

Ⅰ　一九四〇年代に東北に移り住み、また地方に注目した文学者たちが、戦争・占領という環境に置かれながら、何を考え、どのような地方表象を行っていたのかを、それぞれの作品、評論に即して論じる。（1・4・5章）。

Ⅱ　この時期に東北及び北日本の各地で発行されていた雑誌・資料を精読し、そこに織りなされた東北表象を抽出、分析する。（2・3・6・7・8章）。

Ⅰが文学者個人の営みに着目し、時代と地域を代表する個性的な表象の内実を、後代への影響をも含めて明らかにするものであったとすれば、Ⅱは雑誌というメディアに注目し、人間の移動を機に生成したネットワークを視野に収めながら、一九四〇年代の東北表象や地方文化の具体相を明らかにするものである。文学者個人の営みとメディア、ネットワークの両方に目配りすることで、一九四〇年代の東北表象の全容を明らかにする構成となっていることが本論集の特色の一つである。また、取り上げる対象の幅にも特徴がある。島木健作、高村光太郎といった一九四〇年代を代表する作家と詩人、そして戦後日本を代表する思想家吉本隆明といった全国的に知名度の高い文学者と同時に、これまで全く注目されてこなかった、あるいは存在は知られていても論究されることのほとんど無かった雑誌にも注目し、その内実と展開を精査している。いわば有名と無名双方の地域表象を取り上げ、個々の論述を緻密にたどることで、一九四〇年代の東北表象の実質と可能性を開示することに努めた。

本書の執筆者のほとんどは、三年間の科研費共同研究（「1940年代日本文学における地域性の生成—東北地方における疎開・移住を視座に」、基盤研究C、24520201、2012.4～2016.3）のメンバーである。本論集はもちろん科研費共同研究の成果であるが、そこに共同研究終了後に継続して続けられた調査の結果や、一九四〇年代における詩の問題、皇族表象の問題などを扱う論文をも加えたことで、新潟から北海道まで、北日本のほぼ全域の地域表象をカバーするものとして仕上がった。

「序」をのぞく各章はいずれも書き下ろしの論文である。

科研費共同研究期間内にパネル発表（「一九四〇年代の東北表象と地方文学運動」二〇一五・一〇）の場を設けていただいた日本近代文学会と発表の内外でご意見を頂戴した皆様、科研メンバーとして調査等をともにした高橋由貴さん、地方雑誌の調査にご協力くださった竹浪直人さんに改めて御礼を申し上げる。

また、出版に際して、大変お世話になった東北大学出版会の小林直之さんにも心より感謝を申し上げたい。

現在、東北を含む地方文化、地方文学に関わる資料の整備が徐々に進められつつある。本論集の執筆者には、そうした基盤的な整備の作業に関わっている（『東北文学』『月刊にひがた』『月刊東奥』復刻版の解説など）メンバーが入っており、現在進行中の資料整備の成果をも踏まえた最初期の研究となる。本論集が地方文化研究の進展に一役買うことを願っている。

本論集刊行にあたっては、平成30年度科学研究費助成事業、研究成果公開促進費の交付を受けた。

編者・執筆者紹介（掲載順）

森岡　卓司（もりおか　たかし）（編者　序、4章）

〔現職〕山形大学人文社会科学部　准教授

〔主な著作〕

・共編著『東北近代文学事典』（勉誠出版、二〇一三年）

・共著（編集担当）『遠い方言、近い方言　山形から世界まで』（山形大学出版会、二〇一二年）

・「雑誌『労農』研究―占領期山形における地方文化運動の再検討のために―」（『日本研究』第56集（国際日本文化研究センター）、二〇一七年一〇月）

山﨑　義光（やまざき　よしみつ）（1章）

〔現職〕秋田大学教育文化学部　准教授

〔主な著作〕

・共編著『横光利一と関西文化圏』（松籟社、二〇〇八年）

・「１９３０年前後における経済小説の萌芽―プロレタリア文学派と新興芸術派との接近―」（『秋田大学教育文化学部紀要　人文科学・社会科学』第72集、二〇一七年三月）

・「「小品」の時代のなかの吉江孤雁」上・下（『文藝研究』第172集、二〇一一年九月、第173集、二〇一二年二月）

仁平　政人（にへい　まさと）（2章、コラム1）
〈現職〉弘前大学教育学部　講師
〈主な著作〉
・『川端康成の方法―二〇世紀モダニズムと「日本」言説の構成―』（東北大学出版会、二〇一一年）
・共編著『寺山修司という疑問符』（弘前大学出版会、二〇一四年）
・「「旅行」する言葉、「山歩き」する身体―川端康成『雪国』論序説―」（『日本文学』第66巻第6号、二〇一七年六月）

高橋　秀太郎（たかはし　しゅうたろう）（編者　3章、あとがき）
〈現職〉東北工業大学共通教育センター　准教授
〈主な著作〉
・共著『チェーホフの短篇小説はいかに読まれてきたか』（第6章「太宰治とチェーホフ」）（世界思想社、二〇一三年）
・『『東北文学』（河北新報社刊）研究序説―創刊の経緯と背景―」（『東北工業大学紀要』人文社会科学編　第36号、二〇一六年三月）
・「信と歓喜―昭和15年の善蔵とメロス―」（『iichiko』107号、二〇一〇年七月）

佐藤　伸宏（さとう　のぶひろ）（5章）
〔現職〕東北大学文学研究科　教授
〔主な著作〕
・『詩の在りか』（笠間書院、二〇一一年）
・『日本近代象徴詩の研究』（翰林書房、二〇〇五年）
・「室生犀星の〈抒情小曲〉―俳句と近代詩―」（『文学・語学』第222号、二〇一八年五月）

野口　哲也（のぐち　てつや）（6章）
〔現職〕都留文科大学文学部　教授
〔主な著作〕
・共編著『鏡花人形　文豪泉鏡花＋球体関節人形』（河出書房新社、二〇一八年）
・「戦後詩のなかの『至上律』」（『武蔵野文学館紀要』第6号、二〇一六年三月）
・「井上勤の初期翻訳への一視角―『龍動鬼談』論―」（『国文学論考』第50号、二〇一四年三月）

河内　聡子（かわち　さとこ）（コラム2）

〔現職〕東北大学文学部　助教

〔主な著作〕

・共著『日記文化から近代日本を問う―人々はいかに書き、書かされ、書き遺してきたか―』（第2章「農民日記を綴るということ―近代農村における日記行為の表象をめぐって―」）（笠間書院、二〇一七年）

・共編著『明治期書店文書―信州・高美書店の近代（出版流通メディア資料集成（五））』（金沢文圃閣、二〇一七年）

・「明治期地方寺院における説草集の編纂をめぐって」（『仏教文学』42号（仏教文学会）、二〇一七年二月）

茂木　謙之介（もてぎ　けんのすけ）（7章）

〔現職〕足利大学工学部　講師

〔主な著作〕

・『表象としての皇族　メディアにみる地域社会の皇室像』（吉川弘文館、二〇一七年）

・編著『怪異とは誰か』（青弓社、二〇一六年）

・「〈宗教〉で〈幻想〉を語る―雑誌『幻想文学』研究序説―」（『Juncture』9号、二〇一八年三月）

大原　祐治（おおはら　ゆうじ）（8章）

〔現職〕千葉大学文学部　教授

〔主な著作〕

・『文学的記憶・一九四〇年前後　昭和期文学と戦争の記憶』（翰林書房、二〇〇六年）

・『月刊にひがた』復刻版別冊 解題・総目次・執筆者索引（三人社、二〇一六年）

・「所有と欲望―「歴史小説」としての「桜の森の満開の下」」（『昭和文学研究』第76集、二〇一八年三月）

装幀：物部 朋子（HAKULO）

一九四〇年代の＜東北＞表象
文学・文化運動・地方雑誌

Representing "Tohoku" in the 1940s :
Literature, Cultural Movement, Regional Magazine

2018 年 10 月 10 日　初版第 1 刷発行

編　者　高橋 秀太郎・森岡 卓司
発行者　久道 茂
発行所　東北大学出版会
〒 980-8577　仙台市青葉区片平 2-1-1
TEL：022-214-2777　FAX：022-214-2778
http//www.tups.jp　E-mail：info@tups.jp
印　刷　社会福祉法人　共生福祉会
萩の郷福祉工場
〒 982-0804　仙台市太白区鈎取御堂平 38
TEL：022-244-0117　FAX：022-244-7104

ISBN978-4-86163-314-0　C3095
定価はカバーに表示してあります。
乱丁、落丁はおとりかえします。